森村誠一
MORIMURA SEIICHI

蔡憶雲 譯

人性的證明

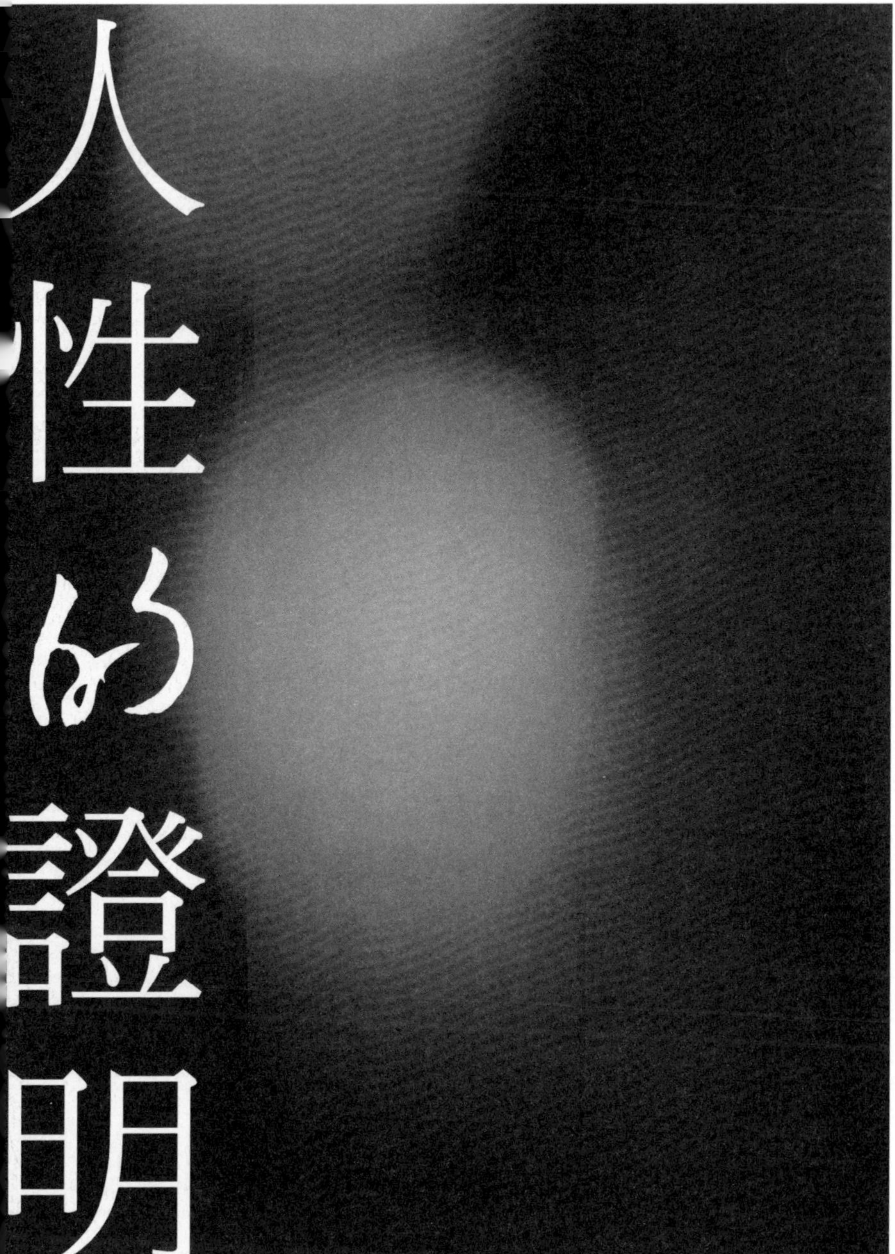

NO SHOME
04

日本推理大師經典

人性的證明

森村誠一

CONTENTS

目錄

出版緣起／日本推理大師，永不墜落的熠熠星團

編輯部

日本推理大師風雲再起！

二〇〇四年初，商周出版以活躍於一九九〇年代之後的推理小說作家為中心，精心規劃出版了「日本推理名家傑作選」系列，彌補了日本推理小說在台灣十餘年的空白。經過一年的努力，終於順利將日本推理小說帶回讀者的書架上，讓台灣再次掀起一股閱讀日本推理小說的熱潮，更使得當紅的中生代推理天王天后，如宮部美幸、東野圭吾等人在台灣受到前所未有的歡迎與注目。

一九二三年，被譽為「日本推理之父」的江戶川亂步推出《二分銅幣》之後，日本現代推理小說正式宣告成立。若包含亂步之前的黎明期，此一文類經過了將近百年的漫長演化，至今已發展出其獨步全球的特殊風格與特色，使日本成為最有實力的推理小說生產國之一，甚至在同類型漫畫、電影與電腦遊戲的推波助瀾之下，日本著名暢銷作家如桐野夏生、宮部美幸等也已躋進亞洲、歐美市場，在國際文壇上展露光芒，聲譽扶搖直上。

我們不禁要問，在新一代推理作家於日本本國以及台灣甚或全球取得絕大成功的背後，有哪些強大力量的支持、經過哪些營養素的吸取與轉化，能夠在競爭激烈的國際舞台上掙得一席之地？在這些作家之前，曾有哪些重要的作家精耕此一文類、獨領當時風騷，無論在形式的創新或銷售實績上都睥睨群雄、

立下典範、影響至鉅？而他們的努力對此一文類長期發展的貢獻為何？此外，日本推理小說的體系是如何建立的？為何這番歷史傳承得以一代又一代地開發出一批批忠心耿耿的讀者，並因此吸引無數優秀的創作者傾注心血，人才輩出？

為嘗試回答這個問題，商周出版在經過縝密的籌備和規劃之後，於二〇〇六年年初推出全新書系「日本推理大師經典」系列，以曾經開創流派、對於後輩作家擁有莫大影響力的作家為中心，由本格推理大師、名偵探金田一耕助及由利麟太郎的創作者橫溝正史，以及社會派創始者、日本文壇巨匠松本清張領軍，帶領讀者重新閱讀並認識在日本推理史上留下重要足跡的作家，如森村誠一、阿刀田高、逢坂剛等不同創作風格的重量級巨星。

日本推理百年歷史，從本格派到社會派，到新本格、新新本格的宣言及開創，眾星雲集，但跨越世代、擁有不朽魅力的巨匠們，永遠宛如夜空中璀璨耀眼的星團熠熠發亮，炫目不墜。

商周編輯部期能透過「日本推理大師經典」系列的出版，讓所有熱愛或即將親近日本推理小說的讀者，親炙大師風采，不僅對於日本推理小說的歷史淵源有全盤而深入的理解，更能從經典中讀出門道、讀出無窮無盡的趣味。

導讀

閃耀在殘酷現實社會下的人性光輝

景翔

第一次看到森村誠一的《人性的證明》是這本書在日本出版而引起轟動後，由當年首屈一指的日文翻譯名家余阿勳先生中譯，發表在中國時報〈人間〉副刊上的連載。每天在大小不一的版面和或多或少的文字裡，隨著書中的刑警一起追索案件的真相。因為時間久遠，很多細節並不能完全記得清楚，記憶中印象最深刻的就是謎底所帶來的震驚，以及成為破案關鍵線索的那頂麥稈帽，另外依稀記得作者對二次大戰剛結束時的日本社會有所描述，還有事件本身可能算是一種時代悲劇的感觸。

再次接觸到《人性的證明》是在幾個月前觀賞了由這部推理長篇小說改編而成的同名電視劇集，長達十集，幾近五百分鐘的長大劇幅，不但讓松坂慶子、竹野內豐、大杉漣、風間杜夫、緒形拳等等的好演員，有了充分發揮演技的機會，在情節方面也添加了很多枝節，深入細寫幾個主要角色的背景和心理，更利用角色設計的改變，以及影像所帶來的真實感受，使得整個故事的戲劇衝突和戲劇張力都有所增加，使我感覺「映象」在喚起我原先對「文字」的記憶之外，似乎有著更大的衝擊力和震憾性。

不過，這當然是感動之餘的暫時性錯覺，因為我心裡其實很明白「映象」和「文字」是兩種截然不同的藝術表現方式，所謂「春蘭秋菊，各擅勝場」，是不能，也不用相互比較的。尤其是在重讀了《人性的證明》這個最新的譯本之後，更發現電視劇中給我更大感動的部分，除了演員的精湛演技，以及若干情節補實了我因年代久遠而模糊了的記憶之外，其餘編導增添的部分，大多其來有自，是由森村誠一原著中早已提及，只是限於篇幅和維持作品緊密結構而未多作發展的素材延伸而來的。

將文學作品改編為電影、電視等表演藝術形式時，改編者最為兩難的是如何在不能照本宣科的情況下既要保持盡量貼近原著，又要有創意表現。日劇《人間的證明》的編劇非常聰明地利用森村誠一原著中的很多素材，據以發揮，營造出更為戲劇化的轉折與衝突，的確是很成功的做法。在另一方面，也證明了森村誠一《人性的證明》這本推理長篇本身的結構完整而周密，電視劇集編導的作為，等於是在一棵原本已很茁壯的大樹上再開枝散葉、綻花結果，使其更為美麗壯觀。

《人性的證明》在類型上，自然是比較接近「社會派」的推理小說，而不是以詭局設計和解謎見長的「本格推理」作品。森村誠一毫不留情地刻劃出二次大戰結束時，日本戰敗後國內的社會生活慘狀，以及二十多年後，日本社會因為經濟發展而有了完全不同的面貌。但物質生活提升之餘，卻失去了更多生活中美純的殘酷現實，然而隱含批判意味的筆法，卻仍讓讀者在字裡行間看得到作者所抱持的悲憫胸懷。尤其是對「人性」依然保有相當程度的信心。

不過，《人性的證明》儘管最後以訴諸「人性」來孤注一擲地確認凶案真相，在偵查過程中的推理，卻同樣大有可觀之處，堪稱是描述辦案細節的「警察小說」中的經典作品。

凶案發現時，死者陳屍之所不是命案的第一現場，而死者是外國人，語言上的障礙也使得原本就嫌薄弱的線索更難以做進一步的追查。在這樣不利的條件下，警方如何不放棄任何一點細微末節，如何運用智慧和想像力，將看似無關的細小消息，經過拼湊和帶引，逐漸向最後的真相推進，充分描寫出警方查案時必須投入的專注、心力，以及鍥而不捨的精神和認真的態度。

主線情節如此，另一條丈夫和情夫同為失蹤女子追查下落的支線也是如此。相對於有龐大組織後援的警方人員，這兩個從未受過偵查訓練的業餘偵探，卻是以土法鍊鋼的方式進行。其過程也是從幾無線索開始，一路使用日常生活中的常識和無比的決心，最後不但以實質證據證實了原先的猜測，還真正地將逃亡在外的兇手繩之以法，倒反而強過了警方的情況證據齊全，獨缺實證的結果。

不過，森村誠一這樣的安排，與其說是對警方的辦案方式必須拘泥於既有規定略有微詞，不如說是更寫實地反映了現實的情況。因為儘管法律之前，人人平等，但有錢有勢的人可能影響司法，以及所謂「法律保護的不一定是好人，而是懂法律的人」之類嘲諷的說法，都是不可否認的事實，也值得這樣地提出來。然而更重要的是，這樣才能使最後的高潮真正突顯出作者討論人性與良心的主題意識。

森村誠一也寫出了親情的重要，以及對成長和心理的重大影響。無論是一出場就喪命異邦的黑人男子、偵查這樁命案的年輕刑警、著名親子問題專家的子女……，幾乎每一個都在親子關係上受到創傷，而這種創傷都同樣是因為遭到母親拋棄而形成的。不論這種拋棄是實質地拋棄或是精神上的忽視，在孩子的眼裡或心理上，都是一種背叛。

這種背叛的感覺雖然一樣，但所引起的反應卻大相逕庭。對那個年輕的黑人來說，離開他的母親在他心中一直保持著原有的溫柔形象，而那份孺慕之情也始終不減，所以才會千里迢迢地來加以追尋，甚至在生死之際都無怨無悔。

那位富家少爺則正好相反，儘管母親就在身邊，親子之間的距離卻似有千萬里遠。以金錢與物質享受所表現的寵愛縱容，被解釋成利用和忽視的補償，反而引發了極度的叛逆，植基於憎惡的反叛心理，只得到自虐和自毀的傾向，終致難以收拾的不幸。

至於三十歲左右的刑警，幼年時因母親離家出走所帶來的孤獨和寂寞變成怨恨，對母親的思慕之情也就化為憎惡，再等到眼見父親受虐而死之後，更使他心中的怨懟化為對人的不信任與仇恨。而無特定對象的復仇意念因此變成他成為刑警的動機，以及執行刑警責任的動力。

森村誠一用三個異中有同的親子關係交織在一起，藉著類似或恰成對比的心理與反應，強調出他在「初版後記」所說的「沉澱在內心深處二十幾年的感情」，把西条八十那首〈麥稈帽之詩〉所引發對「母親」（無論是真實的或是抽象化的）這個角色的各種感覺忠實呈現，也藉此讓殘忍的殺人事件和其實頗為殘酷的現實生活中，多了一些令人動容的溫情。從而使得最後刑警與兇嫌的「對決」，終於在「人性」中得到了「證明」。

這個「證明」不只是補足了僅有的情況證據而使得案件得以解決，更重要的是人畢竟還是有人性的。

而這點正是人類未來的希望。

（本文作者為翻譯及文字工作者）

CHAPTER I —— 第一章

一名異邦人之死

1

那名男子走進來的時候並沒有人特別留意到，在那個聚集了各國人等的場合裡，身為外國人的他一點也不顯眼。

雖然那名男子是個黑人，不過膚色偏淺、近乎褐色，髮色黑而微卷。臉部的輪廓無論從哪個角度來看都比較接近日本人；以黑人的體格來說，他的個子是矮了點；年齡大約二十幾歲吧，體格結實精悍，身上那件在這個季節穿還太早的BURBERRY長大衣幾乎遮掩了他的全身。不知他是不是哪裡不舒服，步伐顯得十分沉重，在等電梯的人群中他是最後一個進去的。

這座電梯快速通往建築物頂樓的「摩天餐廳」（Sky Dining），如果中途不停留，直達四十二樓，一百五十公尺的高度僅需二十八秒，它的行進方式是直達二十樓，以上的樓層再由客人指定停留。

「請告知您要去的樓層！」

「Call Your Floor Please！」

身穿點狀花紋和服的電梯小姐以英、日語招呼客人，電梯在垂直的空間裡無聲無息地移動著，廂內的地板鋪著厚重的絨毯，更加柔和地隔絕了周遭的世界。由於所有的乘客都要到摩天餐廳，所以電梯直達頂樓，載客人數大約七成滿，顯然大多數是外國人。大家靜靜地盯著顯示移動樓層的指示燈，每個人看起來都有錢有閒，今晚要來享受一頓豪華大餐；只有一個人例外……

乘客幾乎感受不到電梯的震動就抵達了頂樓，電梯門一開，門口站著一位身穿燕尾服、繫著領結的餐廳領班鞠躬歡迎。

「讓您久等了，歡迎光臨摩天餐廳。」

電梯小姐優雅地告知目的地，並將乘客送出。客人們也為了這頓豪華晚餐，各自擺出架勢步出電梯。能在這裡用餐的人可是經過千挑萬選的嬌客，因為他們一頓飯的費用足以餵飽一百個飢餓的人。但是沒有人會這麼想，他們想的無非是與這頓飯相襯的服裝、禮儀以及付帳的財力而已；至於客人是否空腹而來並不是問題。

餐點越豪華越容易脫離飲食的原始目的，但是幾乎無人注意這個矛盾之處。

電梯淨空了。不、還有一個人，他靠著廂內的壁面站著似乎不打算走出來；是那個最後進電梯、穿著BURBERRY長大衣的黑人，他的雙眼緊閉。

「先生！」電梯小姐叫喚，黑人動也不動，起初電梯小姐以為他睡著了，後來才發現不對勁，由於他一直躲在其他客人後面而無從得知他的狀況，不過此時他的模樣好奇怪。他的膚色是褐色的，所以看不出臉色的好壞，而且面無表情，不過不是那種嚴肅的撲克臉，而是像死人般的臉孔。

這時候，電梯小姐才驚覺這位客人的情況很嚴重；他身上那件毛呢大衣髒得發亮，袖口、衣角已磨損、纖維末端分岔，到處沾滿污泥；頭髮也沾滿了灰塵、臉上的皮膚乾燥、鬍鬚濃密而雜亂；雙手壓著胸前的大衣，彷彿護著胸部。

看起來一點也不像來享受美食的樣子。

（大概是搭錯電梯了吧……）

餐廳本來就是三教九流的人士聚集之處，無論哪種人混進來也不值得大驚小怪；這名男子八成發現自己走錯了地方，打算搭乘原電梯下樓吧。

電梯小姐轉念這麼想，對著餐廳大廳前等待的客人大聲說：「電梯下樓！」穿著長大衣的男子就在這時候挪動了身體，背部緊挨著電梯壁面慢慢地跌坐在地上，脖子一歪，上半身向前傾倒。

男子突然倒在電梯小姐的腳邊，嚇得她小聲地驚叫並倒退一步，不過她立刻意識到職務在身，連忙詢問：「先生，您還好吧？」並且作勢要扶起男子。此時，她以為男子可能是貧血才昏倒，因為電梯以二十八秒的速度直達一百五十公尺的高度，有些客人也會因此而出現輕微貧血的現象。

然而她無法完成職務。就在她前去攙扶男子的那一刻，瞥見對方一直遮掩的胸口有一股豔腥的血紅在眼前擴散，同時她也注意到男子站立的淺褐色地毯已經染上了一片暗紅。

這下子，電梯小姐再也忍不住驚恐發出尖叫聲，並從電梯裡衝了出來；在大廳等候的客人也受到驚嚇，領班與服務生聞聲飛奔而來。那名男子已經死了，刀柄直挺挺地插在他的胸膛上，就像一只蓋子堵住了傷口，並沒有大量出血。不知道他是在哪裡遇襲的，還能苟延殘喘到現在，也許是刀子沒有拔出來的緣故吧。

現場引起一陣大騷動，飯店立刻報警。

警視廳(註)通訊指揮室接獲一一〇的緊急報案，得知千代田區平河町皇家大飯店的摩天餐廳有一名外國人遇刺身亡，於是立刻通知附近的巡邏員警與轄區的麴町警署。

麴町署距離皇家大飯店近在咫尺，所以轄區警員幾乎與巡邏車同時抵達。命案現場就在皇家大飯店最熱門、位於四十二樓的摩天餐廳，時間是晚上九點剛過、客人最多的時段。

在飯店自詡為地上最高（就高度、消費、美食而論）的摩天餐廳、最浪漫優雅的時段中卻出現了一具染血的屍體，對於飯店本身的形象實在是一大打擊。

一開始，客人像是受到攻擊的蟻巢般一陣騷動，正在品嚐佳餚的客人獲悉有人胸部中刀、倒臥血泊中死亡，差點把吃進胃裡的美食吐出來。事實上也有人當場吐了。女客們爭先恐後逃出，可是一出去就看到電梯大廳中那具死相悽慘的屍體。小孩子嚇哭了，隨行的母親也哭了，這裡不再是優雅用餐的場所。

趕到現場的警方對於民眾的這些反應均不予理會，冷靜而徹底地蒐集證據，只不過與正統的現場採證大異其趣。

根據與死者搭乘同一部電梯上樓的客人證實，死者的確是自己走進電梯的。從他受傷的部位與衣服被刺破的地方來看，不可能是自殺，還有從受傷的狀況來判斷也不可能在電梯內遇刺，所以死者應該在其他場所遭人用凶器刺中胸部。

（那個現場在哪裡？）

搜查的警員留下驗屍的法醫，一邊尋找犯案現場一邊追溯死者生前所到之處。

警方根據死者受傷的程度來判斷，認為他不可能從很遠的地方走過來，犯案現場一定在這附近……。搜查小組如此確信。

但是搜查小組錯了，無論他們搜查得多仔細，終究找不到飯店附近的犯案現場，於是他們將目標改為飯店內部。

註——日本警政的中央機關。對於必須全國統一的通信、裝備、鑑識、警察教育等方面，負起指導、監督各地方政府警政單位之責。

皇家大飯店是一座四十二層樓高的超級大飯店，客房總數號稱兩千五百間，除了可容納四千兩百名房客住宿之外，還有許多訪客匯集在附設的餐廳及大中小型七十間的宴會廳。假設犯人混雜在這些客人之中，預料將很難查得出兇手。但是，如果犯案現場是在飯店內部及其周邊用地，至少可以限定搜查範圍，只要能夠找到犯案現場，或許就能從蛛絲馬跡中找到犯人。

警方取得飯店房客們的協助之後，仔細搜查了兩千五百間客房、七十間宴會廳、每間餐廳、酒吧、地下商店街、環繞建築物佔地一萬五千坪的庭園、花房、亭閣一直到停車場。然而，連一個看起來像犯案現場的場所都找不到。如果飯店內部沒有跡象，那麼一定是在外面。皇家大飯店位於都心區，也就是東京都的中心位置。被害人到底是從大東京區的哪個角落拖著受重傷的身軀來到這裡呢？

在警方搜查期間，死者的解剖報告出爐了；根據報告推測的犯案時間是從發現屍體往前推算半小時至一小時，也就是九月十七日晚上八點至八點半之間，凶刀刺進右前胸，刀刃刺傷肺臟，直達肺動脈。凶刀的刀柄覆蓋著傷口，刀刃卡著肌肉所以堵住了傷口，死因是胸腔內大量失血。

身負重傷的被害人還能用僅餘的氣力來到飯店最高樓層，連執刀的法醫都驚嘆不已。在醫學文獻上雖然有人類在心臟受傷後仍能步行兩百至五百公尺，或是存活數天到數星期的實例，不過在現實中的確太罕見了。

相較於心臟傷害，較多的例子顯示人體在大動脈被切斷的情況下行動力比較差，不過也因受傷程度而異。

凶器是一把常見的刀子，刀刃約八公分長，由於以相當猛烈的力量刺入所以形成一道深達十二公分的傷口，刀尖傷及肺動脈。

凶器是犯人所遺留的唯一線索，若要循線追查也並非不可能，問題在於那是一把連小學生也會有的普通小刀，使得警方在一開始就寸步難行。刀柄上一定附有犯人的指紋，可是被害人染血的手也握過刀柄，所以根本無法檢驗。

警方從被害人所持有的護照直接查到他的身分，護照上顯示被害人是美國籍的強尼・海華德，二十四歲，住在紐約東區一二三街一六七號。被害人持的是觀光簽證，在四天前的九月十三號入境日本，這是他第一次來日本。

在他的遺物中還找到新宿區某旅館的位置圖卡，搜查員前往調查的結果得知那是一家經營了一年的商務旅館，由於強調館內設備的機能性，頗合乎現代人的需求，因此生意很好。

旅館的名稱也很合宜，就叫做「東京商務旅館」。從玄關進入大廳就是櫃檯，只有一名事務員和兩、三位客人，感覺空蕩蕩的，不過聽說房間倒是客滿。這家旅館沒有門僮和行李員，經營型態是客人先付款，領到房門鑰匙就自行上樓。

大廳裡放著好幾台自動販賣機，除了賣香菸、可樂、雜誌之外，還有手卷、三明治、拉麵等零嘴類食品。旅館的構想是客人從櫃檯領取鑰匙，在販賣機買三明治、可樂等食品，然後獨自在房裡用餐。雖然具有機能性，但是總顯得有些冷清。從刻意精減員工人數可看出旅館在每個小地方都相當節縮成本，客房之外有幾間好像是辦公室的房間，只見玄關的牆壁上還掛著「郡陽平後援會總部」與「松原法律事務所」之類的招牌。

搜查員向櫃檯表明來意之後，事務員得知房客被殺害的消息，立即從裡面的辦公室找來負責人。

「我們對於本店的房客遇害也深感意外。」

這名男子拿出印有「櫃檯課長」頭銜的名片，以熟練的態度笑容滿面地迎接搜查員。表面看似隨和，卻全副武裝地戒備著；這是服務業八面玲瓏的特殊應對方式。

「我們想請教您幾個問題。」搜查員略去開場白直接切入主題。從事這項行業的人，一旦閉嘴就算拿千斤頂也撬不開。警方為了解除對方的防備，往往採取單刀直入的效果比較好。

「哪方面的問題？只要我們幫得上忙，一定盡力而為。」

櫃檯課長嘴上說要積極協助，不過那一副自保的態度卻像隨時準備要閃人。

「我們想看看強尼．海華德的房間，他的房間應該還是維持原狀吧？」

由於那個房間並非犯案現場，不能強制要求業者保留原狀。但是警方在得知死者身分之後立刻通知飯店，並且派遣附近的派出所巡查，就是要監視旅館業者不得擅自更動屋內狀況。

「已經有派出所的人來了。」

此時，先行抵達的一批派出所巡查出來迎接。搜查員被帶進一間單人房，裡面只有一張單人床和一套組合式衛浴設備，毫無氣氛可言，床邊的茶几上擺著一具電話，這是房間裡僅有的配備。

「客人的行李呢？」

「在這裡。」

櫃檯課長指著牆角一只破舊的行李箱。

「只有這個嗎？」

「只有這個。」

「讓我看看裡面。」

搜查員也不等回應就擅自打開行李箱。箱子沒上鎖，裡面只不過裝了幾件換洗衣物和雜誌，好像沒有什麼東西看起來像線索。

「他是什麼時候預約的？」

搜查員將隨身行李檢查完畢後，問了另一個問題。

「沒預約，他在九月十三號晚上突然來說要住宿，因為他的態度不錯，我們又剛好有空房。」

「是本人直接來櫃檯問的嗎？還是請計程車司機或其他人來問的？」

「是本人直接來的。」

「這間旅館的外國房客很多嗎？」

「不多，幾乎都是定期出差的上班族。」

「你們用英語交談囉。」

「沒有，只用單字，我們說日語。」

「他會說日語?!」

這是一項新發現。一個第一次來日本的外國人會說日語，這表示他事前做了準備，或者他原先就與日本有某種關連。

「都是一些七零八落的單字，不過勉強可以溝通。」

「那他預計停留多久？」

「他預付了一個星期的費用，說是打算先住一個星期。」

「也就是說他可能會延長停留期囉？」

「他確實有這樣的意思。我們公司規定住房費以三天為一個單位，不過我請他預繳一個星期。」

櫃檯課長一再重複「現金預繳」，等於房客繳錢之後就不關他的事，由此可見商務旅館露骨的金錢至上主義。

「他在這段期間有訪客嗎？」

「沒有。」

「電話呢？」

「我問過總機，外線電話一通也沒有。」

「那他打出去的電話呢？」

「打出去的電話一如您所看到的，可以從房間直接撥號，不過我們無從得知他所撥的號碼。」

「那你們怎麼向他收錢呢？」

「會計有計費器，可以顯示房客的通話費用。」

計費器顯示了一百六十圓，但是細節不詳。

由於現代科技拒絕人類介入的機制發達，使得警方的調查在此也同樣遇上阻礙，東京商務旅館的搜查工作在此停滯下來。這裡只是死者旅途中投宿數晚的旅館，警方無法將之視為是與犯人接觸的接點。

於是，在犯案動機、地點、犯人推定等等狀況不明的狀態下，警方的搜查在初步階段就遇到了瓶頸。由於死者是外國人，搜查總部能做的也只是在通知美國大使館的同時，請他們通報死者居住地的家屬，在對方前來確認死者身分以前保存遺體而已。

搜查會議陷入嚴重的意見分歧，其中爭議最大的就是犯案現場；堅持在皇家大飯店內部與在飯店外部的兩派說法針鋒相對。

「被害人身負重傷，他的傷勢連醫生都覺得很嚴重，怎麼可能在飯店外面遇襲？應該是在飯店內被殺的。」主張此一說法的是加入這個搜查小組的警視廳搜查第一課第四調查室那須組的橫渡刑警，他的長相活像戴著一付猿猴面具，所以綽號叫「猿渡」，他是主張「飯店內部即為案發現場」的保守派。

「據說曾有這樣的前例，有人在同一個部位受傷仍然可以走動啊！」

與橫渡意見相左的人是轄區警局派來的刑警棟居，年約三十歲，一臉精明幹練，他則是主張飯店外部為犯案現場的急進派。

「所謂的前例只不過是醫學上的例子，就算在文獻或學術報告上出現過，但是缺乏真實性。」

「可是我們在飯店內部也沒找到任何證據啊。」

「飯店內部並不侷限於室內，皇家大飯店的庭園佔地一萬五千坪，如果被害人在那裡遇襲，就算留下血跡也被土地吸收了。」

「犯案時間是賓客出入庭園相當頻繁的時段，花園別館內有人在烤肉，也有許多參加晚宴的客人在庭園散步，犯人在眾目睽睽下行凶……」

「這有什麼困難，庭園裡有樹林、竹林，即使人來人往，那麼大的院子也未必看得到每個角落。」

「死者大衣上沾到的泥巴並不是飯店庭園的。」

「即使如此也不能表示死者就是在飯店外面遇害。他在遇襲之前有可能在任何地方沾到泥巴。」

「可是……」

兩派人馬各持己見，展開激烈的爭論，那須警部插嘴說：

「那個外國人為什麼要到頂樓的餐廳？」

正在爭論中的人們被這個意外的問題問倒了，紛紛看著那須，到目前為止這個問題尚未被討論過。

「他為什麼要搭電梯到四十二樓的餐廳？明知自己隨時都會死，為什麼還要到頂樓的餐廳，他的身體狀況根本無法進食啊！」

那須的語氣相當粗魯，不過他的疑問卻是大家所忽略的重點。大概只能推斷臨死前的人意識模糊，所以才會搖搖晃晃地闖進通往摩天餐廳的電梯吧？

「那個外國人的胸口就插著一把刀，根據目擊者的證詞，他好像在保護傷口似的。一般來說，人被刺傷之後如果還有意識，通常會自己拔出凶器，可是那個外國人並沒那麼做，刀子就直接留在身上。或許他知道把刀子拔出來會流血過多致死吧？或許他在臨死前還想去某個地方，所以特意把刀子留在身上。然後，他來到皇家大飯店的頂樓餐廳。照理說他應該去醫院。」

「我覺得他不是去摩天餐廳。」

那須小組裡最年輕的刑警下田提出了異議，大家又把視線轉向他。

「那個外國人死在電梯裡。我想他是進了電梯以後，在抵達頂樓之前斷氣的。說不定他原本是要到中間樓層，結果卻到不了，我們不能這麼想嗎？」

當電梯抵達頂樓時屍體才被發現，所以大家一致認為死者的目的地是頂樓，但是說不定死者原本只打算到中間樓層。這個具有意義的想法，立刻引起全場一陣騷動。那須一邊點頭，一邊催促大家發言般地看著在場者。

「如果是那樣的話，他也應該告知電梯小姐抵達的樓層啊？」

最資深的刑警山路部長提出了反駁，他有一張娃娃臉，人中部位常常冒汗。

「當時他已經陷入無法開口的狀態嗎？」

關於這一點下田也不確定。

「下田的意見也大有可能，假如這名外國人真的要到某樓層，也就是表示他想去某客房找某人囉？那就有必要把當天住宿的房客調查一遍。」

那須如此表示。

「那是快速電梯，二十樓以下不停，不過應該不限二十樓以上的客人搭乘吧？」問話的是草場刑警，他憨傻的外型看起來很像法國喜劇演員費爾南德爾（Fernandel）。

「不！我們應該假設快速電梯和普通電梯沒有區別。」河西刑警和顏悅色地說道。與其說他是「第一搜查科」的刑警，乍看之下更像銀行行員。

根據飯店所提供的住宿名單，當天的房客有兩千九百六十五名，住房率約是七成，其中團體約有五百人；本國人與外國人的比例是四比六，外國人居多；外國人當中又以美國人最多，佔百分之六十；其次是英國人、法國人、西班牙人，也有來自俄羅斯、東歐共產國家的房客，老實說還真是一個民族大熔爐。

其中會被警方特別留意的當然是美國人，再來是日本人，不過也不能忽略其他國籍的房客。但是警方無法將這些人與行凶地點、動機連結，而且這些人在皇家大飯店停留一晚之後就各自離開，甚至有些人已經回國了。

根本不可能逐一追蹤。

無論如何還是得先找到明確的對象才能展開調查，警方在茫茫人海中找尋目標，靠的是耳聞的情報，而情報提供者是個體戶「佐佐木計程車」的司機，他說：

「我載了一位男客到皇家大飯店，他好像就是電梯裡的死者。」

他也解釋：「因為我不常看報紙和電視，所以拖到這麼晚才來指證。我是今天聽到車上收音機的新聞報導，才發現死者的特徵和我載過的客人很像。」

佐佐木所描述的特徵大致符合強尼・海華德，這令搜查小組精神為之一振，並立刻詢問客人上車的地點。

「九月十七日晚上八點半左右，我從弁慶橋開往清水谷公園方向，看到路邊有一個人靠著樹幹站著，因為他舉手攔車我就停了下來，結果一看是個黑人，心想糟了，我並不是想拒載，只是怕言語不通。反正我一開門，他就連滾帶爬地上了車，默默地指了指前方。很多外國人都是用比的，我照著他的指示往前走，直到抵達皇家大飯店時，他又用手指一指，我就是在那裡讓他下車的。現在一想，那個客人還真奇怪。」

「怎麼奇怪？」那須問道。

「他好像身體不太舒服，表情一直很痛苦，他那時候可能已經被刺傷了吧。第二天早上我在清理車內時，發現椅墊上有一些血漬，我用抹布擦只沾到一點點血，當時並不知道是他留下來的。因為曾經有客人把車子弄得更髒，所以我也不太在意。」

「他在車上的那段時間一句話也沒說嗎？」

「嗯！完全沒開口。我想我跟他語言不通，他看起來又陰沉沉的，所以我也沒主動搭訕。」

「連指示目的地還有付錢時也沒說話嗎？」

「我們一到飯店門口，他就掏出一張一千圓的鈔票，我連錢都來不及找，他就下車了。我總覺得他怪怪的，所以也沒去追。他沒說話……，不，等一下，他看到皇家大飯店時好像說了一句奇怪的話。」

「奇怪的話，他說了什麼？」

那須探出身子詢問這好不容易出現的微弱線索。

「他指著飯店的建築物說 sutoha、sutoha。」

「sutoha？」

「是的，起初我以為他說 stop，於是我趕緊停車，但是他又比手勢叫我繼續往前開，不過嘴裡還說著 sutoha。」

「你確定他說的是 sutoha？」

「我聽起來是那樣。」

從佐佐木口中打聽到的只有這麼多，那須去查了英日辭典，卻找不到 sutoha 這個單字。鑑識科人員檢驗佐佐木的車子，椅墊上留下的血跡雖然微量，卻證明血型與死者相同，因此大致可以斷定死者搭佐佐木的車抵達皇家大飯店。根據這條線索，犯案現場很有可能就是死者攔車的地點清水谷公園。

搜查員立即趕往清水谷公園。這座小公園位於紀尾井町與平河町兩處高地之間，四周環繞著飯店、高級住宅區、參議院宿舍，形成一處閑靜的角落。除了偶爾被遊行民眾用來做為集合場地之外，平常沒什麼人。儘管位居於都心區，卻像颱風眼一樣在喧囂中形成被遺忘的真空地帶。如果犯案現場就在這裡，那麼晚上八點以後確實沒什麼人跡，而且距離皇家大飯店非常近。

搜查員分頭展開行動，仔細搜索公園裡的每一個角落，園區裡有幾對熱戀中的情侶突然被這群表情嚴肅、宛如大軍壓境的男子們打擾，紛紛快速離開現場。

透過公園裡的樹叢隱約可見皇家大飯店的高聳建築物，這時候棟居刑警拿著一個東西走向那須。

「這個東西掉在公園後面。」

「什麼？」

「是一頂麥稈帽，已經很破舊了，這種東西怎會掉在那樣的地方？」

「這頂帽子還真是老舊哩！」

那須從楝居手裡接過那頂帽子，忍不住驚嘆帽子的破舊。說它舊，還真是太老舊了。寬幅的帽簷已經破損，帽頂也有破洞，用來編成帽子的麥稈早已褪色，與其說是麥稈，倒不如說是被蟲蛀光的老舊纖維。

感覺好像放在手裡就會像飛灰般散逸。

「現在誰會戴這種帽子？這起碼有十年以上的歷史了吧。」

接下來，那須露出愕然的表情。

「是吧，不過可以確定不是十年前掉在這裡，是最近才被扔在這裡的。」

「是嗎？看起來像是小孩子的帽子。」那須盯著帽子的頭圍部分說道。

「如果是誰掉的，我想也是兩三天前的事吧。」

那須瞭解楝居的意思，這意味著帽子很可能在凶殺案發生的九月十七日前後被丟在這裡的。

（話是這麼說，但也不能表示帽子就是犯人丟的啊！）那須正想這麼說的時候，突然想到一件事，心中懸而未決的疑問像是寒冰遇到高溫般開始融解了。

（計程車司機所說的那個語意不明的單字 sutoha，是不是就是指麥稈帽的英文 straw hat 呢？）

對於英語不好的日本人來說，麥稈帽（straw hat）很可能會聽成sutoha。

「就算如此，外國人為什麼要指著飯店說麥稈帽呢？」

棟居也說不出個所以然。總之，警方在清水谷公園發現的這頂帽子看起來和被殺的強尼・海華德有所關連。海華德在這裡遇襲身受重傷，臨死之際搭上佐佐木的計程車前往皇家大飯店的摩天餐廳，在那裡不支倒地。這個推論的可能性大為提高，於是警方重新以這個公園為中心擴大搜查範圍。如果犯案時間符合推算的時間，那麼現在還不算晚，說不定會有目擊者。

警方撒下天羅地網進行查訪，好不容易才在案件發生以後的第五天有所斬獲。在這座公園附近辦公商圈工作的上班族，平時會利用中午午休和下班後到那裡稍事休息，其中有一名上班族在警方的查訪中提供了線索。

九月十七日晚上八點半左右，這名上班族與同公司的女友從赤坂往公園的方向步行，看到一名女子從公園裡走出來。那名女子正想往他們的方向走過來，但是一看到他們似乎嚇了一跳，立刻掉頭往四谷方向小跑步離去。由於當時的距離有點遠，現場也沒有照明，所以只能從對方的身形認出是個日本女人，印象中沒有特徵，只記得對方穿著西式套裝。

這對上班族情侶也因為受到這件事的影響，並沒有走進公園就折返赤坂。

（這名上班族就說了這麼多，不過這可是搜查總部二十幾位刑警花了好幾天才得到的唯一收穫。）

這麼一點線索也成不了氣候，搜查總部很快就陷入一股停滯的氣氛。

透過美國大使館從被害者的居住地傳來了回應。

根據回報的消息，強尼・海華德沒有遺族，也沒有人來認領屍體。

2

在棟居的心裡有一個疙瘩，那個疙瘩日漸根深柢固，不舒服的感覺明顯地壓迫著他。

那個計程車司機聽到的 sutoha，好像是錯聽了 straw hat 的發音。但假設這是真的，被害者為什麼要指著皇家大飯店說 straw hat 呢？皇家大飯店應該沒有什麼能讓他聯想到 straw hat。

（sutoha 難道沒有其他聽錯的單字嗎？）

麥稈帽是棟居無意間在公園裡找到的，而且還把它和案子扯在一起，這是過於粗糙的判斷嗎？如果司機聽到的 sutoha 不是 straw hat，那麼棟居發現的帽子就和案情無關了。這個想法在棟居的心底沉澱著、漸趨凝固，他不覺得那須指出的「被害者到皇家大飯店頂樓餐廳的理由」隱含著這件案子的關鍵。

棟居所發現的麥稈帽經過鑑識，判定至少是十五年前製造的東西，比那須判斷的還要多五年以上。這麼老舊的東西應該不可能在市中心的公園裡放那麼久。經過再次的調查，證實了九月十七日早上，也就是強尼．海華德遇刺的十二個小時之前，社區守望相助的義工曾經打掃過公園，對方確定當時現場並沒有那頂帽子。如果那時候帽子就掉在那裡，應該當場就被清走了。

麥稈帽是在九月十七號的早上以後才被帶到公園裡的。

「再去現場看一次吧！」

棟居忠實遵守「返回現場上百次」的辦案原則，這時候他也注意到了一個奇怪的盲點。自從計程車司機提出了那條線索之後，他已經去過清水谷公園好幾次了。不過計程車載著被害者的那段時間，也就是晚上八點半左右，他卻一次也沒去過現場。警方在公園裡的搜查行動、周邊的查訪工作都是在較早的時間進行。

雖然警方高度懷疑這裡是犯案現場，但由於被害者當時已經離開了，這裡是凶案現場的可能性變低，因此疏忽了警方推算的犯案時段的現場觀察，這也算是辦案人員疏漏的一個死角。如果能站在這塊死角中說不定可以發現新的視點。

棟居在將近八點左右抵達公園，這裡雖然位居市中心卻不見人影，感覺好像深夜，也不見談情說愛的情侶。這似乎是警方防治犯罪的措施之一，呼籲情侶盡早離開公園裡，因而只聽見四周稀疏的草叢中斷斷續續的蟲鳴聲。

街燈稀落，偶爾行經馬路的車燈在路樹的樹梢上散發些許光芒。不過這些光線都無法穿越公園裡重重疊疊的樹叢深處。

棟居站在公園的暗處，不禁有身處在市中心卻充滿著難以想像的寂靜之感，連行經的車子也都彷彿刻意壓抑著引擎聲。夜晚的空氣寒冷，一個外國人就在這裡，胸部被刺了一刀。儘管如此，這裡依舊無法讓人聯想到一齣悲劇的發生，這是一處四周環繞著高級住宅區、遠離都市喧囂的角落。

同時，這裡也可說是掩飾犯人的絕佳防護罩。上班族情侶所目擊到的女子究竟和這件案子有沒有關連？如果有，那麼就有日本人涉案。不，說不定犯人就是日本人。

（被害者為什麼要去皇家大飯店？）

（他為什麼指著皇家大飯店說 straw hat？）

棟居站著不動，宛如融入黑暗中陷於深思，微風徐徐吹來，吹動了頭頂上的樹梢，從搖擺的樹葉縫隙隱約可見燈火通明的皇家大飯店，高聳的建築物就像一座龐大的不夜城，幾乎所有的房間都映照著燈光，再加上地面的照明燈向上射出的光束，使得宛如以銀箔延展的外牆格外耀眼地浮現在黑夜裡。

屋頂冷卻塔的四周被狀似祭典燈籠投射的光暈包圍著，那裡就是飯店最受歡迎的「摩天餐廳」，真是一個優美而華麗的景點。

棟居模擬著身在異國、胸部被刺的被害者眺望滿室光華的飯店建築時的心情，他以絕望的眼神望著那座如同裝滿了全世界幸福的摩天餐廳，那是一種不屬於這個世界的美吧。燦爛的光暈映在市中心的夜空裡，難怪會吸引臨死前的被害者。

「straw hat！」

棟居不知不覺地喃喃自語，漫無目標的視線突然凝結，被美麗光芒所吸引的視線凝望著某個特定的目標物。

「啊！那是……」

他驚叫之後說不出話來。飯店屋頂冷卻塔四周宛如土星環繞的光暈，那是摩天餐廳窗戶燈光的延續，地面上的照明穿透環繞冷卻塔的三角柱柵欄，將內部的圓桶輝映成一片銀色。頂樓餐廳的燈火看起來彷彿就像一頂用燈光編織、懸掛在夜空中的寬邊麥稈帽。

這是利用夜間照明在夜空中所描繪的光束造型。

「是這樣啊，原來如此啊！」

棟居的視線集中在夜空的某一點，不停地自言自語。強尼．海華德應該是把皇家大飯店頂樓的餐廳聯想成麥稈帽了吧。雖然不知道這意味著什麼，但是確定有一股吸引力帶領他拖著瀕死的軀體前行。

公園裡掉落的麥稈帽很可能是他帶來的，被刺的身體與麥稈帽。

（這其中隱藏著案件的關鍵。）棟居遠眺著黑暗盡頭的一點燈光，邁出了步伐。

2

CHAPTER

第二章

怨恨的烙印

1

棟居的眼前浮現出一幅情景，那是可恨的、令他不願想起的情景。可是，就這麼深深地留在他的記憶裡，恐怕在他有生之年都擺脫不了。

他這一生是為了追尋情景中出現的人物才會成為刑警的，雖然往事不堪回首，不過那樣的畫面他一輩子也忘不了，也可以說他是為此才活到今天。

棟居弘一郎不相信任何人，他憎恨人。人類這種動物無論是誰，追根究柢都是由「醜陋」這個元素所組成的。不管多麼清高的道德家，冠上了德高望重的聖賢封號，即使嘴上對別人勸說友情、自我犧牲等等大道理，內心裡依舊隱藏著明哲保身的念頭。

讓棟居如此不信任人類的，正是深深烙印在記憶裡的那幅景象。

當然，他仍然以身為社會的一份子來經營自己的社會生活，所以並沒有表現出不信任與厭惡，只不過潛藏在內心之中對於人類的那種感覺，形成了難以融化的硬塊，雖不至於致命，卻像附著在人體的腫瘤一樣頑強地存在著。

也可以說這是棟居的精神原型，只要緊緊裹住、不要剝開來就是他的生存之道。

棟居不知道親生母親的樣子。他母親並非病逝，只不過在他懂事以前就另結新歡，撇下年幼的他與丈夫，跟其他男人逃走了。

在那之後，棟居是由父親一手帶大的，父親對於妻子的背叛並未表示任何不滿，出身於教育世家、同時也擔任小學老師的父親，在二次大戰後的混亂局勢中為孩子們的教育奉獻一生。這樣的父親或許會因為母親的愛慕虛榮而感到痛苦。由於父親有深度近視，並未被國家徵召入伍，在當時軍國主義盛行的日本社會裡，這件事或許讓母親感到沒面子吧。

後來他聽別人說母親在「槍後之會」的場合上認識了一些年輕軍官，經常與他們出遊。母親之所以會逃離父親，就是因為與其中一名軍官過從甚密，終於隨著對方前往調任地點。父親從未對棟居提過母親的愚蠢行為，默默地忍受妻子離去的寂寞，然後又把這份孤單寄託在棟居身上，過著冷清的單親家庭生活。

太平洋戰爭結束，局勢一片混亂，與軍官私奔的母親下場如何不得而知，倒是混亂的局勢並沒有影響這對父子的生活。是父親的庇護嗎？還是忘了？棟居對於那段日子的印象已經模糊不清，或許是母親不在的寂寞籠罩他幼小的心靈，對於局勢的改變毫不在意。

只有那份寂寞刻骨銘心；與父親對坐吃晚飯的寂寞、昏暗的燈光、屋內的冷冽，直到此刻都還清晰地留在記憶裡。他已經弄不清那究竟是因為物資缺乏的困苦，還是因為沒有母親的孤單。而那份寂寞不知何時轉變成對於拋棄他們的母親的怨恨。沒看過母親容貌的孩子，只知道母親在同一個天空下的某處活著，對於母親的思慕之情也轉為憎惡。不過父子情深，他把這份寂寞與對父親的感情區隔開來。父子倆相依為命避開了嚴酷的局勢，那是一個與世隔絕的兩人小世界。

不久，棟居連這唯一的保護者也失去了。

那件事發生在棟居四歲時的冬季。那一天，棟居在車站前等父親回家，在傍晚的固定時段等父親下班是棟居每天的功課。

父親每天替棟居準備好芋頭或玉蜀黍便當之後就出門了，然後一直到傍晚為止棟居都是一個人在家。當時沒有電視，也沒有漫畫書，他只能在陰暗的屋子裡焦急地等待父親下班的時間到來。雖然父親跟他說過外面很危險，可是在傍晚時刻到車站接父親回家是小棟居唯一的樂趣。只要一發現父親從剪票口走出來，他立刻像小狗似地飛奔而上，父親手裡也一定會拎著禮物。雖然父親口口聲聲叫棟居不要來，但是孩子的迎接總是讓父親欣喜不已。

所謂的禮物也不過是芋頭做的小饅頭、豆類麵包，但是對棟居來說那可是最豐盛的點心，因為那些禮物充滿了父親的愛。

在回家這段路上的交談是父子最幸福的時光，父親總是瞇起眼睛聆聽口齒不清的棟居訴說著自己在家裡所做的各種冒險。像是追趕迷路的野貓、乞丐上門偷窺家裡的恐怖經驗、到隔壁阿良家吃到的美味點心等等無所不聊，父親總是慈愛地仔細聆聽，並回應著他的話。

如果父親沒有按時回來，他也會一直等到父親出現為止。年幼的他在寒風中蜷縮著身子等候，誰也不會在意。當時滿街都是流浪漢及無家可歸的小孩，一個孩子在街上遊蕩一點也不稀奇。當時的人們卯足了勁只為了討生活，誰也沒有能力去管閒事。

那一天父親比平常晚了三十分鐘，那正是二月底最寒冷的時節。看見父親出現在剪票口時，小棟居已經冷到凍僵了。

「還是來啦！我跟你說過天氣這麼冷不可以出來呀！」

父親緊抱著全身凍僵的棟居，父親的身體也是冰冷的，但是他心中的暖意似乎傳給了棟居。

「今天有很棒的禮物喔！」父親賣弄玄虛地說道。

「是什麼？爸爸！」

「打開看看！」

父親將紙袋交到棟居的手中，紙袋還留有一絲溫暖，棟居往裡面一看，忍不住驚嘆：

「哇，好棒！」

「怎麼樣？很棒吧，饅頭裡有真的豆沙唷。」

「真的？」棟居瞪大了眼睛。

「當然是真的，我就是跑去黑市買才弄到這麼晚，我們趕快回去吃吧。」

父親像是幫兒子取暖似地緊握著他冰冷的手，邁出步伐。

「謝謝爸爸！」

「這是謝謝你乖乖等我回家的禮物，不過明天起不許來了，不然會被壞人抓走喔。」

父親溫柔地警告棟居，就在兩人朝著歸途的方向行走時，那件事發生了。

車站前的某個角落突然響起一陣騷動，是從販賣不明食品的路邊攤那邊傳過來的，四周聚集了看熱鬧的群眾，一名年輕女子哀嚎著，連聲求助說：「救命呀！誰來救救我？」

父親拉起棟居的手急忙趕到那裡。從人群中往裡頭一望，原來是幾名喝醉酒的美國大兵（GI）正在騷擾一名年輕女子。雖然聽不懂意思，但是從這幾名年輕士兵嘴裡吐出來的話感覺相當低俗，他們就在眾目睽睽下調戲女子。個個身強體壯的美國士兵，與戰敗國瘦弱的日本人相比，那養分飽滿的身體與出油泛紅的皮膚，散發出充滿猥褻的能量。可憐的女孩好像一隻被貓群包圍的老鼠，快要被凌虐致死了，她身上的衣服被扒光，模樣悽慘。這群美國人將在眾人的圍觀下侵犯她，不！已經侵犯了她。

現場圍觀的群眾無人伸出援手，大家都抱著純粹看好戲的殘酷心態，就算有心搭救，對手是美國駐軍也無計可施。

這些美國大兵以戰勝國軍隊之姿騎在日本人頭上，他們徹底瓦解了誇耀全世界的日本軍隊，也否定了日本人心目中最崇高的權力者——天皇的神格。總之，他們堂而皇之地凌駕於日本的神人之上，支配著日本。對於當時的日本人來說，讓天皇宣告戰敗投降的美國士兵就是新的神祇。

甚且連警察也不能出手干涉這支「神之軍隊」。在這些駐軍的心目中，日本人不是人，甚至比禽獸還不如，基於這種心態他們才會做出這種旁若無人的行為。

被當作美國大兵活祭品的女孩陷入了絕望狀態，看熱鬧的群眾無人伸出援手，也沒有人報警，因為他們知道報警也無濟於事。

被他們抓到的女孩真是不幸。

這時候，父親撥開人群擠進裡面，對著正打算蹂躪女孩的士兵們說了幾句英語，父親也懂一點英文。美國大兵作夢也沒想到竟然有日本人這麼有勇氣，頓時驚訝地將視線集中在父親身上，圍觀群眾也屏息以待即將發生的事，一時之間現場充滿了令人恐懼的寂靜。

氣勢稍稍受挫的美國大兵一看到這個弱不禁風、戴著眼鏡，一臉寒酸相的日本人，立刻又耍起威風。

「媽的！黃種猴……」

「骯髒的日本鬼！」

「畜生！」

那些人一邊叫囂著，一邊衝向父親，但是父親拼命想勸解。不過，士兵們猶如被剛現身的獵物挑起亢奮的虐待情緒，開始對父親施以暴力。如同凶暴的野獸玩弄著一隻營養不良的獵物，那群美軍沉溺於折磨對方毫無反擊能力的殘酷喜悅中。

「住手，不要打我爸爸！」

棟居為了救父親，緊緊抱住其中一名美軍的背，那是一個像紅鬼般的白人，他的手臂大概在戰場上受過傷，有一塊燙傷疤，紅色的疤痕上長出了金色的毛。白人抖動粗壯的臂膀，棟居應聲摔落，父親買的豆沙饅頭也從他身上掉了出來滾到地上，被堅固的美軍軍靴踩得稀爛。饅頭滾落之處，父親像一塊破布般被美軍打倒，被亂拳揮揍、被猛力踢踹、被吐口水，眼鏡也被打落、鏡片碎裂，所謂的群毆就是這麼回事。

「誰來救救我爸爸？」

棟居向圍觀的群眾求救，但是面對這年幼孩子的呼救，大人們個個縮頭縮腦、別開視線或是冷笑，沒有人伸出援手。父親救的那個女孩早已不見蹤影，看來她把父親當作替代品，自己逃之夭夭了。父親為了救她挺身而出成為犧牲的羔羊。

如果基於半調子的正義感而出手，恐怕會變成第二隻倒楣的羔羊吧。群眾只是看著父親變成犧牲品感到越來越害怕。

「拜託，救救我爸爸！」

棟居哭著哀求。眾人佯裝事不關己，卻也無意離開現場，他們既不伸出援手，只是顯露隔岸觀火的好奇心，就站在現場緊盯著事情的發展。

突然間美軍開始狂笑，棟居回頭一看，一名美軍對著動彈不得的父親撒尿，就是那名手臂上有紅色疤痕的士兵，其他士兵也有樣學樣，父親在大量尿水的澆淋下已經毫無意識。看到他的模樣，不僅是美軍，就連看熱鬧的群眾也笑了起來。

比起對父親撒尿的美軍，棟居對於這群圍觀的日本人更是深痛惡絕。棟居淚流滿面，但是他不覺得這是淚水，他認為這是心中迸裂的傷口所流出來的血。這幅景象在他幼小的心靈中絕對忘不了。為了報仇的那一天，他已經把仇敵的身影烙印在記憶裡；仇敵，就是當時現場的所有人——美軍、看熱鬧的群眾、被父親搭救卻置父親不顧的年輕女孩，棟居把這些人當成自己的仇敵。

美軍終於厭倦凌虐遊戲離開了，圍觀群眾也散去，警察這時候才出現。

「對方是駐防美軍，我們也無可奈何呀！」

警官無精打采地說道，只是做了形式上的調查，口氣相當輕蔑，感覺好像人沒被殺死就算撿回一條命，棟居當下就把這名警官也視為仇敵之一。

父親除了全身被毆傷，右肩的鎖骨與肋骨也斷了兩根，等到完全痊癒需要兩個月，可是當時的檢查不夠仔細，忽略了腦出血的傷勢。事發之後的第三天，父親陷於昏睡狀態，當天深夜父親在夢囈中呼叫著棟居與妻子的名字後，停止了呼吸。

從那時起，棟居把拋棄自己與父親的母親，以及因醫療疏失害死父親的醫師視為終身的仇敵。他對於人類的不信任與憎惡感是從那時候開始產生的，他並不記得敵人的容貌與名字，甚至連親生母親的長相也沒印象，因此，他的仇人是當時的美軍、圍觀群眾、年輕女孩、警官以及醫生與母親所代表的全人類。

只要是人類，不管任何人都是他打算復仇的對象。成為孤兒的棟居當上刑警的過程也相當曲折，不過他想成為刑警的動機比過程還重要。

刑警背負著國家的權力（即便是形式），因而有權追逐犯人。對他而言，犯人和敵人是一樣的。在法律這種大義名分下能夠緊追另一個人的，大概只有警察這種職業吧。不是為了社會正義，而是要追著這些人到天涯海角，他想看看這些人在絕望、痛苦中掙扎的樣子。當時父親被虐殺卻在一旁袖手旁觀的群眾，他要一個個地揪出來，把他們推進絕望的深淵。如果把它當作一種犯罪行為而這麼做，終將無法長期持續下去，而且不知道何時會被追殺。而一旦變成一種正當職業，那麼只要在離職之前都可以名正言順地去做。

棟居不是為了社會正義，而是為了向全人類報仇才會成為刑警的。因為是復仇，所以最重要的是盡可能地折磨追逐的對象。

2

由於強尼·海華德並沒有遺族，所以他的遺體由美國大使館出面領取，並以火葬方式處理，在家屬出現以前暫時安葬於橫濱外國人墓地的某個無人憑弔的專屬區域。

搜查行動完全陷入膠著。根據棟居刑警所發現，得知皇家大飯店摩天餐廳的外觀形似麥稈帽，但是光憑這一點對於案情似乎沒有任何幫助。

看來麥稈帽對於被害者有重大的意義，但是無從瞭解。

另外小組內也出現了這種說法：「那對上班族情侶目擊到在犯案時段從公園裡走出來的女性是不是也和案情無關？」

根據後來的調查，到日本沒多久就遭殺害的被害者身邊當然沒有相符的女性。

「如果犯案與女人無關，那麼殺人動機是不是來自於他的國家？」這種主張越來越有力。到目前為止，搜查方向一直沿著女性這條線索，以日本人與受害者的關係為主，但如果犯人是他的同胞，那麼搜查方向一定要徹底改變。

當然，由於被害者是外國人，一開始也曾經朝「犯人是外國人」的有力方向進行搜查。外國人犯罪比較容易被發現，因為入境日本的外國人有一定的人數限制，出入境也會留下記錄。由於初期的搜查並沒有發現可疑的外國人，再加上那對上班族情侶的證詞，警方將目標鎖定在日本女性身上，搜查方向也就傾向於日本人了。然而，無論如何搜索始終沒有進展。

因此，警方針對情侶的證詞再次檢討。在照明不足的昏暗現場所瞥見的印象，年齡和特徵均不明。他們所謂的好像日本人，不過是從體型上判斷所得的模糊印象。

「那對情侶看到的日本人，說不定是個外國女人。」

「說不定是混血兒，混血兒的體型看起來也像日本人啊！」

「有必要調查被害者的國家。」

「犯人是外國人」的說法又重新受到重視，但是在日本國內已經沒有需要調查的對象，警方搜查被害者投宿旅館的工作也告一段落了。剩下的搜查對象就是被害者的國家，可是又不能派搜查員去美國。在日本發生的犯罪事件，警方的搜查範圍僅限於日本境內，牽涉到國際的案件，必須透過ＩＣＰＯ（註）要求對方的國家協助搜查。

即使日方派員出差也沒有搜查權，在語言不通及當地環境、民情都不熟悉的情況下，應該無法達到搜查目的，看來只有委託ＩＣＰＯ調查被害者的居住地，至少那裡是被害者的生長地，或許還留著與兇手有關的若干線索。

註—國際刑警組織。

這真是一件令人著急的案子，搜查員也深感跨國蒐證有一道無形的高牆。

棟居後來又去了幾次東京商務旅館。

「那裡早就沒什麼線索啦！」與他同一組的刑警山路說道。

「不管怎樣我都要找出那家旅館的關連性。」棟居固執地說道。

「怎麼找？」

「聽說海華德沒預約就突然跑去了。」

「櫃檯課長是這麼說的。」

「那麼海華德從哪裡得知那間旅館的地點？」

「可能在機場得到的資訊吧，也有可能是計程車載他來的。」

「機場的旅遊資訊介紹的大多是知名飯店，那家旅館才剛成立沒多久，也還沒加入飯店業協會。如果是計程車載他來的，地點不前不後；從機場來的話，品川、新橋這些市中心的飯店不是很多嗎？」

「不見得吧。既然是搭車，對於司機來說計費器跑越多越好，而且新宿算是副都心，大飯店隨處可見。」

「是啊！話雖這麼說，可是那家旅館很少有外國人投宿，大部分都是出差的商人，而且是定期到東京的熟客。一個外國人，而且是第一次來日本的外國人會去那裡，我想他應該事前做過功課。」

「事前做過功課啊，不過他是第一次去那家旅館吧？」

「是呀！因為他第一次來日本。」

「我覺得你想太多了。其實只是從機場載他來的司機碰巧知道那家旅館，所以才介紹給他的。」

「是那樣子嗎，如果是計程車載他來，但因為他是外國人語言不通，通常司機會先到櫃檯替他問有沒有空房吧？可是海華德是自己走到櫃檯問的。」

「他不是會說一點日語嗎？」

「即使如此，畢竟是第一次來這個國家，所以還是拜託司機比較保險吧。」

「是這樣嗎？」

山路好像無法理解似的，儘管如此，他還是配合棟居去了那家商務旅館，或許他對棟居的想法多少也表示同感吧。

不過棟居即使如此執著，在東京商務旅館仍然一無所獲。

強尼・海華德僅有的遺物已經轉交給美國大使館，他在日本期間所留下的些許痕跡也完全消失了。

「看來咱們對這家旅館的判斷可能是錯誤的。」

山路表情安慰地說道，但是棟居感到氣餒並沒有回應。或許就像山路一開始所主張的，海華德只是無意間來到此地吧，到目前為止的調查也沒發現被害人與東京商務旅館在案發前有任何聯繫。

連棟居都打算放棄了，當他走出飯店玄關，正想著把這次行動當成最後一次時，眼前停下了一輛高級轎車，司機打開後車門，一位身穿白大島（註）和服的高尚婦人下了車。

「咦？」

棟居與對方擦身而過，卻突然回頭。

「怎麼啦？」山路問道。

「沒什麼，剛才走過去的那位女士好像在哪裡見過？」

「沒錯啊，那不是八杉恭子嗎？」

「她是八杉恭子？」

棟居停下腳步直盯著她離去的方向。八杉恭子是一位家庭問題評論家，也是電視、雜誌爭相邀約的當紅人物，她與兩名子女用「母子通信」的書信型態寫出育兒日記，內容是母親如何面對孩子們在青春期所發生的問題，該作品推出後使她一炮而紅，成為當時的媒體寵兒，她的書不僅是在國內暢銷，也翻譯成英文推介至國外。這種看起來具有正面意義、時尚而優雅的教養潮流以及她與生俱來的美貌，簡直完全切合電視取向，可說是一種現代「時人」觀。

如果她是八杉恭子，那麼棟居透過電視或雜誌看過她也沒什麼好奇怪的。經山路一說，那張臉的確是熟悉的。不過，讓棟居回頭的原因並不是因為那張臉很面熟。在彼此擦身而過的那一瞬間，恭子側臉的角度稍稍攪亂了棟居遙遠的記憶，不過還不足以強烈到戳破那已然忘卻的結痂，彷彿像水面上揚起的微弱波紋很快地平靜下來，被恭子那張眾所周知的美麗面容吸收了。由於現在的印象過於強烈，過去微弱的記憶也就被壓抑住了，但是這個印象確實是存在的。那不是登載在雜誌上的公眾人物八杉恭子，而是與棟居有所關連的恭子，被埋藏在不知多深且被遺忘的深淵中，想把它挖出來還需要更強烈的刺激。

雖然他的潛意識感覺到有這麼一個人，卻因不得其門而入有些焦慮……

「喂！怎麼啦？被她迷住啦？」

棟居站在那裡動也不動地陷入沉思，被山路這麼一問，嚇得回過神來。

「八杉恭子為什麼會出現在這裡？」他猶似自言自語地問道。

「為什麼？棟居，你不知道嗎？」山路投以大感驚訝的眼神。

註——在鹿兒島縣奄美大島與鹿兒島市所生產的頂級華麗綢緞，為白底淺色花紋。

「不知道？什麼事？」

「八杉恭子是郡陽平的太太啊！」

「郡陽平的……」

一經提醒，他想起飯店玄關側面牆壁上確實掛著一塊寫上名字的看板。

「八杉恭子是……郡的……？」

「你真的不知道嗎？他們還有兩名子女咧。」

「我知道她有小孩，但不知道是和郡生的。」

「身為刑警，你的社會常識有待加強喔。」

山路語帶揶揄地笑道。不知這算不算是社會常識，但是如果連山路都知道，那就是人盡皆知的常識了。

郡陽平是在執政的民友黨中以青年領袖之姿而享有一席之地，在政壇上被視為「新感覺派」的旗手，聽說也是黨內的辯論家，有關於他的各種看法可以區分為「處處討好在上位者、攀權附貴的狗腿」、「變幻莫測的策略家」或是「具有超乎年齡的行動力、決斷力、得天獨厚的領袖風範」等等。

目前他附和麻生文彥的政權，採取「協助主流派」的立場，不過一旦情勢有所變化就會見風轉舵，表面上他是為了革新黨風打著消除派系的旗幟，不過由於生性溫和的態度與刻意展現的海派作風，在其他非主流派和中間派之中也增加了不少支持者。他打算角逐下一屆執政黨當權派的野心雖然未形於外，但是已牢牢地鞏固了自己在黨內主流派的地位。根據「麻生後執政期」的黨內動態，多數人認為他會爭取麻生政權的重要職位，也是下屆政權領袖的一匹黑馬。

他出身於山形縣的農家，寒窗苦讀大學畢業以後成立鐵工廠，據說就是因此得以進出軍方而開始走運，不過這方面的傳聞並不明確。他出馬競選眾議院的選舉，第一次當選是在三十四歲那一年，當時他不隸屬任何政黨。

現年五十五歲的他，就任於國土政策調查會會長，正熱中於結合長程國土綜合開發計畫，最近與財經界過往從密。他的家庭成員是妻子八杉恭子、十九歲的大學生長男與十七歲的高中生么女。有人說是打出恭子這張超人氣牌的緣故，使得他的知名度水漲船高，不過大概是因為被稱為策略家，所以他在公開場合極力避免提及妻子恭子。接受電視或雜誌上的採訪及攝影時，也絕不會讓妻子以八杉恭子的名義亮相，而是清楚地表明「郡陽平夫人」的立場。

棟居聽了山路有關郡陽平的描述之後，對於八杉恭子會來到郡陽平後援會事務所的飯店也覺得沒什麼好奇怪的了。

「都這把年紀了，八杉恭子還是個美女耶。」山路發出讚嘆聲。

「她到底幾歲了？」

「四十幾了吧？但是看起來也不過三十幾歲。」

「她已經四十幾歲了？」

「嚇一跳吧，我老婆和她差不了幾歲，卻常常說差不多該退休了。郡陽平還真是個幸運的傢伙。」

「他們是第一次結婚嗎？」

「第一次？」

「我是說，他們不是再婚狀況吧？」

「這我就不清楚了，兒子都上大學了，應該是很早以前就結婚了吧。」

「四十幾歲，孩子都上大學了，應該結婚得相當早。」

「我只是從外表來判斷，並不確定她幾歲，不過確實是很早就結婚了。」

「孩子會不會是誰的拖油瓶？」

「我倒沒聽說過，你也未免太鑽牛角尖了吧？」

「我只是有這種感覺而已。」

「像八杉恭子這種女人，只要是男人對她都會有感覺。」

山路看起來是誤會了。

強尼・海華德凶殺案的搜查行動就此陷入膠著狀態，ICPO也沒有任何聯絡，由於案件發生在對岸的日本，受委託調查被害者居住地的美國警方也不知該從何查起。此外，被害者生前登記的現居地是紐約惡名昭彰的黑人區，相當於日本的山谷、釜崎等流浪漢充斥的區域。由於是寄住，並沒留下什麼線索，當然也沒有親人。如果那裡只是寄住處，那麼他的籍貫地一定在其他地方，只不過從美國最早傳來的回覆中一點都沒有提及這件事。

美國是一個民族大熔爐，一名黑人在異國被刺身亡是不會被當作一回事吧。而紐約本來就是一個發生凶殺案也不足為奇的地區，對於同胞被殺的反應如此冷淡，肯定也會影響到日本搜查總部的進度。

不過犯案者很可能是日本人，不管美國的態度如何冷淡，日本絕不能袖手旁觀。搜查總部努力尋找被害者在九月十三日入境那一天搭載他從羽田機場到飯店的計程車。目前靠行的計程車有兩萬輛、個人計程車有一萬六千輛在東京的街道上奔馳，而且不能證明強尼・海華德是從羽田搭計程車的，然而這卻是搜查總部手中僅餘的細微線索。

（被害者為什麼會到東京商務旅館？）

（很可能）搭載被害者的計程車會知道答案。

3 CHAPTER — 第三章

謎樣的關鍵字

1

又是一個黎明的開始。雖然已經從宿醉中清醒，腦袋卻有如鉛塊般沉重不已，縱使眼皮上還殘留著睡意，但是明知再也睡不著了。這真是個不健康的早晨。

恭平因為想上廁所而起身，他自以為清醒卻步伐蹣跚完全使不上力，連身體的平衡感都不實在，這就是嗑藥的後遺症。

擠在棉被中的那群人都是昨晚開派對的夥伴，目前還在昏睡狀態中。他們都是不滿二十歲的年輕人，卻因為嗑藥過度、生活淫亂及營養失調，個個面黃肌瘦。他們的臉色看起來像肝病患者般黯黃、皮膚乾澀、雙眼浮現黑眼圈、嘴唇皸裂、眼角沾滿眼屎、嘴角涎著口水，睡死的面容令人難以相信他們還未滿二十歲。恭平在肉體橫陳的人堆中走向廁所時，還不小心踩到一個人。那是一名年輕女孩，被他踩到後痛得皺眉，微微睜開眼又翻身繼續睡。她幾乎全裸，儘管生活作息不正常，身體卻相當緊實。她僅用毛毯蓋住身體的一部分，發育完全的胸部與纖腰在枯瘦的男孩之間竟然美得令人生厭。她是恭平昨晚在酒店裡認識的女孩，堆疊在棉被中還有幾張不熟悉的臉孔。

滿屋子都是昨晚在酒店嗑藥、跳舞的烏合之眾。

這裡是恭平的父母買給他唸書的豪宅內某個房間。他父母與其說是寵他，根本是放任不管，一旦恭平說在完全隔離的獨立空間才唸得下書，父母立即掏出將近兩千萬圓，買下位於杉並區閑靜郊區的某棟豪宅給他。恭平把這裡當做秘密基地，索性也不去上學了，終日與同齡的「瘋癲族」(註)嬉戲，流連於夜店、酒店徹夜不歸，認識的玩伴隨便帶回家上床，耽溺於嗑藥與性交的派對中。

屋子裡到處充斥著這些景象，還有令人目瞪口呆的猥褻與髒亂。廚房流理台的餐具、速食品殘餚堆積如山，到處滋生蒼蠅和飛蟲。屋內四處都是亂扔的髒衣物和內衣，地上還有散亂的唱片和吉他。

一群人就睡在這個面向陽台、八張榻榻米大的房間裡，從亂成一堆的棉被、毛毯中露出了女人的腳、蓄著髒亂披頭四髮型的腦袋，像是旱田裡的蘿蔔、南瓜；揉成一團的廢紙、水果皮、塞滿菸頭的菸灰缸、藥丸空盒、可樂空瓶、避孕用具等等就散亂在棉被中與枕邊（雖然搞不清楚哪一邊），這些景象訴說著昨晚這裡的狂歡如何驚人了。屋裡瀰漫著一股食物腐爛的臭味，這裡的環境本來就不乾淨，又是密閉空間，七、八名男女睡得東倒西歪，空氣自然污濁了，令人頭昏的原因不單是藥物作用，想來和呼吸一整晚的污濁空氣也有關吧。但是那些夥伴還是在昏睡中，恭平走進隔壁餐廳，混亂的景象更勝於臥室，滅火器空瓶四處滾落，木質地板上沾黏著化學藥劑的泡沫，整個餐廳瀰漫著一股與臥室截然不同的刺激性臭味。

恭平此時才想起昨晚大家從酒店回來後所玩的「滅火器遊戲」。

這群人臨時起意要這麼玩，每個人在酒店就已經嗑了不少藥，然而他們之所以沒有羞恥心可不是藥物起了作用，而是一開始大夥兒就把羞恥心拋到九霄雲外。四男四女把自己身上的衣服脫得精光蹲在地上。恭平在地板上敲打滅火器的噴嘴，把整片地板噴滿化學泡沫，餐廳一下子就變成了泡沫海，然後再加入更多泡沫，這群男女在白色泡沫中大聲吼叫、戲謔，裸身大跳「泡沫之舞」。沾滿泡沫的肉體，滑溜溜得難以抓住，大量的泡沫遮蓋了每個人的臉孔和身體特徵，根本分不清楚，這是一場新鮮而刺激的捉迷藏遊戲。恭平在泡沫中不知和多少女人性交，由於吸毒、飆車與荒淫無度，變得遲鈍的性慾受到了這場遊戲的刺激，而滅火劑的刺痛感更是提高了他的性慾。

這種滅火器遊戲還可以延伸出另一種玩法「淋浴饅頭」，全身沾滿泡沫的人擠進淋浴間蜷縮成饅頭狀，就這樣塞進狹窄的浴室中直到身體動彈不得時，再交互澆淋冷水、熱水。無論是多麼滾燙的水，被迎面澆淋時躲都躲不掉，因此有人燙傷了，不過卻也產生了受虐的快感。

註——在東京新宿、六本木、原宿一帶聚集的青少年，打扮奇裝異服、吸食毒品、生活淫亂。

就像這樣，昨天一整天亂七八糟的。

儘管這群人的種種行為被稱為雜交、狂野派對，不過他們還是遵從著一定的秩序，也有固定的玩伴，對於彼此的身分相當瞭解，他們不找賣春的，也不與偶遇的人往來。這些人歧視妓女，並且不讓她們加入行列。

有時候為了追求一夜情的歡愉，也曾經混進來一些年輕上班族；不過誰也不會將彼此視為對象。然而昨夜的行為卻是隨意雜交，跟來的陌生人不問男女一概不拒絕，棉被裡的生疏面孔就是撿來的玩伴吧，然後在豪宅的密室中展開狂歡……

恭平心裡很清楚，這是因為昨天與母親一同參加電視節目錄影的結果，他想起自己當時的模樣忍不住想吐。

（母子的對話——在這失落的年代裡該如何進行母子之間的心靈交流呢？）

以如此一本正經的主題在全國性轉播的電視節目中露臉，恭平扮演的是一位乖巧孝順的模範兒子，而這是為了支持母親聲譽所扮演的角色。不只是全國觀眾，就連父母親都被他騙了。

（在恭平家絕對不會發生親子關係決裂的情況。例如即使雙親忙於工作，很少有時間與子女相處，親子之間還是能夠經常進行心靈交流。）

「在我們家絕對不可能發生親子關係決裂、父母疏離的情況。因為我們彼此之間存在著最基本的諒解；當然也會遇到難以啟齒的事情，這時候我們就會寫信，雖然住在同一個屋簷下，彼此也會通信，連一些談不上是書信的內容也寫。當我讀著兒女的來信，我以為自己很瞭解他們，然而還是會被他們內心深處的未知領域嚇到。

孩子在成長的過程中都會改變，他們身上雖是流著我的血液，但是已經和嬰兒期的模樣不同了。如果父母一直把子女視為長不大的孩子，我認為會造成親子的隔閡。

所謂對孩子的基本諒解是什麼？我認為是父母在孩子的成長過程中鍥而不捨地追蹤他們的腳步。世間父母是否忽略了孩子成長的腳步呢？我寫給孩子們的信就像一顆導彈，孩子們成長的速度很快，必須發射很多枚導彈。」

恭平眼前浮現母親那張精明能幹的臉龐，露出美麗端莊的笑容，運用巧妙的話術侃侃而談，而恭平的任務就是坐在母親身旁，一臉正經地附和。主張這些論調的她已被社會推崇為搶救親子關係的救世主，可見得媒體的力量有多麼恐怖。

但是，恭平又為什麼肯參加這種電視節目呢？為了復仇。母親一直以來的生活重心都在家庭以外，在成為媒體寵兒之前，年輕美麗的她一心向外發展。

恭平自從懂事以來就沒有關於母親的記憶；餵他喝奶、替他換尿布、接送他上幼稚園、替他準備遠足便當的都是年邁的幫傭。只有學校的家長會、教學觀摩日等眾人出席的盛大場合中，母親才會以他的母親身分出現，那一天的裝扮一定特別美麗。

這個女人對於恭平而言是母親也不是母親，只不過是一個生下他的女人而已。把自己的孩子當成道具，從未付出具體的照料，一旦成為媒體明星之後，更徹底變成一位「虛有其表的母親」了。即使如此，恭平小時候對於這樣的母親還是懷有敬畏之心，與其他人的母親不同，她在家裡也打扮得漂漂亮亮的，這樣的母親甚至令他感到驕傲。

可是隨著年紀增長，當他瞭解真實的母親只是一具在乎外表華美、沒有內涵的軀殼之後，開始產生猛烈的反抗。

最早的反抗發生在小學一年級的遠足活動，那一天正好是社區闊太太們約好一起拜訪養老院的日子，不巧的是幫傭婆婆因為身體不適而請假。

母親並沒有因此親自為恭平準備遠足的便當，反而為了該穿哪一套衣服出門而傷透腦筋，她只對恭平說：「今天媽媽要去安慰那些可憐的老先生、老太太們，你就委屈一點，中午自己去買便當喔！」說完遞給他一張千圓大鈔，恭平就帶著這張鈔票去遠足。由於背包裡沒東西扁扁的很難看，所以他把一隻最愛的絨毛玩具熊塞進去，那是幼稚園送他的禮物。

遠足的目的地是山中的沼澤旁。當時的一千圓大鈔相當於目前的一萬圓，可是在山裡什麼也買不到，其他孩子與隨行的爸媽高高興興地吃著便當，恭平連水壺都沒帶，肚子還沒餓就已經口乾舌燥了，同學的爸媽實在看不過去了，就把他們帶來的飯糰、茶水分給他。恭平怕被人發現他背包裡的東西，一個人躲在遠處啃著別人送他的飯糰，嘴裡不斷地嚼著，臉上早已淌滿了淚水。

恭平將玩具熊塞進背包去遠足的屈辱，深深地留在心底一輩子也忘不了，而他母親顯然早已忘了；不，不是忘了，而是根本不知道他把玩具熊塞進背包裡的事，母親以為塞給他千圓鈔票就算盡了責任，但是恭平就是從這時候起看清母親的真面目。

更別提父親從一開始就等於不存在。父親原先在為事業打拼，涉入政壇以後，彼此雖然住在同一個屋簷下卻幾乎碰不著面。這意味著他與孤兒並沒有兩樣。

孤兒應該不會發生親子決裂的問題。

他覺得自己是孤兒，而另一方面母親卻硬是利用身為「母親」的身分，為了媒體採訪而擬寫母子對話的大綱，變成了「全國的模範母親」，這真是可笑至極。

這個模範母親的模範兒子畢竟也只是一個虛有其表的偶像。

兩人形成一種共犯行為，只是母親並無共犯意識。這個偶像組合裡的其中一人以嬉皮自居，鎮日耽溺於迷幻藥與雜交的日子之中。如果被社會揭露的話，母親一定會名譽掃地吧？

不只是母親，父親的政治生涯可能也會受到影響，而這張王牌就握在恭平手上。

全然不知毀滅自己的武器就在自己親生兒子的手上，還拼命地維持虛名的雙親真是滑稽。恭平背著無知的父母盡情耗損自己寡廉鮮恥的青春，這不正是對捨棄子女、剝削子女的雙親所做的激烈報復嗎？

恭平從廁所裡出來，不想再回到那肉體橫陳的骯髒臥室，就坐在餐廳一角的椅子上吸菸，突然背後傳來說話聲。

「也給我一支。」

回頭一看，剛才那個被他踩到的女孩從臥室走出來。

「怎麼了，醒啦！」

恭平把桌上的七星菸盒丟過去，她單手接住並抽出一支。

「來，火。」

「謝了！」

女孩對著恭平劃燃的火柴點燃了菸，陶然地深吸了一口。

「嗑藥之後的菸最難抽，今天這支卻特別香。」

女孩已經把衣服穿好了，花襯衫配上及膝裙，遮住了先前在床上看到的豐滿體態，好像只殘留那稚嫩的表情。或許她還是高中生。

「我們在哪裡認識的？」恭平在記憶裡搜尋卻一無所獲。

「在吉祥寺的咖啡店啦，正打算去酒店途中誤上了賊船，跟著你到這裡來啦。」

女孩調皮地吐一吐舌頭，露出極其幼稚的表情，看起來一點也不像是與陌生男人玩滅火器遊戲的女孩。

「對啦，在吉祥寺的咖啡店。妳是愛跟男人搭訕的少女刑警（註）嗎？」

「哈哈！看起來像嗎？」

女孩頑皮地笑了。她一笑就露出了右臉頰的酒窩，模樣可愛極了，笑容好清純。恭平和女孩對望時，不禁感到一陣炫目。

（我昨晚真的和她做過愛嗎？）

他感覺有又好像沒有，在白色泡沫中根本分不清楚擁抱的對象，對手也換了好幾次，所有人渾身上下都沾滿了泡沫，像人魚般滑溜溜地抓不住，離去時只剩下鱗片般的觸感。

不只是隱藏在泡沫下，迷幻藥的作用也使得他意識不清，這麼頂級的獵物雖然掉進網子裡，卻又讓對方在白色泡沫下溜走。

恭平想起剛才無意間踩到她腳時所感受到的彈性，那是一種結實而健康的彈性。條件這麼好的對象，在這麼荒唐的生活中絕對不可能再遇到了。

「我是郡恭平，妳叫什麼名字？」恭平以追問的語氣問道。對方說是昨晚在吉祥寺的咖啡店認識的，但是恭平這部分的記憶已經模糊了。

註——源自於南野陽子主演的青春少女電影《神秘女刑警》。

他們昨天深夜在夜店裡吃下「白板」（註一），味道雖苦但越嚼越起勁，最近藥局不肯賣禁藥給未成年者，所以這種藥不容易得手。

這群瘋癲族整天就在找藥之中度過，有人為了找藥在全國瘋狂旅行，還有人以眼藥水、鎮靜劑代替，甚至有人喝生髮水。

「白板」對於他們來說算是貴重藥品，好不容易昨晚才找到的，夥伴們一起分食很快就陷入亢奮狀態中，有一種不醉不爽的感覺。

這個女孩大概就是在那時候認識的吧?他們好像也一起跳舞，如果她也在吉祥寺的咖啡店集合，那麼很可能是從市中心過來的夜貓族。

最近，行為瘋癲又帶點嬉皮味的年輕人把巢穴從新宿移至中野、荻窪、吉祥寺、下北澤、自由之丘等「郊區」。他們都不是真正的「瘋癲族」，只是裝腔作勢、以此自居而已。

組成份子有大學生、留級高中生、輟學高中生、離家少女、自稱為模特兒、自稱為設計師、自稱為專欄作家、不良少女、前衛藝術家、想成為攝影師的人、文藝青年、飆車族、作曲家、電視演員、圓不了明星夢的人等等三教九流都有。

他們最在意的就是外表。這些人對於這個世界一點貢獻都沒有，卻有不少人為了自己的外表連命都可以不要。

他們為了炫耀自己的打扮，紛紛聚集在新宿、六本木、原宿一帶，裝腔作勢地學瘋癲、扮嬉皮也是為了打扮而已。可是，正由於新宿、原宿都是過於有名的年輕人不夜城，所以也會吸引一些阿貓阿狗。

這使得以在地人自居的這群「假瘋癲族」頗不以為然，他們認為不入流的人混進來就很礙眼，為了維持自己的風格開始朝「郊區」移民。

乍看之下他們是一個複雜的族群，但是也有很大的共通點，那就是沒有固定的工作。就算有就學、就業的機會也無法持久，一度入學、就業也總是半途而廢，最後只能脫離正常的社會生活。也就是說，這是一群不肯努力工作或學習的懶惰蟲，只不過是追求同類而成為一丘之貉，他們為了抵抗既有的社會道德、架構以及被劃一化的人類而裝腔作勢。

「我們這群年輕人擁有什麼?」他們採取一種虛無的姿態（這也是風格）、不致力於追求想要的東西，終日沉溺於迷幻藥、modern-beat（註二）、性交及陶醉在速度感之中。

既然不事生產，就沒有必要為明天做準備，只要及時行樂就好了。這群年輕人當中，有些人以前是真正的「瘋癲族」，他們憤世嫉俗，一旦領悟到最終必須與社會為敵卻又毫無勝算時，只好遠走遠洋的孤島、深山追求自己的烏托邦，捨離社會。

留下來的一群人披著憤世嫉俗的外衣，行為卻最世俗。他們來自於市區或郊區的中等以

註一——Methaqualone，是一種非巴比妥鹽類鎮靜劑。

註二——二次世界大戰後的美國年輕叛逆世代。

上家庭，表面上拒絕與家人同住，實則如果想家的話隨時都可以回去。

其中有些人從家裡出門，在投幣寄物櫃「換裝」（換上嬉皮或瘋癲族的「制服」）馬上變身為速成嬉皮，怨怪大都會的孤獨感，佯裝自己是日本的社會邊緣人。

他們如果真的遊走於社會邊緣，那也不必偽裝成藝術家或作家了。在他們的偽裝姿態中，對於「自由人」這個最世俗的行業充滿了嚮往，在在顯露出他們反世俗與超俗的姿態是冒牌貨。

恭平認為這個女孩也是其中之一。

「叫什麼名字還不是都一樣。」女孩輕浮地笑道。

「別裝了，我挺喜歡妳的，告訴我沒關係吧。」

「說不定以後不會再見面了。」

「我還想再見妳。」

「真想不到耶，你說得好感傷。」

「我原本就很消極，不然也不會一個人住在這裡了。」

「一個人住豪宅，你的來頭一定不小。」

「這叫很有來頭嗎？我只不過是被父母遺棄的孤兒。」

「你是孤兒？那跟我一樣囉。」

女孩對他投以關心的眼神，大概是對於孤兒一詞有同感。
「妳沒有爸媽？」
「有跟沒有一樣。」
「我也是，自從帶著玩具熊去遠足以後，我就與我爸媽斷絕了關係。」
「你和你爸媽斷絕關係？還有，玩具熊是怎麼回事？」
恭平對女孩傾訴了內心深處的怨恨。
「竟然有這種事？那你也很可憐。」
女孩這次投以同情的眼神。
「說說妳的故事。」
「我的故事很普通，我媽是小老婆，我爸……啊，是一隻骯髒的禽獸，我媽則是那隻禽獸的性奴隸。所以我離家出走，算是翹家族的新人。」
「妳還是不肯告訴我名字嗎？」
「朝枝路子。朝陽的朝、樹枝的枝、道路的路。」
「可是，妳媽當小老婆也是在妳出生以前的事吧，妳為什麼到現在才突然離家出走？」
「她懷孕啦！都那把年紀了，如果嫌髒就別幹那種事。」
朝枝路子一臉嫌惡地幾乎快吐出口水，卻突然想起這是別人的家，連忙停止動作。

「是嗎?所以妳昨晚就跟我們來了，那接下來有何打算?」

「沒有耶，我帶了一些錢出來，暫時撐一陣子。」

「錢花完了呢?」

「不知道!我沒想那麼遠。」

「如果妳願意的話，要不要住這裡?」恭平突然提出邀約。

「我可以留下來嗎?」

「如果是妳，我很歡迎。」

「有救了!」

「那就決定囉!」

恭平伸出手，路子漫不經心地握著他的手。這兩個年輕人就如此率性地定下「同居契約」。

他們發現在隔壁臥室睡覺的夥伴們已經醒了。

2

隸屬於紐約市警局第六刑事組第二十五分署的肯・薛夫坦刑警踩著不情願的步伐，在西哈林區（註一）的角落走動。雖然心裡不痛快，但是職業性的戒備卻絲毫未鬆懈，由於巡邏車會刺激當地居民，所以盡可能不開車進來。

自認為對於這個社區摸得一清二楚的肯，一旦走進這裡也不得不謹慎小心，時時留意身後的動靜。雖然上頭規定出任務以兩人一組為原則，不過肯卻經常單獨行動，警部（註二）也默許他的行為，畢竟人類即使是同伴也會彼此不信任。西哈林區大部分的居民都是波多黎各人，生活水準比黑人還低，基於強烈的民族意識與貧困的原因，他們不願意接受教育，無論在這裡住了多久都不會說英語。

即使走進來的肯是個熟面孔，他們依舊對他投以犀利的目光；對於他們而言，刑警是絕對不能和平相處的敵人。

在即將崩壞的老舊公寓那宛如鐘乳洞般的入口前，聚集了一群未滿二十歲的男孩，他們

註一——West-harlem，紐約黑人區。

註二——警察職級之一，地位僅次於「警視」。

並沒有打算要做什麼，只是無處可去所以聚集在這裡；幾個染上毒癮或酗酒成性的人就癱躺在地上；還有幾個年紀更小的小孩子到處跑來跑去。他們看到肯紛紛投以充滿敵意與戒備的眼神。不只是針對肯，只要是非本地居民，他們都表現得極度不友善，其中可能還有人隨身攜帶槍械。他們的眼神投射出被封閉在紐約社會最底層又找不到出路的絕望和憤怒。

這裡的居民幾乎在成年以前都有犯罪紀錄，他們是紐約市的犯罪預備軍。

芝加哥的幫派是以嗎啡為主的販毒組織，並不會侵犯規矩的老百姓。可是紐約幫派是以混混為主體，專門以一般市民為獵物。實際上在此地行走，不知何時會被人從後面突襲，他們攻擊人毫無理由，就連街坊鄰居彼此都不信任。這裡根本看不到貧民窟相依為命的特色，有的只是受紐約這個巨大文明都市擠壓下的暴躁和冷漠，每個人都互相保持距離。

有人這麼比喻，如果中央公園是紐約的腸子，那麼西哈林區就是生殖器；但是肯認為這裡根本就是紐約的「排泄場所」。紐約為了替這個巨大、光彩奪目的物質文明塗抹爛熟妝容，排泄出來的矛盾通通捨棄在這一角。

薛夫坦十分厭惡哈林區。即使如此，若有人惡意批評哈林區他又會大發雷霆。如果沒有住過這個社區，根本無法理解被封鎖在沒有出口的黑暗中那種絕望的感覺。這些人擁有過剩的精力卻無處可去，一間月租五十元美金的屋子也只是僅供睡覺的場所，那不是白天能待的地方，沒有學校可去、沒有工作，他們聚集的場所就是狹窄的暗巷，除此之外別無去處，想要脫離這裡，不是成為犯罪者就是從軍。

肯．薛夫坦曾經也是這裡的居民，所以十分清楚這裡的一切。有些人被家裡趕出來，為了追逐那少許的陽光不停地移動位置，在夏天則反過來尋找遮蔭處。然後他們學會了偷竊，穿著輪鞋故意衝撞路邊攤，把攤子上的東西撞落一地，當老闆氣得追打時，一旁的同夥就趁機把東西偷走。對於他們來說，經常誤闖當地的觀光客可是大獵物，他們會用沒裝底片的照相機佯裝替觀光客拍照，然後死皮賴臉地要錢，等到對方拿出錢包就搶走並逃進巷子裡。

只要一有機會，這些人就會溜進附近的住家，就算那是同夥的家也偷得毫不客氣。家中有妙齡少女的人家會裝設兩道喇叭鎖，再加上彈簧鎖和鎖鍊，形成四道防禦措施。可是無論鎖得多麼嚴密，只要裡面沒人必定遭到闖空門。

肯在這個互不信任的貧民窟成長到十七、八歲，也算是一個狠角色了，每次一回到這裡，就好像逼著自己面對過去最醜陋的一面，他極度厭惡這種感覺。不過，這裡確實是自己的出生地，所以一旦遇上沒有體驗過被封鎖在這裡的人批評這裡的種種，他就會發脾氣。

一陣風吹過微暗的巷弄，夾雜著食物的腐臭味及人類排泄物的惡臭。這陣風像瘴氣般從哈林區吹向肯，夾帶的紙屑在風中飛舞，一張紙屑黏在他的鞋頭上，他正打算甩掉時不經意地瞥了一眼，好像是什麼廣告傳單。

肯撿起來，讀著上面的文字。

星期六特賣會。我們提供眾多英俊健美的男性黑人為您服務。只要能讓您有個愉快的星期六，我們會服從您的任何命令。表、裡、法語對話、polaroiden、訓練師、家庭教師、女學生及其他……，我們能滿足您任何要求。不問人種、嚴守秘密。

肯吐了一口口水，扔掉了宣傳單，那是非法的性交易兼差廣告。所謂「表」指的是一般性交、「裡」是同性戀性交、「法語會話」是口交，「polaroiden」是提供模特兒給性愛寫真拍攝者、訓練師是指性虐待狂、家庭教師是性受虐狂、女學生則是女同性戀的行話。

哈林區也提供這種工作機會給寡廉鮮恥的性工作者。其他還有協調夫妻交換、代理內衣蒐集、預約鐘點與申請性伴侶的使用天數等等，簡直就是把美國所有見不得人的勾當通通聚集在一起。

肯每次看到這些廣告傳單，就會感嘆紐約也淪落到這種地步了。這裡有這麼多地下性交易，那就表示有這麼多需求，而且客人幾乎都是白種人。他們在白天或公眾場合帶著社會正常人的面具，一旦取下就變成禽獸，花錢購買無恥的歡樂。這些人對於機械文明的刺激與壓力已感到麻痺，正常的性交已經無法滿足他們了。

這裡是紐約，不，是美國爛到深處的病根之一。從哈林區南角的一一〇街往東行到一三〇街，就是西班牙哈林區的中心地帶。肯要找的是位於一二三街的房子，好不容易才來到地址中的公寓前。入口樓梯的深處看起來像一條暗溝，牆壁上塗滿了塗鴉，以油漆、麥克筆、揮發性噴漆等寫出來的都是與性有關的猥褻字眼，也混雜著少數反戰標語、批評政府的話，但這反而令人覺得格格不入。入口處有幾名留著黑人頭的年輕人與小孩，眼神空洞地望著他。孩子們個個腹部隆起，在紐約這個有人因過胖而中風的城市裡，這些孩子們有嚴重的營養不良。

「強尼・海華德是不是住過這裡？」

肯問一位名留著蓬鬆黑人頭的年輕人，反正這裡應該不會有管理員。

「不知道！」年輕人一邊吐掉嘴裡的口香糖說道。

「是嗎？你不知道？你家住哪？」肯語帶威脅地問道。

「我住哪干你什麼事？」

「我就是要問你住哪？」

反正這些屈打成招的小混混總有一、兩個不想讓刑警知道住處，只要警察一打聽就會表現出極度反感。

「知道啦！我最近才搬來，不太清楚，你去問住這棟公寓的馬莉歐。」

「馬莉歐？」

「一樓八號房，是這裡的管理員。」

肯放開那個黑人頭，走進公寓。從外面一進來，裡面的昏暗令他眼睛不習慣，什麼也看不見，不知從哪個房間傳出喧嘩的電視聲。

好不容易習慣了黑暗，爬了大約半層樓梯就到了一樓，空氣中瀰漫著一股食物腐敗的氣味，天花板垂掛著沒有燈泡的樹枝型吊燈殘骸，彷彿稍有地震立刻就會被震落，肯繞過吊燈下方而行。

房門上既無名牌也無房號，從房間溢出來的破爛東西塞滿了走廊，房門半掩，屋裡傳出震耳欲聾的爵士樂，喧鬧吵雜的電視聲很符合這個居屋。

肯對著半掩的門縫大聲嚷嚷。

「請問馬莉歐住在哪一間？」

他感覺屋裡有動靜，可是沒有人打算出來應門，明明聽到他的聲音卻沒當作一回事。

肯再問一次，終於從裡面走出一名肥胖的中年婦女，以充滿疑慮的眼光窺探他。

「吵死了！我就是啦，你是誰？」

「妳是馬莉歐？我有事想請問妳。」

肯以為馬莉歐是個男人，沒想到對方是一名肥胖的中年婦女，所以立刻改變問話語氣。

馬莉歐看了肯的警徽顯得有點畏縮，不過她立刻又挺直了身體說：

「警察找我有什麼事？」

她從門後的陰影警戒地看著肯，在哈林區連警察都是不可信的，不！應該說就是因為警察才不能信。他們認為警察站在金錢與勢力那一方，只要一有機會就會把弱者和窮人趕出去。

肯瞭解自己受到這種對待也是無可奈何，紐約市警的腐敗幾度受到批判，可是病根已經爛到底，所以很快就又蓄滿了新的膿汁。如果警察是完美的健康體質，那麼監督警察的「內務監察部」就沒有存在的必要了。

不只是警察，整個紐約市都是支持富人的，這裡只對富人微笑，只有富人才會被視為人，窮人所受到的對待比垃圾還不如，哈林區就是最佳證明。

中央公園以西是與哈林區成對比的「人類城」。豪華公寓在寬敞而翠綠的草坪上林立，四季鮮花綻放，這裡一隻寵物的飼料費可以養活哈林區三十個居民。

這裡的居民絕對不會跨足一〇〇街以北，對他們而言一〇〇街以北是一個屬於紐約又不算紐約的地區。在這段丟一塊石頭的距離之內並存著天國與地獄。

「能讓我進去說話嗎？」肯推開幾乎堵住門口的馬莉歐，強行進入屋內，裡面僅有床鋪、餐桌、冰箱及電視。

「你到底想問什麼？」馬莉歐對於肯的侵入明顯地表現出憤怒。

「在問話之前，能不能把妳那吵雜的電視關小聲一點？妳的鄰居居然不會抱怨？」肯指一指電視機的方向。

「更讓人受不了的事多的是，大家根本毫不在乎。」

馬莉歐雖然回嘴，卻關掉了電視，露出一臉「你到底想說什麼？」的不滿表情與充滿敵意的眼神看著肯。

「強尼．海華德應該住過這裡吧。」

「是啊！不過他最近去旅行。」馬莉歐意外地回答得很乾脆。

「強尼在日本死了，他有家人嗎？」

「強尼在日本死了？真的？」馬莉歐好像嚇了一跳。

「是的，日本政府通知我們去把他的遺體領回來。」

「他有個老爹，但是在三個月前出車禍死了。唉，就算活著，這下子也活得沒意義了。」

「他沒有其他家人嗎？」

「我想沒有吧，不過我也不太清楚。」

「妳是這棟公寓的管理員嗎？」

「是呀！這種破公寓誰會乖乖繳房租啊？我要一家家去催收，這個工作很重要喔。我自己雖然不用繳房租，不過這樣也划不來。」

「強尼和他爸是做什麼工作？」

「強尼不知是哪裡的卡車司機，他爸是個酒鬼，每天跟兒子討點錢喝酒，整天醉醺醺的，滿嘴詩詞，還自以為是個讀書人。我跟他們沒什麼來往。」
「妳不是看門的嗎？」
「我只負責收房租，別人在做什麼買賣我可不知道喔。」
「海華德父子什麼時候住進來的？」
「這裡的人都住很久，因為房租便宜嘛，我想想，有十五年了吧。」
「他們之前住在哪裡？」
「我哪知道？那對父子本來就惹人厭，跟鄰居都合不來。」
「他有沒有說他去日本做什麼？」
「啊！他說了一些奇怪的事。」馬莉歐這時才有些許反應。
「奇怪的事？」
「說是要去日本的 kisumi。」
「kisumi？」
「聽起來確實像 kisumi。」
「那到底是什麼？」
「我怎麼知道啊！是日本人的名字還是地名？日本不是有很多怪名字嗎？」
「他只跟妳說了這些？」

「只說這些呀！這傢伙一點也不討人喜歡，也沒說要買土產送我。原來是死啦，現在不聊什麼土產，他到底是怎麼死的？」

「被殺死。」

「被殺？」馬莉歐張著嘴發愣。

「我們必須給日本警方一個答覆，能讓我看看強尼的房間嗎？」

「為什麼會被殺？他是不是在東京被殺？東京不是一個很熱鬧的地方嗎？」

馬莉歐好像突然被激出旺盛的好奇心，肯不理會她的問題，要她帶路去海華德父子住過的房間。

那個地方和馬莉歐的房間一樣昏暗而狹窄，窗戶面對著隔壁公寓剝落的牆面，幾乎遮住了所有視線。房間裡就只有電視、冰箱、床鋪、衣櫃、兩張椅子，床頭的小茶几上面有個小書架，上頭放著幾本書。

打開冰箱一看，裡面什麼也沒有，電線已經被拔掉了。屋子裡收拾得很整齊，大概是因為要長途旅行，所以整理過一遍吧。

不過，肯看過空無一物的冰箱，覺得屋主應該不打算回來了，所留下的東西淨是一些不值錢的破爛。

「他的房租都付了嗎？」

「這一點他倒是挺守規矩的，從沒讓我催過。」

「他付到什麼時候？」

「連這個月都付了。」

「那他還有半個月的使用權囉？警方沒同意之前，妳不要處理這間屋子。」

「那這個月過完以後怎麼辦？」

「妳別管，在指示下來以前不要碰這屋子。」

「哼，警察會付房租嗎？」

「別擔心！這麼爛的屋子想找到新房客也不容易。」

「真是垃圾！」

肯對馬莉歐的惡言惡語充耳不聞，走出了公寓。他下了這道命令是基於警察的本能，並非出於深思熟慮。本來就是因為上司的命令，還有只是基於他出身於哈林區，他才被迫接下這件案子的，自己並無熱情。他並不是不在意一、兩個黑人在異鄉的生死，而是紐約市的人口實在太多了，哈德遜河和東河每天都會出現一具浮屍，就是這塊土地的特徵。肯之所以會來調查乃是基於對日本警方的禮貌，他國的警察如此熱心地搜查，被害者祖國的警察豈能把案子草率了結呢。

「如果是哈林河上的浮屍，就可以用意外溺斃來結案了。」

肯如此粗糙地考慮著。不知怎麼，肯突然想去看看哈林河黑濁的水面。

由於在被害者的現居地完全無法得到進一步的線索，所以只好從區公所的戶籍去尋找他的親屬，並從發放護照的單位調查強尼・海華德的相關資料，進而查出他去日本的目的是觀光，簽證也是以此為目的獲准的。

紐約市民從出生、死亡到結婚申請等等，一切資料都是由市中央登錄中心管理。根據紀錄，強尼・海華德一九五〇年十月生於紐約東區的一三九街。

強尼的父親威爾夏・海華德曾經是美國陸軍士兵，參加過太平洋戰役，一九四九年復員（註）並退伍，同年十二月與泰瑞沙・諾威德結婚，隔年十月強尼出生。一九五八年十月，妻子泰瑞沙病逝。

以上就是強尼・海華德的相關戶籍資料，強尼的親屬皆已死亡。

紐約市警局把以上的調查結果送交日本，市警局就此覺得責任已了，接下來日本警方會根據當地法律進行調查吧。美方聽說日本警方很優秀，但是一名黑人死在異地，對美方而言根本無關痛癢。

肯・薛夫坦在受命調查被害者家屬，並向二十五分局的上司報告結案後，早已忘了此事，沒想到日本要求再度調查此案。

「日本方面完全掌握不到犯人的線索，所以請求清查被害者的居住地，如果能推論出犯人或是特定的參考資料，敬請送交或聯絡。」

上述的請求經由ＩＣＰＯ傳達給二十五分局。

「日本警方真難纏！」肯對同事如此說道。

「美國人在日本被幹掉，這關乎日本人的面子吧？」

「這還真是令人困擾的好意啊！」

「不管怎麼說，一位美國市民被殺啦。」

「死在東京這種地方，真是死非其所呀。」

肯想起前一陣子紐約有一名日本人被強盜殺害，幸好當時有目擊者，犯人很快就被逮捕了。

如果東京警視廳是為了這件事想要以熱心搜查來還禮，那還真是一種添麻煩的好意了。

「辛苦你了，再去他家搜搜看吧。」

上司過意不去地說道。一二三街是肯的地盤，以致讓他陷入不得不做的窘境。

「即使你叫我再去找找看，那裡啥也沒剩啊！只有破舊的床鋪和椅子，還有一具空冰

註——由戰時狀態恢復為平時狀態，即戰後使動員的軍人轉入各行各業，恢復平民生活。

箱，想找也沒東西可找。」

「就算是些爛東西也要去看一遍，再問問看強尼去日本之前有沒有訪客，他的公司、常去的地方，查查他的朋友和往來的人。」

這些是日方首次聯絡美方時就該調查的工作，但是肯認定死者在日本遇害，這是日本警方該做的事因而怠慢了。而且，在每天都有重大犯罪發生的紐約，實在無法顧及在國外被殺害的人。

肯邁著沉重的腳步前往一二三街，然而比起上次的調查並沒有得到新的結果。強尼沒有訪客、他常去的場所也沒發現可疑人物。

這一次肯沒有就此罷手，為了回應日本警方的熱情，他也認真地進行了查訪，只是什麼收穫也沒有。

肯受到徒勞無功的打擊，正當他想向上司報告一無所獲時，突然想起一件被遺忘的事。就是馬莉歐說過的一句話。

「我要去日本的 kisumi。」這是強尼出發之前對馬莉歐說的。

肯問過馬莉歐 kisumi 是什麼意思，她回答：

「可能是日本人的名字還是地名吧？」

這就是重要的線索，把這麼重要的資料忘了，或許這就是肯打心底怠慢的證明吧。肯立刻向上司報告這件事。

kisumi這個謎樣的關鍵字立即被送達日本警視廳。

3

從紐約市警局傳來的謎樣關鍵字kisumi使得搜查總部陷入困惑中。

被害者說「要去日本的kisumi」然後就出發了，最單純的想法就是人名或地名。

首先從人名來推論，有哪些名字符合？

木須見（ki-su-mi）、城住（ki-sumi）、木住（ki-sumi）、木隅（ki-sumi）、貴隅（ki-sumi）、久須美（ki-su-mi）、久住（ki-sumi）

換成其他字還有幾個姓氏有可能，不過都不是通俗的名字。

接下來是地名，日本沒有符合kisumi這個發音的地名。

以標音來看，發音近似的有：

岸見（kishi-mi）——山口縣

木次（ki-suki）——島根縣
喜須來（ki-su-ki）——愛媛縣
衣摺（ki-zuri）——大阪府
久住（ku-zumi）——京都府
久住（ku-zumi）——千葉縣

等六個地方。在日本地名索引裡沒有登載的小村落，說不定有符合 kisumi 這個發音的地點，但是搜查總部不可能找得到。況且，如果被害者說的「我要去日本的 kisumi」指的是地名，那麼應該是具有某種範圍的區域稱呼，或是稍有知名度的觀光區。

搜查總部以缺乏自信的態度，向六個區域的所屬警局照會有無和強尼・海華德這個美國人有任何關連的人物或物件。被問及的單位也無法判別誰是該查詢的對象，這麼曖昧不明的照會必然使被詢問者感到困惑，畢竟被問到有無關係者或是物件時，卻又說不清楚所謂的關係是指什麼。

果如不然，六個地方警局都回覆說：「沒有可疑的人物或物件。」這是一開始就預知的結果，將「kisumi」和地名結合原本就很牽強。關鍵字與人名有關的說法就變得比較有力，但是不管怎麼清查就是無法找出與被害者有關的人物。

也有人提出是不是公司行號、餐廳、酒吧、咖啡廳的名字。如果是，那麼倒是有符合這個發音的知名化妝品公司。不過，也沒發現這家公司和被害者之間有何種關連。其餘叫做kisumi的餐廳、酒吧、咖啡店之類的行業，從東京及其周邊到大阪、神戶、京都及日本的其他大都市都不存在。

搜查總部完全束手無策，好不容易從紐約得到的唯一線索就這樣斷了。

4 CHAPTER — 第四章

出軌的臭味

1

小山田武夫最近對妻子文枝產生一種曖昧的疑惑，他感覺從她身上散發出其他男人的體臭，然而如果不確認身體的某部位有明顯的出軌痕跡，那也就找不到野男人存在的證據。如果仔細分析，其實並沒有留下任何蛛絲馬跡，但是整體感覺確實不對勁。就好像有人經過核磁共振的精密檢查也找不出身體有什麼異常，然而就是抹不掉那種不健康的感覺。

夫婦之間談話時，有時候文枝的回答會慢半拍，當下他的感覺是妻子的心不知飛到哪裡去了，留在他身邊的只剩下一個外殼。人好端端地待在丈夫身邊，心思卻在哪裡與其他男人同遊，這就是所謂的「心不在焉」，這種狀態就宛如潛意識瞬間閃入視覺廣告似地，讓他無法清楚地捕捉到。

妻子被小山田呼叫時，一下子回過神來若無其事的態度巧妙而且沒有破綻，不過越是巧妙，越讓小山田感覺她的做作。索性露出一點破綻還比較自然，妻子在丈夫面前的武裝達到滴水不漏的程度反而奇怪，這也是丈夫認為她有不可告人秘密的證據。

小山田很愛妻子，他覺得無論帶她到什麼場合都很有面子。事實上，夫妻倆一起出門時，擦身而過的男人總會回頭，眼底流露出明顯的羨慕與嫉妒，認為他配不上妻子。光是這樣，當他看到其他男人對文枝有所企圖時就感到不安，總覺得只要自己稍微不注意，就會引來那些飢渴的男人，而如果自己無法滿足妻子的肉體就會很擔心。

小山田還算健康的時候，上班前總要挑逗妻子。早晨在妻子體內射入貯存了一夜的精力，就好像對其他男人施以封印似的，在她體內注入的精力是他保護妻子的「禁令」。即使體力不足無法在早上辦事也一定要愛撫妻子，確認妻子今天仍然是「處女」，這麼一來才能安心。

如此不近情理並非沒有原因，小山田的胸腔出了問題，他的肺尖部被發現一個小病灶，醫生囑咐他要休養兩年，由於他在一家小公司上班，公司只有勞健保，薪水半年就用完了，生活立刻陷入困境。為了負擔一家的生計和他的醫療費，文枝只好出去找工作。時間自由、收入豐厚的臨時性工作只有夜間的特種行業。文枝在報紙廣告發現一家位於銀座的二流酒吧「卡多利亞」正在徵人，當天就決定去上班。酒吧經營者一眼就看出文枝姣好的特質，破例提出優厚的條件。

小山田一聽是酒吧就面露難色，但是比自己薪水多出好幾倍的優渥條件讓他不得不默許。為了讓身體早點康復，必須自費服用較好的藥物，也得注意營養的攝取，這些都需要錢。

於是妻子為了他下海到酒店工作。

「最近在酒店上班的女性，完全不像以前被當成特種行業的工作者。想要賺快錢的人很輕鬆就進來了。有粉領族、女大學生在打工，還有很多太太呢！我的心裡只有你，不管我在哪裡上班你都可以放心，更重要的是你的身體要快點好起來。」

文枝說了這些話就出去上班了。小山田在療養院住了半年就出院了，由於年輕體力不差，因此比當初預計的復原速度快，醫生允許他回家療養，不過短時間還不能工作，只好靠文枝養家。

小山田總是覺得自己對不起妻子，而妻子瞪了他一眼說道：

「你怎麼這麼說啊？咱們是夫妻耶！老公病了，老婆養家是應該的，我討厭你這麼見外！」

不到半年的時間，妻子看起來更美了，她的條件本來就很好，經過職業的磨練益發美麗大方。原本自己獨佔的妻子卻公開向萬人展示，小山田的內心可不好受。妻子以前雖然有點土氣，不過仍有他喜歡的美與溫柔。這就好比親手烹調的家常菜變成高級餐廳的精緻佳餚，那確實是美食家咂嘴讚賞的美味，不過不是專為他烹調的味道，那是一種只要花錢誰都可以嚐到、用美麗華服包裝出來的商業味道。

當他如此表示後，文枝說：

「你怎麼這麼講啊，我是屬於你的，如果你有這種感覺……哪，這是給客人看的面具喔！對你，只有對你，我很小心地保留這張臉。」

語畢，她笑了起來，為自己所保留的素顏也已經變得商業化了。短短半年時間，別人的鐵鍬伸進了小山田費盡心思栽培的花園，那是一把技巧領先、計算精密的專業鐵鍬……

為了銀座的夜晚，妻子的改變也是無可避免的。文枝已經不屬於小山田一個人了，而是以歡場女子的身分示眾，卻也因此救了小山田的性命。他現在身體狀況好轉又免於飢餓，一切多虧了妻子。

這或許是不中用的丈夫不得不忍耐的代價。

雖然心裡不愉快，可是如果僅止於此還可以忍耐。他的妻子與銀座歡場女子必須並存，這也是為了脫離困境所做的妥協。

然而屬於他妻子的那部分被公開的領域所侵略，毫不留情的侵略確實進行著，為他所保留的那塊小小花園也逐漸受到侵犯。對此他也打算咬牙繼續忍耐，直到自己的病痊癒為止。當那個時刻來臨，他會把所有的侵犯者通通趕出去，讓自己的花園復工，而且他要在這座花園裡栽培誰也看不見的美麗花朵。

他有這種自信，至少在妻子被公開侵犯的這段期間他必須付出代價。那種侵犯毫無個性，即使面具再大，妻子的真面目也不會消失，她的素顏只是一時被遮蔽了。

然而，如果一直認為的假面具一旦變成了真的，那麼另一種真面目就會遮蓋了原來的臉孔，而被遮蓋的臉孔最後就會消失了，這就是真面目的變質。

小山田最近感覺侵犯妻子的那部分開始展現個性。突然間，其他男人的鐵鍬在妻子體內鑿下新的痕跡，這不是職業性的訓練，而是妻子透過女性自我意識所產生的「改變」。（自己的妻子逐漸變成其他男人的女人，不久自己耕耘的花園將會荒廢，而其他男人撒下的種子將萌發新芽、孕育出不同品種的蓓蕾，開出完全不同的花朵。）

這種想像令小山田不寒而慄，這並非單純的妄想，而是身為丈夫的直覺。就連他與妻子同床共眠時，枕邊都會響起某男人的腳步聲。就算他說出自己的疑慮，妻子也一定會一笑置之，而且接下來就開始裝可憐，怪自己怎麼如此不信任她。

某男人的腳步聲緩緩地、確實越來越明顯了。妻子的妝容、衣著也呈現微妙的變化，連身上噴的香水都換了。那不是職業所需，而是迎合某個特定者的喜好。

她之前都說國產香水與自己的體味比較協調而愛用國產品，一種若有似無的淡淡香味；現在卻改用某種外國品牌香水，充滿了南國的華麗與強烈自我意識的味道。她所配戴的飾品也多出一些小山田從未見過的；俄羅斯琥珀項鍊、美國手鐲「印地安之淚」等等。若被小山田追問，她就說是客人送的，只不過客人單純送的禮物也未免太昂貴了。

她說：「銀座的客人不一樣嘛！」但是小山田直覺俄羅斯項鍊和美國手鐲都是同一個人送的，因為色調、款式的品味都很相似。

此外，在她體內深處裝著夫妻之間從未有過的「異物」，他們每次行房都會使用保險套，當然夫妻也協議在小山田還沒完全康復之前不生小孩。

最近，文枝覺得會影響性交的快感所以裝了避孕環，起初小山田並不知道妻子裝了這個東西，當他照例在辦事前套上保險套時，文枝才把裝避孕環的事告訴他。

妻子擅自裝上這個異物令小山田頗不高興，但是還有好長一段時間一定要避孕，所以對於妻子忍受羞辱所做的處置他也沒有異議。小山田認為妻子一定是應那個男人要求才裝的。裝避孕環這件事，女人不會出於自願，必然是受到男人的驅使。小山田就在這時候清楚地領悟到妻子的不忠。

然而，這也不是確鑿的證據，只不過是「值得懷疑的狀況」。

不論再怎麼可疑，在未握有證據之前什麼都不能做，因為現在的自己是被妻子供養的窩囊廢。可是，即便是受供養的丈夫也有權利奪回被搶走的妻子，他必須努力阻止被蠶食的範圍繼續擴大。

正當小山田竭盡病弱的體力打算開始進行這場戰鬥時，妻子突然不知去向。

2

那一晚，妻子終於沒有回家。她雖然散發出不忠的氣味，但是從未如此明目張膽，這等於是挑戰小山田，敵人儲備了充分的戰鬥力公然向小山田宣戰。妻子卸下了面具，露出充滿敵意的真面目。

小山田一夜未眠，等待妻子歸來。他以受到嚴重打擊的意識迎向清晨，這是決定丈夫已敗北的殘酷早晨。

但就對手而言，這絕對是一個充滿勝利光輝的早晨，他正一邊撫觸著別人妻子的肌膚，一邊咀嚼隨之而來的勝利感。已與丈夫斷絕關係的人妻，全身肌膚因性交的滿足與充分的睡眠充滿了彈性。

悲慘、羞恥的懊惱襲來。但是小山田不死心，或許還有挽回妻子的餘地，或許還有非常樂觀的可能性。妻子是因為其他不得已的理由回不了家；例如酒店打烊的時間太晚了趕不回來，店裡的同事留她過夜吧，或許被同事嘲笑一番，所以不好意思打電話回家。

果真如此，那麼她早上就會回來，他不該太早下定論，給妻子扣上不忠實的帽子。酒店小姐家裡有一個無謀生能力的丈夫，這種事不值得誇耀，儘管文枝並沒有隱瞞丈夫的存在，不過由於她的工作性質，小山田還是很識相地隱藏自己。

一直等到中午文枝還是沒有回來，他無法再等下去，於是撥了酒店媽媽桑家裡的電話。

小山田硬是把睡夢中的媽媽桑吵醒，當他得知文枝昨晚按時離開酒店的消息時，確定妻子已背叛了他。

「昨晚奈緒美按時下班啦，也沒有比平常晚呀！」媽媽桑的聲音充滿了濃濃睡意，奈緒美是妻子在酒店裡的花名。

「她有沒有和誰一起離開？是朋友還是客人？」

「那……我沒注意耶！不過客人有時會約我們小姐下班後一起出去玩。」

「可是，不可能玩一整夜吧？」

「那就只好和客人在外面過夜了嘛。」

媽媽桑說溜了口，這才意識講話的對象是店裡小姐的丈夫，原本剛睡醒的朦朧意識在此刻完全清醒。

「啊！奈緒美……，不，你太太還沒回家嗎？」媽媽桑一改說話的語氣。

「還沒，她昨晚有沒有告訴妳會去哪裡？」

如果這種事會跟別人講，照理說應該就會跟他聯絡了吧，不過，小山田還是抱著一線希望詢問。
「我沒聽她提起耶。」媽媽桑以過意不去的口吻說道。
「說不定等一下就回來了，或者直接去店裡上班。」
「有這種可能嗎？」
「說不定被同事約去誰家過夜了，你們家比較遠嘛！」
他們家位於靠近埼玉縣縣境的K市盡頭，從市中心過來要花一個小時，對於通勤的妻子來說相當不方便，不過為了小山田的身體健康還是沒有搬家。
「嗯，可是她從來沒有在外面過夜。」
「我覺得你想太多了，不管怎樣先等等看，說不定等一下就來店裡啦！等她一來我會馬上叫她打電話給你，我也會訓她一頓，不過也請你不要責怪她。」
媽媽桑似乎感受到小山田對於妻子的行蹤緊迫盯人的壓力，很怕會失去這位店裡的紅牌小姐。
但是，即使到了上班時間文枝還是沒出現，也沒有任何聯絡。
文枝從那天晚上徹底失蹤了，到底去了哪裡毫無音訊，也沒有跡象顯示發生車禍或遭到綁架。如果發生車禍，警方或醫院應該會通知他；如果被綁架也會有綁匪出來談條件。
沒有來自任何一方的聯絡。

小山田開始查看妻子的私人物品。他們雖是夫妻，卻互相尊重對方的隱私權，不去觸碰對方的私人物品，當然這在其中一方失蹤的情況下則另當別論。

或許在她的私人物品中會留下一些外遇對象的線索。可是，小山田不但找不到這線索，還發現一件奇怪的事。

文枝的衣物、珠寶首飾都在，連琥珀項鍊、「印地安之淚」也在，她最喜愛的衣服也都原封不動地掛在衣櫥裡，除了那天上班時所穿的衣服以外。

這真是令人難以理解，如果文枝和男人私奔，應該會帶走所有的財物才對。

（難道突然發生了什麼事，她急著逃走，根本來不及帶走財物？）

如果不是這樣，那她一定會把男人送她的項鍊、手鐲帶走，可是她連這些都留著。

第二天媽媽桑來訪，紅牌小姐突然失蹤對於酒店來說也很困擾。

「她有沒有跟哪位客人特別要好？」小山田問道。

「奈緒美很受歡迎，捧場的客人很多，好像沒有特別要好的客人。」

果然是在夜生活裡打滾的老闆娘，正用她那豔光四射又銳利的眼神四處搜尋，好像懷疑小山田把妻子藏在家裡一樣。

「會不會是去同事家？」

「如果受客人歡迎，那麼跟同事的人際關係就不好了，這本來就是這些主婦公關的共同特點。」

小山田因媽媽桑的到訪有了新發現。文枝每星期有兩次從下班到回家的這段時間出現兩、三個小時空白，回到家都已經半夜三點了，她總是藉口說店裡打烊得晚，小山田也能接受這個理由，因為她說店裡會派車，所以他很放心。

「做這種生意全看客人的臉色，如果他們不走，我們就不能走，對不起啦。」她一道歉，小山田也就無話可說了。

不過，他也不是沒有心生懷疑過，只是覺得自己目前被妻子扶養，如果為了這樣的嫉妒心跑去店裡求證，實在是太不像話了。

然而，現在聽了媽媽桑的一番話，他才知道酒店一向都是準時在午夜十二點打烊。

「我就算還想繼續營業，警察也會來干涉，所以一直都是店裡一打烊奈緒美就回去了。」媽媽桑如此說道。

從銀座的酒店回到家一個小時綽綽有餘，如果車子開快一點還會更早。那麼，她每個星期有兩天不知在哪裡多耗了兩、三個小時，這段空白她在哪裡和誰在一起呢？

小山田開始尋找妻子，儘管找到了也不能保證妻子會回到自己身邊，但是他不想放棄搶回妻子的努力，在小山田的內心深處仍然相信妻子。

他首先想到的就是找出妻子的情夫，妻子一定待在那個男人身邊，就算她極力想要隱藏自己的下落，也會在某處留下兩人外遇的痕跡吧？

（在妻子晚歸的夜裡，那個男人或許曾送她到家附近。）

「車子！」

小山田認為自己找到了一個目標，一直以來他都相信妻子說店裡有派車的藉口，然而準時下班卻因「個人因素」而晚歸的妻子，應該是自己叫車。每當他因妻子晚歸說要出去等候時，妻子總是以有車接送為由制止他，還說深夜在外面等候，恐怕會讓好不容易有起色的病情又再度惡化。

不過現在回想起來，是那個男人送她回來的，丈夫出門迎接自然不妥當了。假如那個男人是用私家車送妻子回來，總會在哪裡留下線索吧。小山田立即展開尋訪行動。

說是尋訪，這一帶原本就是寂靜的偏遠地區，幾乎沒有人這麼晚還不睡，因此打聽的對象也受到限定，首先必須找出這個時段尚未就寢的人。只是這樣的人並不多，連附近最繁華的車站周邊也是末班車時間一過就變得冷冷清清，更何況小山田家位於離車站稍遠的武藏野、雜林叢生的偏僻角落，即使在同一時段四處走動也遇不上任何人。

小山田每天一到深夜就在自家附近徘徊，這成了他目前唯一的要務。曾經有一次還引來巡邏警察盤問，大概是他的模樣看起來像個夢遊者，舉止相當奇怪吧。警察直到送他回家才徹底瞭解他的情況。

他反而問警察是不是曾經看過送他妻子回來的車子。

警察被小山田這個奇怪問題問得不知所措，不過警察也沒有提供什麼線索。

最後，相關的提示還是來自於其他方向。由於妻子的私人物品還留在店裡，所以小山田跑了那家酒店一趟，在回程途中他與下班的人群一起朝家的方向移動。車站附近的路邊不知道在進行什麼工程，阻礙了傍晚壅塞的交通，車流窒礙難行，從人行道被擠出來的人群只好在車陣中穿梭，開車的人顯得焦躁不已，刺耳的喇叭聲此起彼落。

走在小山田前面的兩個人看起來像上班族，他們抱怨著：

「怎麼在這種時間施工啊？」

「其實到處總是有工程在做吧。」

「那就不要選在塞車時間嘛，在半夜裡做就好啦，最近我家附近在做下水道工程，因為在半夜裡進行所以幾乎不受影響。」

「這看來是很趕的工程吧。」

「就算趕也得考慮到會不會造成行人的困擾，萬一因此發生交通事故，那一定要叫施工單位賠償。」

無意間聽到兩人發牢騷的小山田，想起大約在一個月以前，半夜口渴想喝水家裡卻停水的事。

（那時候正在進行下水道工程嗎？）

這一瞬間他突然想到一件事，那兩個上班族的對話裡隱藏著一個可能性。

（施工的工人可能看到了。）

第二天，小山田前往市府建設課自來水管理事務所，確認一個月前他家的區域是否有水管配線工程。他進一步追查參與這項工程的施工者。K市自來水管理事務所委託的施工單位是市內一家「岡本興業」工程公司。

小山田去拜訪工程事務所，問出了負責人及好幾名工人的名字。他執意到工地現場或對方家裡出示妻子照片，詢問對方在施工時有沒有看過載著這名女子的車及開車的男人。

他們對小山田紛紛投以好奇的眼光，但是都回答沒印象。好不容易找到的線索到此又斷了，只是小山田仍然不肯放棄。

施工者不只正式員工，或許還有打零工或臨時雇員。在小山田住家附近施工的工程班裡就有幾名臨時雇員，不過這些人到處打工，一旦工程結束就離開，再去找其他更划算的工作機會。小山田好不容易得知其中一人的消息。

小山田抱著一線希望，去拜訪這位打零工的工人。

「照片上的女人是你太太呀！」工人以毫不避諱的眼神比較了照片和小山田之後又說：

「嗯，不記得了。你太太怎麼啦？」

他臉上明顯露出好奇的表情問道，小山田簡單描述了事情經過。

「那就是老婆跑了嘛，那娘兒們跟著你也吃了很多苦吧。雖然跑了但還算是好女人，我能瞭解你窮追不捨的心情。」

他的表情轉為勸慰。結果什麼收穫也沒有，小山田沮喪地正準備離開時，突然感覺後面有人追上來，回頭一看，是剛才的那名工人。

「我剛想起一件事！」追上小山田的工人，做了一個深呼吸之後說：「我沒把握是不是你太太，不過我上個月某天的半夜三點在那個工地看到一個年輕女人下車。」

「真的嗎？」對這第一次出現的線索，小山田不禁全身緊繃。

「嗯，我剛才都忘得一乾二淨了。她下車時，我還在想這麼漂亮的女人該不會是狐狸精變的吧，當時很暗，根本看不清楚她的臉，不過在施工的燈光中浮現一張模糊白臉有點嚇人，她穿的衣服也不像一般人，我也不敢跟她搭訕。」

「她穿什麼樣子的衣服？」

「我不太會講耶！好像是裙子上面再套一件裙子，非常好看的服裝。」

大概是文枝為了參加宴會所訂做的那套多層次洋裝吧，那是她最喜歡的洋裝之一。她剛開始去酒店上班時都是穿和服，最近則比較常穿洋裝。因此他認為，妻子與男人見面的時間即使短暫也要多賺點錢，才會避免穿脫費事的和服。

「那時有沒有什麼男人和她在一起？」

「噢，我想是沒有。」工人的眼神在搜尋模糊的記憶。

「車子裡沒有男人嗎？」

「我確定只有司機。」

「她是從哪種車子下來的？私家車、還是計程車？」

如果是私家車，那駕駛人肯定是文枝外遇的對象。

「不是私家車唷！」

「那是計程車囉？」

如果妻子是一個人從計程車上下車的話，那個男人就是搭其他車子，或是在中途先下車了。小山田感覺好不容易追蹤到的線索越來越薄弱，不過還是追查得到那輛計程車。

「也不是計程車。」

「那是什麼呢？」

「那是包租車，司機會下來開門，車型是比計程車還大的豪華車。」

「包租車？」

「對啊！就是因為突然有一輛包租車在我眼前停下，又有個漂亮女人下車，所以我才會以為她是狐狸精呀！」

他第一次聽說妻子是搭包租車回來的，車子當然不是酒店的，那麼就是那個男人派的車了。文枝怕住處被租車公司知道，所以在離家尚有一段路的地方先下車吧。

「你知道是哪家租車公司嗎？」小山田認為自己找到了一線希望。

「我光顧著看那女人……」工人有點難為情地搓摩著臉頰說道。

「有沒有看到部分車牌、公司商標，你還記得什麼嗎？」小山田急急地追問。

「說到商標，那是公司商標嗎？車門上印著一隻烏龜。」

「車門上印著一隻烏龜？」

「我只瞄了一眼，記不太清楚，確實是烏龜形狀吧。」

「沒錯嗎？」

「被你一問我就沒把握了。畢竟在夜裡看到的，而且只是一閃而過。」

從工人那裡挖出來的線索就只有這些，但是比起什麼都沒有，這絕對是很大的收穫。他立刻向酒店打聽，對方說沒有租用印有烏龜商標的車子。

包租車連結了那個男人與妻子，這種推算的可能性越來越高。小山田在電話簿裡找到「東京都租車業協會」，打電話去問，果然一如推測的，印有烏龜商標的包租車隸屬於總公司位於池袋的「龜之子交通公司」。

他立即出發前往龜之子交通公司，那家公司位於面向池袋四丁目川越街道的髒亂一角，好像也兼營計程車，只見停車場內有整備中的計程車和幾輛黑色包租車，每輛車的車門上都印有烏龜商標。

「你是說一個多月前派車到K市宮前町，大約一個星期兩次嗎？」

出來接待的中年職員用狐疑的眼神望著小山田。

「可是，我們不方便透露客戶的資料耶。」那名職員以不懷好意的表情窺視小山田。

「你們接送的客戶是我太太，前幾天她突然失蹤了，我到處找她。如果能讓我問問委託派車的人，或許可以找到一些線索。拜託你，我不會給你們添麻煩的，可不可以幫我查一下？」

「你太太失蹤了？」這些話好像稍稍打動了對方，於是他說：「請你等一下，我和負責人談一下。」

那名職員總算肯幫忙，並往後面走去。過了不久，他拉著一名五十幾歲的胖男人回來。

小山田再度說明來意。

「如果遇到這種事，我們還是告訴人家吧。」

男人很爽快地點點頭。由於有負責人的首肯，那名職員拿出一本相當厚的紀錄簿開始逐頁翻閱，封面用墨水寫著「主顧預約簿」。

「一個月前、午夜三點、前往K市宮前町，如果知道是從哪裡上車的比較容易查。」

「抱歉，這我就不清楚了。我只知道在一個多月前，有人在我家附近看到貴公司的車，可能最近還是有叫你們的車。」

「你說一個星期兩次，有固定是哪兩天嗎？」

「沒有，不過不是星期六、日。」

星期日酒店休息，避開星期六的原因，可能是對方有家庭不方便赴約。

「K市的宮前町，是這個嗎？」那名職員的指尖突然在紀錄簿上停了下來。

「有嗎？」小山田克制著似乎要蹦出胸口的心跳，偷瞄著紀錄簿。

「九月十三日午夜兩點三十分，從南大塚三丁目的銀杏下到K市宮前町有委派一輛車。啊，這位客人經常叫我們的車。我接受預約時會注意時間、載客地點。你剛才說K市宮前町，我一時還沒想起來。」

「銀杏下是什麼意思？」

「南大塚三丁目有一棵很大的銀杏樹，相當顯目，經常用來做為候車處。」

「那是誰委託的？」

「一直都是一個女人打來的，她說她姓川村。」

「有沒有說地址？」

「沒說，只有指定過了午夜兩點以後再派車。」

「可是如果不知道客戶的地址，以後怎麼請款？」

「我們都是當場付現。」

「付現？」

小山田感覺自己受到出其不意的一擊，沒想到包租車和計程車不一樣，可以用現金支付。他一直以為包租車把文枝送回家以後，這個男人再付錢，原來也可以先把車錢交給文枝。

「只有我太太搭車，不，只有那個自稱是川村的女人搭車嗎？」

「這裡寫的是一名，等一下！這輛車的司機現在正在休息室，我去叫他過來。」

那名職員從辦公室的窗戶探出頭去，大聲嚷著：「大須賀，你過來一下！」立刻就有一名年約四十歲、身穿制服般的深藍色西裝，看起來忠厚老實的中年男子走進辦公室。

「這位先生想打聽從南大塚三丁目銀杏下到K市的那位川村小姐，他是川村小姐的先生。請你直接問他吧。」

那名職員站在小山田和司機大須賀之間說完以後，小山田先讓大須賀看妻子的照片，大須賀的表情立刻有了變化。

「啊！對，這位就是川村小姐，她怎麼啦？」

小山田再把事情簡短地說一遍。

「那我太太一直都是一個人從銀杏下搭車嗎？有沒有男人跟她一起來？」

「我沒發現什麼男人，她一直都是一個人。」

「你知道她從哪裡來的？」

「從車站的方向來。」

「她按照預約時間準時來嗎？」

「大致上都準時，頂多遲到十分鐘。」

「你知道她為什麼在那裡叫車？」

「嗯，大概是……川村小姐住的地方車子開不進去、還是不容易找到、或者……」

大須賀一開口就支支吾吾地。小山田瞭解他含混的語意，妻子待的場合不方便讓車子直接過去接吧。

不方便讓車子過去接的地方——那就是見不得人的色情場所了。

小山田忽然想起一件事。

「大約一個星期前……對，九月二十六日晚上，有相同時間、地點的預約紀錄嗎？」

九月二十六日就是妻子失蹤的那一晚，大須賀不必翻閱紀錄簿也記得。

「啊！那天晚上我曾去接她，這是川村小姐最近一次搭車，所以我還記得很清楚。」

「你是從銀杏下送她到K市嗎？」小山田精神為之一振地問道。

「是啊！午夜兩點左右去接的，兩點半就抵達她每次下車的地點。」

「每次下車的地點在哪裡？」

「宮前町，在鳥居（註）的前面，她說從那裡到你家最近。」

大須賀接下來又交代不清，想必是因為他充分理解到文枝不喜歡搭到家門口吧。從鳥居前走到家不用多久時間。也就是說，她是在這段路上失蹤的。

小山田覺得這一切必然是出於那個男人的意思。那個男人和文枝分手以後，發生了什麼事，然後坐上別輛車追過來。

他追上步行的文枝，讓她上了自己的車，然後開往別的地方。

（不管怎樣，他們的窩就在大塚銀杏下的附近。）

（到了那裡，或許就能查出妻子外遇的對象了。）

小山田像一隻敏銳的獵犬，又嗅出一股新的臭味。

3

他馬不停蹄地趕往大塚。由於正巧攔了一部龜之子的計程車空車，大約二十分鐘後，他已經來到「銀杏下」了。

銀杏樹果然是棵大樹，這麼大的目標從遠處看也很醒目，樹高約三十公尺，樹幹周圍看起來不只三、四公尺，小山田推測樹齡不下三百年，旁邊豎立著一塊「東京都天然紀念物指定」的告示板。一如小山田的推測，上面寫的推定樹齡約三百年。

樹下有空地，恰好形成一處免費的停車場，由於沒有標明禁止停車，煞費苦心保存下來的天然紀念物也被廢氣薰得發黑。

文枝指示龜之子交通公司把派車開到樹下，這顯示她是從附近過來的。為了爭取多一點偷情的時間，並且避免讓歡娛的熱度冷卻，愛巢越近越好。

「她是從車站方向過來的。」

下車的小山田反芻著大須賀說的話，往車站方向的路只有一條，他毫不猶豫地往車站走

註—日本建於神社或寺廟外的大型雙十字牌坊，象徵俗世與神界之間的門戶。

去。

車站附近一個比較寧靜的角落，在上班族的小住宅區之間有一座小神社；住宅區裡還有香菸攤、壽司店。壽司店前面剛好有一名提著餐盒，騎著摩托車外送回來的伙計，小山田看到他突然想到一件事。

多數人在男歡女愛前後都會吃點東西。那些愛情賓館或許沒有自備餐點供客人訂餐，而是採用外送。

「這附近有你們外送的飯店或旅館嗎？」小山田瞬間喊住那名正要踏進店裡的伙計。

「我剛從水明莊外送回來。」滿臉青春痘的年輕人爽快地回答。

「水明莊？」

「就在前面轉彎處，是可以帶女伴住宿的賓館。」

「這附近除了水明莊還有其他旅館或飯店嗎？」

「嗯……，我只知道水明莊。你打聽這些幹什麼？」那名伙計突然露出懷疑的表情。

「沒什麼！只是隨口問問。」

小山田慌張地離開了，伙計盯著他離去的背影，一臉疑惑地打開店門。

仔細看，小巷口前豎立的電線桿上掛著「水明莊旅館」的招牌，從巷口走進去再往裡面轉個彎，眼前是鋪滿碎石的庭園和灌木叢，後面就是充滿神秘氣氛的水明莊。

這樣的設計無法讓車子停靠在玄關處，也完全沒有愛情賓館的俗麗，反而醞釀出一股避人耳目的私情氣氛，大白天進去的話會讓人有一種做虧心事的感覺。從這裡走到銀杏下不需要五分鐘，而且是隔了兩條巷子的緩衝，司機很難搞清楚客人從哪個方向來的。

（終於找到了。）

小山田站在玄關前，深深地吸了一口氣，他找到妻子外遇的愛巢了。

他覺得失蹤的妻子和那個男人現在就躲在這家旅館裡。穿、脫鞋的玄關處地板採用黑硯石材，表面灑了一些水顯得很清爽；茶室風格的玄關處複雜而曲折，令人無法一眼看穿。

他出聲叫喚，但好一陣子感覺如入無人之境，他又呼叫了好幾次，終於聽到腳步聲從裡面傳來。一名身穿捻線綢和服，年約三十歲左右的女服務生走出來，看起來好像在清洗什麼，她正用圍裙擦著手。

「歡迎光臨！」

女服務生看到獨自站在玄關的小山田，並沒有露出訝異的表情，或許有很多情侶約在此地會面吧。

「您要等朋友過來嗎？」果如所料，女服務生開口問了。

「不，是想打聽一些事。」

為了避免讓女服務生妄下斷言，小山田正要說明來意，然而對方原本職業性的親切表情立刻因警戒而變成武裝起來，大概誤認為小山田是風紀組的刑警吧。

「其實，我是來找我太太的。」為了解除對方的警戒心，小山田盡量裝出若無其事的語氣，「我太太幾天前失蹤了，我到處找她，因為從她皮包裡找到你們店裡的火柴盒，心想或許有什麼線索，所以過來看看。」

小山田邊說邊遞出文枝的照片。

「啊，是她。」對方立刻有反應，像是屏住呼吸般緊盯著那張照片。

「她真的來過嗎?孩子每天哭著想媽媽，我怕她被男人拐跑了，我想她早晚會清醒的，等她發現自己錯了就會回家的。可是孩子很可憐，所以我還是想知道她在哪裡，也不打算追究她犯的錯。如果妳知道跟我太太在一起的男人的住址或姓名可以告訴我嗎？」小山田為了博取對方的同情而虛構了一個孩子，看來發揮了相當大的說服力。

「原來是你太太啊！」對於男女通姦面無表情的女服務生動容了。

「我想那個男人一定知道我太太在哪裡，我不會給你們添麻煩的，請告訴我他的住址和姓名。」小山田緊追不捨地問道。

「這……」女服務生面有難色。

「拜託，我怎樣都無所謂，可是孩子還小需要媽媽。」

「如果事情真是這樣，我也很想告訴你，但是我真的什麼都不知道。」

「不知道？」小山田一臉不信地看著對方。

「我只知道川村先生這個名字，還不確定這是不是真名呢！」

「可是，你們不是有住宿登記簿？」

「嘿嘿，如果真有這種東西，客人會生氣的。」女服務生自嘲地笑道。

「那麼，完全沒有留下什麼嗎？」

「實在很抱歉！」

女服務生一臉抱歉的表情顯示並非刻意保密。一股強烈的失望感，在小山田心底如墨染般暈開。

「那至少……那個男人長得怎麼樣？」

「你這麼問我也……」

「年紀看起來多大？」

「嗯，四十幾歲吧？長得一表人才唷。」

女服務生說著便打量起小山田。他的體質本來就是弱不禁風，加上正在調養，這幾天又為了找妻子疲於奔命，顯得更消瘦；穿著也很隨便。小山田從女服務生的眼裡讀到，這種人的老婆會跑了也是無可奈何的。

「他有沒有什麼明顯的特徵？」

「這個嘛……」女服務生稍微想了一下。

「倒也不是什麼特徵，是他忘了一樣東西。」

「忘了東西？什麼？」

「一本書。我本來打算還給他的，可是後來就沒再見到他。」

「那本書現在在妳手上嗎？」

小山田的呼吸變得急促起來。在那個男人遺忘的書本裡說不定寫著持有人的名字。

走進裡面又返回的女服務生手裡拿著一本書。

「就是這本書。」

她遞過來的那本書副標題為「超級經營管理系列實例研究」，書名為《經營特殊戰略》，這是一家以出版商業書聞名的大型出版社最新發行的書籍。

書本很新，不過沒有裝上書店提供的護書套，所以不知道在哪家書店買的，也沒寫持有人的名字。好不容易繞了一大圈才到手的線索，看來也發揮不了什麼作用。

小山田極度失望卻依舊切不斷那份不捨，他翻著書，一樣東西飄落到腳下。

撿起來一看，是一張名片，有不少人會用自己的名片夾書，也有些人與別人交換名片時，把對方的名片無意識地夾進書裡而遺忘了。

名片上的頭銜是「東都企業株式會社業務組主任」，名字是「森戶邦夫」，如果去問這個姓森戶的人和誰交換過名片，或許對方還記得。

（不過，日本人發名片都很隨便，撒出去那麼多名片中的其中一張，到底給了誰他會記得嗎？）

當小山田翻到背面時，眼睛為之一亮。背面寫著「來訪不遇，先前所言之事請多關照」，從這段附註來判斷，名片的主人是針對特定對象所遞出的可能性很大。

沒有寫是給誰的，不過森戶一定會記得他對誰遞出這麼特別的名片吧。

從名片的頭銜推測，森戶應該是業務員吧，這是去拜訪客戶，拜託對方之前談過的業務，而再度留下的名片吧。

「我可以借用這本書嗎？」

小山田看著女服務生的眼神就好像漁夫在黑夜中看到燈塔的燈光一樣。

5 CHAPTER — 第五章

從社會底層逃脫

1

「我要去日本的 kisumi。」強尼・海華德留下這句話就出發了。這條線索傳到東京後，日本警方是否滿意？還是搞不懂這句話的含意而感到困擾呢？所以一直沒有回覆。

紐約市警達成了東京警視廳的委託，他們大致上認為這件事已經結束了。管轄西哈林區的第二十五分局連日來接獲不少案件，在遙遠的東方國度首都裡死了一名黑人，就像哈林河上漂浮的泡沫早已被遺忘了。

連肯・薛夫坦也忘了這件事。轄區內陸續發生各種案件，不允許他一直被一件案子糾纏。何況那本來就是上司的命令，他並沒什麼興趣調查，也沒有特別積極投入。

對肯來說，紐約市的問題已經呈現癌症末期症狀了。

位在曼哈頓區摩天大樓旁的，就是哈林、布魯克林的貧民區。象徵美國的富足與繁榮的超高層大廈，以各自的巧思及樓高爭奇鬥豔；然而附近的哈林、貝得福德・史泰貝桑塔、布朗斯威爾、南布朗克斯等貧民區，卻還有人在那些像廢屋般的建築物裡過著貧困的生活。

這裡早就不是人住的地方了，牆壁崩壞、屋頂傾斜、窗戶玻璃破裂，缺了玻璃的窗口就用白鐵皮遮住。街道上佈滿垃圾、紙屑和污穢物，老鼠、流浪狗橫行肆虐。在這裡，嬰兒被老鼠吃掉、幼兒被野狗攻擊的事件一點也不駭人聽聞，布朗斯威爾的新生兒死亡率佔全紐約市最高。這裡的居民沒有錢繳瓦斯費、水電費，所以通通被停用，大家把消防栓敲壞汲水取用，因此一旦附近發生火災，消防車也派不上用場。

無法謀生的罪犯、酗酒者、吸毒者、妓女都以此為巢穴，向全紐約市散播禍害。

各式各樣的「世界第一」在紐約市並列。摩天樓、華爾街、新聞業、教育設施、企業集團、文學、美術、音樂、戲劇、時尚、美食、娛樂……，這裡集中了世界一流的極品，越來越朝顛峰發展，與其形成強烈對比的是往暗溝深處伸出不祥觸手的邪惡。殺人、放火、竊盜、強姦、賣春、販毒為其代表，涉及各種類型的犯罪。紐約正處於過度兩極化的現象，並在矛盾中痛苦掙扎。人們在紐約的巨大中迷失自我，焦慮、不知所求為何只感到焦躁不安。紐約的美被所有的醜陋出賣了。

街上每天都有示威遊行活動，即使無人駐足聆聽，街角總是有人在演說。沒有示威的日子就是慶典遊行，在全國總人口的百分之十五、為數一百二十萬名生活保障者身邊進行著某種慶典活動。

在這被喻為「民族大熔爐」的都市裡，集結了全世界追求自由與成功機會的移民。英國、愛爾蘭、斯堪地那維亞、德國、法國、澳大利亞、義大利、俄羅斯、匈牙利、阿拉伯、希臘、中亞、波多黎各，還有黑人和所有人種，「合成」了紐約這個巨大的城市。他們以為來到人口眾多的聚集地成功機會也越多；有的則是在祖國無以維生，為了尋求新生活，千里迢迢越海而來。

但是，成功只屬於一小撮人，就是這樣才算得上是成功吧。紐約被稱為是「一人成功千萬人失敗的城市」，貧富（勝敗）的差距越來越大。人口越多競爭越激烈，後來者毫無立足之地。移民所追求的自由，只不過是飢餓的自由，等到他們察覺時已經太晚了，他們被牢牢地埋在紐約深不見底的穢土中，在穢土深處只有慾望像沼氣般膨脹，囤積著無處發洩、充滿挫折感的瘴氣。這股瘴氣孕育著不知何時會冒火、引發暴動的危險能量；那是危害社會的危險能量。

二十五分局裡有五十一位刑警和七位警部，其中半數以上是諳雙語的西班牙裔警官，一班五人，分為五班，再分為早班、中班、晚班、大夜班四個梯次輪番值勤，不過大家都被案件追得團團轉，連假日或公休都不能好好休息。

儘管如此，管轄全美最大貧民窟哈林區、西哈林區的第二十五分局及第二十八分局都相當受年輕警察的青睞，因為這裡的升遷速度快，該地區的不良少年人數多，犯罪率很高，毒品的使用量很大，碰到凶惡罪犯的機會也就比較多。一位刑警平均負責十起案子，逮捕率高達五〇％。

不過，肯配屬在二十五分局並不是為了升遷機會自動請調，而是因為他的出身。

今天值夜班，服勤時間從下午兩點至晚上十點。在這段時間，一二一街發生街頭打鬥、一二五街發生兩起搶案和一起闖空門事件。紐約市警早就不把搶劫和闖空門當成犯罪事件了，不過這些案子還是有可能發展為更凶惡的罪行，所以只要有人報案警方還是會調查。當這些調查工作結束之後，正以為可以鬆一口氣時又有通報進來，這回是一名酒醉的年輕女子在街上裸奔。

「年輕女人跳脫衣舞？那就讓她跳嘛！」

再過一會兒就要下班的肯口出惡言，可是通報進來了又不能置之不理。

他到現場一看，原來是個吸毒犯，毒癮發作受不了，索性自己把衣服脫了。

肯開著巡邏車把她載回警局，是一名年約二十二、三歲的波多黎各裔年輕女子，年輕的身體早已被毒品和賣淫的放蕩生活腐蝕了。她的皮膚乾燥而蒼白，露出衣服的手腳上都是針孔注射的痕跡；眼神渙散、滿口髒話，由於不停地吵鬧，肯只好把她押回警局。這名女子是吸毒累犯，已經被抓進警局好幾次了，因為毒癮太深治療困難，如果不將她送進精神病院拘禁治療，她的毒癮一定戒不掉。如果為了一般性的治療而當場釋放她，不久之後她又會為了毒品而賣淫，為了取得毒品，不只賣春，大概什麼事都做得出來。有毒癮的人只是空有人形的野獸，她之所以還停留在賣春階段，那是因為她的身體尚有女人的「商品價值」。

肯感到心情沉重，在現實生活中竟然還有男人會花錢去買這種全身佈滿注射針孔、只剩下殘骸的女人，而買方也來自於社會底層。他們將無從發洩的性慾，在買來的女人軀殼上解決，他們大概也不認為買的是女人吧，就像在沒有女人的戰場上，士兵會把豬、羊視為洩慾對象一樣，他們只不過把買來的女人當作雌性動物。

（個個都是禽獸。）

肯如同吞嚥苦物般咒罵著，可是吸毒犯從社會底層逐步往上流社會伸出令人害怕的觸角。

肯將那名女子交給緝毒組之後，便結束了這一天漫長而辛苦的工作，接下來他要回到布魯克林的公寓好好睡一覺。獨居的他曾經有過一次婚姻，當他正忙著追逐凶惡的罪犯時，妻子卻跟著無所事事的小白臉離家出走了，從此以後，他就一直過著獨居生活。最近卻感到一整天的疲勞無法用一夜睡眠消除，他一直認為強壯的身體是唯一可取之處，然而在不知不覺間，好像開始出現老化現象了，或許是孤獨讓老化加速吧。

二十五分局位於西哈林區中央、東一一九街一二〇號。即使是警察，在下班之後的那一瞬間也巴不得趕快逃離此處。警察原本應該站在維持治安與社會秩序的立場，現在卻開始將家人和住所遷離這個危險的城市，從此以後紐約的治安就更加惡化了，這正是社會正義的失敗。

對警察失去信心的市民只好自組自衛隊，有錢的人雇用保全人員，大企業的大廈都是保全警衛。街上看不到一名警察，然而滿街都是保全警衛。這不只是警方失敗的證明，由於保全人員的薪水比較高，也有些警察為此辭掉本業轉而加入保全工作。

去年一年之內紐約的凶殺案有一千三百五十一起、強姦案一千八百零三起、搶案四萬九千兩百三十八起、竊案二十九萬三千零五十三起，警察也經常在執勤中遇害，去年就有五名警員殉職。平均一天有三人以上被殺，推定約有五名女性犯案。連警察局裡都會發生竊案，私人物品如果不放進上鎖的置物櫃就不能放心，甚至連流浪狗也會跑進警察局來。局裡流傳著「警方是不是也該雇用保全人員？」這種令人哭笑不得的笑話，這樣看來，警察會想要逃離紐約也見怪不怪了。

肯從分局出來時，街上的紙屑、紙杯漫天飛舞，這好像遊樂場在假日後第二天早晨的髒亂景象，但是誰也不在意。肯走進地鐵車站，汽車在哈林區毫無用武之地，就算把車停在警察局前面，一個晚上就被會弄得一塌糊塗，輪胎被放氣、天線被折斷、頭燈和車窗玻璃被敲碎、燃料箱裡被丟入沙子。肯自從進入二十五分局服務後，就放棄開車上班。路邊還留著火燒車的殘骸，那是外來客在這裡停車時被放火燒毀的。

「喂，給我十分錢。」

聚集在地下鐵入口處的小孩向肯伸手要錢，肯甩開他走下樓梯，那孩子在他背後改口：

「那給我菸！」在通往地鐵的樓梯上，蹲坐著不知生死的吸毒犯、酒鬼，這批看起來像死人般的人恐怕也是未來的犯罪者。

一群年輕黑人一邊發出怪聲，一邊從下面走上來。他們一看到肯就閉上嘴巴朝他翻白眼，因為在這一帶難得看到白種人。肯連看也不看地從他們身邊走過，他們大概也察覺到他的身分，其中一人還朝旁邊吐口水，肯用銳利的眼神一瞄，那黑人立刻加快腳步爬上樓梯。肯心想，剛才那群小混混將來都會因為犯罪在局裡與他相見。

走進這一帶的地下鐵區必須要有心理準備。百分之六十的公用電話在夜裡被破壞，修好了又被弄壞。上班時用過的電話，回程時已經被破壞了，連住在當地的肯也不知道哪具電話還可以使用。如果在這裡捲入什麼案件，根本無法對外聯絡。

他走進月台，看到上班前一名醉漢嘔吐的痕跡還留在那裡，不會有人清掃，就任其乾燥、化塵，被地鐵的風吹得四處散飛。在舊的穢物還沒乾燥之前，新的穢物又吐得滿地。走在地鐵車站內，一不小心就會踩到這些穢物，而垃圾桶早已垃圾滿溢、翻倒在地。

電車久候不來，他抬起頭看月台上的鐘，鐘面貼著「故障」，肯忍不住咋舌，這個時鐘一個月前就壞了，月台上的口香糖販賣機也是故障的。

好不容易來了一列微髒的電車，車身、車廂內佈滿了塗鴉，上下車的乘客以黑人居多，波多黎各人和義大利人其次。車廂內很空，乘客各自保持距離沉默地坐著，無人交談。電車一啟動，噪音使得車廂內更顯寂靜。昏暗的電燈泡如喘息般發出微弱的光線，報紙被貫穿通道的風吹起，在車廂內飛舞，吹落至乘客腳下也無人介意。人們彼此毫不關心，車上的乘客個個精神恍惚，每個人都是孤獨的，在大都市中求救無門的孤獨大剌剌地攫住他們，雖然坐在那裡卻沒有餘力顧及他人，大家都為了討生活疲於奔命。前面車廂坐著一名老黑人，熟睡的模樣幾乎快要從椅子上滑落，他手裡握著一瓶廉價威士忌，瓶底看起來還剩下一點酒，當瓶子差點從手中滑落時，他突然醒過來緊緊抓住瓶身。接下來是一名中年黑人女性，大概是哪棟大樓的清潔婦，似乎非常疲倦，累得只能隨著行進間的車子晃動身體；離她不遠處有一對波多黎各籍的母子緊靠而坐，孩子看起來年約八歲，還背著擦皮鞋的工具箱，現在應該是就學年齡卻因為貧窮而無法上學吧，搞不好連英語也不會說。對於他們來說，竭盡全力過完今天就夠了，哪還有力氣為了明天而受教育呢。

下一個是看起來像妓女的黑人女性、年齡不詳……肯在這些乘客下車之前偷偷觀察他們的職業，這種行為好像已經變成了他的習慣。

他像平時一樣觀察著眼前的這些人，卻突然想起某件早已遺忘的事，當這件事浮出意識表面時，肯十分驚訝於這件事居然還留在他的意識深處。

（在東京遭殺害的強尼・海華德是一個領日薪的卡車司機。）

「這種人怎麼有錢去日本？」

這個疑問在肯的腦海中如燐光般明滅閃爍。

2

美國社會的底層可說是由黑人支撐的，雖然有人憑著一己之力接受高等教育，逃出了社會底層，可是絕大多數的黑人終其一生就像被繫上人生秤鉈般成為社會底層的囚犯。

清道夫、港口搬運工、百貨公司送貨員、領日薪的卡車司機與計程車司機、飯店與酒店的門僮、服務生、屍體火化員、獸屍肢解工以及其他不需熟練技巧、單調的粗工或是白人敬而遠之的工作。有些工作甚至只有在白人人手不足的情況下才有機會，不過這些工作的薪資大致上也是週薪不滿百美元，所以雖然得之不易，卻也不足以養家餬口。與其以低收入辛苦養家，過著有一頓沒一頓的生活，還不如讓一家之主消失，以單親家庭的形式接受政府的社會救濟，生活過得還比較輕鬆，所以造假的單親家庭越來越多。

根據每十年進行一次的美國國情調查一九七〇年版，紐約總人口數八百萬人當中，黑人佔了一百七十萬，接下來是波多黎各人八十萬，加上其他有色人種，紐約市民有百分之四十不是白種人。國情調查指出，黑人與波多黎各人在經濟與教育方面遠遠落後白人，相較於白人家庭平均年收入一萬美元，黑人只有七千美元、波多黎各人只有五千五百美元。大學畢業的白人佔百分之十三、黑人佔百分之四、波多黎各人僅有百分之一。合乎「貧窮基準」（一九七〇年的一家四口年收入在四千七百美元以下）者，相對於白人佔百分之九，黑人佔百分之二十五、波多黎各人佔百分之三十五，呈現大逆轉。再者，單親家庭的比例白人佔百分之十四、黑人佔百分之三十二、波多黎各人則佔百分之二十九。紐約有一百二十萬人接受政府的社會救濟，其中五分之三是黑人與波多黎各人。從事非固定、不需技能的勞工還算幸運，大多數人都沒有工作，從中午起就聚集在廉價酒館或蹲在街頭茫然度日。

肯不認為領日薪的卡車司機強尼・海華德那麼有錢，足以應付他一時興起前往日本的念頭。紐約的黑人夢想脫離貧民窟，一邊怨嘆自己的貧窮與種族差異，卻愚蠢地待在貧民窟度過餘生。對他們來說，國外旅行也是一種逃脫。

海華德終於逃脫了，雖然讓他走向死亡之路，不過在逃脫前他一定沒有料到會是這樣的結果。

一名卡車司機的週薪頂多只有一百美元，一個月所得若想超過七百美元非得超時工作。這種收入應付每日生活所需已經是極限了，不可能有餘力存到足以前往日本的旅費。可是，似乎有什麼突如其來的事促使他展開這趟旅行。就算他去日本是基於某種動機，然而他的旅費又是怎麼來的？

疑惑的火苗一旦在肯的心中燃起，火勢就越來越猛烈。那對波多黎各母子在南布朗克斯（South Bronx）的梅爾羅茲下車，車上乘客也從黑人換成了波多黎各人。這一帶是波多黎各區，原本安靜的車廂也開始迸出拉丁語系的捲舌音。

「看起來這傢伙真有調查的價值。」

肯在下車前做了一項決定。但為什麼他會對一名客死異鄉而被遺忘的黑人這麼有興趣，連他自己都覺得不可思議，並非感動於日本警方的熱誠，若要勉強說出原因，或許是對於強尼・海華德的日本之行產生興趣。

當肯提出想要對強尼・海華德展開調查時，警部肯尼斯・歐布來恩露出驚訝的表情。

「不是已經結案了嗎？你又想挖什麼出來……」如此詢問的肯尼斯，卻被表情認真的肯所感動，這股力量讓他不再繼續追問。

（這傢伙一旦出現這種表情，就別想叫他罷手。）

肯尼斯從經驗瞭解他的脾氣。肯經常頂撞上司、搜查行為過當，如果不是肯尼斯的包庇，肯早就被冷凍或是調離搜查前線了。雖然他是一名難以掌控的部屬，不過實戰經驗豐富、地緣關係良好的他卻是分局裡堅強的戰備力。他總是站在毫不起眼的地方，紐約的警力就是靠這樣的刑警支撐著，現在有越來越多警察養成朝九晚五的習性，像肯這樣的人益顯珍貴。只是在缺乏實際搜查經驗、只懂得紙上談兵的幹部群中，肯老是單獨行動的習慣格外引人注意。在這些人眼中，只有配合組織運作者才會被認為是優秀的。

「動作不要太招搖，不要被大頭們盯上。」

肯尼斯是因為顧慮到這一點才會叮嚀他。

肯獲得肯尼斯．歐布來恩的許可，立刻展開行動。

肯先去拜訪一個人。這個人就是鼎鼎有名的萊尼爾．亞當斯，他是紐約國際花旗銀行貸款審查總部部長，是一個職位相當高的大人物。

肯其實對於萊尼爾．亞當斯這位大人物不太瞭解，或者說是一無所知。他以為可以立刻見到本人，便隨意地提出會面申請，事實上必須在一個月前由對方的秘書排定會面日期。不過如果照章行事恐將影響搜查進度，所以肯告訴對方這是警方的要求必須照辦，於是對方勉強騰出三天後的會面；也就是今天下午一點在回家用餐時與肯見面。

肯因此而改變了對於這號人物的認識。

國際花旗銀行在美國是存款金額高居前五名的大型銀行，其重要性可說足以影響美國紐約的經濟。執紐約經濟牛耳者，就代表支配美國，不，是支配全球金融者，對於決定美國經濟政策的華盛頓也有莫大的影響力。向亞當斯這樣在銀行界屬於實力派的人物提出會面，肯還把對方視為藏身於街頭巷尾的隱士，他的想法實在太天真了。

「才十分鐘！」

肯在前往亞當斯住處的巡邏車上氣得喃喃自語，這是亞當斯給他的會面時間，秘書還說一般人只有五分鐘，因為他是警察所以延長為十分鐘。

巡邏車從曼哈頓北區南下第五街，沿著中央公園超高級住宅區的街道而行，這裡是世界富豪集中的地區。猶如戰場的哈林區離這裡相當近，而這裡到處林立本世紀最頂級、最奢華的超級豪華大廈，這種鮮明的對比也呈現出紐約的多樣化風貌。萊尼爾．亞當斯的家位於中央公園東側、面對八十六街的三十層建築最頂樓，雖然地處紐約市中心，但拜中央公園的盎然綠意所賜，空氣十分清新。

「這裡連空氣都跟哈林區不一樣啊！」

肯又像抱怨似地喃喃自語。出生於貧民窟、身為基層員警、長時間生活壓力大的他，對於富豪再怎麼說也沒有親切感。他雖然不是共產主義者，但是看到貧富不均所造成的極端現象，不得不認為那是基於非關能力或個人努力的不平等因素。

「這裡的居民連呼吸的空氣都是花錢買來的喔。」開車的年輕警員麥克說道。他也是混有少許黑人血統的西班牙裔。

「這麼說，我們來這裡免費享用這些空氣囉。」

「就是這麼回事吧。」

在與麥克交談之際，巡邏車抵達了目的地的大樓前。

「好啦，你在這裡等我一下，很快就結束了。」

反正對方也只給十分鐘。肯一下車就直奔大樓玄關，地上鋪著厚絨毯，感覺像一流飯店的大廳，唯一的不同就是沒有櫃檯，這是一處無人、豪華的寬廣空間。玄關就是電梯大廳，肯正打算搭電梯上去，一看顯示板只標示到二十九樓。他聽說亞當斯住在三十樓，正在想是不是搭到二十九樓再爬樓梯上去時，瞥見一扇門上面標示著「萊尼爾・亞當斯專用」。

「竟然連專用電梯都有！」

這令肯越來越反感，他按一下開門鈕，於是廂型電梯上方的小視窗傳出聲音。

「您是哪位？」

「二十五分局的刑警薛夫坦，我約好一點過來。」

肯回答後，眼前的門就打開了，一個聲音催促他說：「請搭電梯！」對方一定是透過安裝在哪裡的監視器正在觀察吧。肯走進電梯，門自動關上。電梯內鋪著足以讓鞋子陷入的長毛絨毯，不知從哪裡流洩出柔和的音樂洋溢在狹小的電梯廂內，肯覺得自己好像被載往另一個世界。還沒來得及欣賞音樂，電梯就抵達了目的地，這一次另一邊的門悄悄地打開了，肯的眼前真的出現了另一個世界。

電梯前有一名身穿燕尾服的管家低頭鞠躬，在他身後有彩色水柱噴泉，從天花板垂吊下來的燭型水晶吊燈，與噴水池中設置的特別照明，使得噴上來的水柱產生各種色彩變化。管家看起來宛如站在噴水池中迎接，地上鋪的絨毯更厚實，完全吸收了腳步聲，甚至隔絕了第五街的噪音。不知從何處飄來花香，原來在噴水池後面有一座室內花園，這裡是紐約鬧中取靜的高雅小宇宙。

「歡迎光臨，亞當斯先生正在等您！」

管家一說完，就引導他往噴水池旁邊走進去，花園裡綻放著這個季節難得一見的珍奇花卉，大概是溫室栽培的移植品種吧。

（一朵花說不定就值我一個月的薪水呢！）這麼一想，就連肯也因自己的渺小而深受打擊。

萊尼爾．亞當斯正在可遠眺中央公園的客廳中等待肯，中央公園簡直就變成了他的私人庭園，這個借景真是華麗。亞當斯正悠閒地坐在如絲絹般的真皮沙發上，年約五十歲左右，有著與他的地位相當的厚實體型，不過感覺並不肥胖。金色頭髮、藍色眼睛、寬額、有點鷹勾鼻，緊抿的嘴唇與炯炯有神的目光充滿自信。

「你是薛夫坦先生吧，我是亞當斯，歡迎，來，請坐。」

亞當斯一看到肯就伸出手來，令人感覺有一股成功者的自信與從容。

亞當斯背對著窗戶面向著肯。在缺乏大自然恩賜的紐約，為了盡量吸收室外的風景，窗戶盡量放大。在亞當斯背後的風景，越過中央公園、從西側的建築物到哈德遜河彼岸的紐澤西，如海洋一般在眼前拓展開來。

亞當斯背著陽光，從逆光的角度看不清他臉上的表情，肯只能感受到那股令人不快、緊迫盯人的視線。他與初次拜訪的客人會面時，一定都會坐這個位置吧。

「那我們就開始吧，薛夫坦先生今天有何貴事？等一下還有好多行程在等我呢。」

初次見面的寒暄結束之後，亞當斯邊看手錶邊催促著，這是絕不延長訪問時間的暗示吧。肯沒有信心在十分鐘之內可以結束談話，但是卻有著既來之則安之的膽識。

「其實今天來拜訪您，是想就一位名叫威爾夏．海華德的人，請教您兩、三個問題。」

「威爾夏．海華德？」

果如所料，亞當斯的反應很遲鈍，好像在他的記憶裡早就沒有這個可憐黑人的位置了。

「您已經忘了嗎？六月左右，被您撞死的老人。」

「被我撞死？」亞當斯依舊沒有反應。

「是一名老黑人，死因就是當時受傷所致。」

「黑人？你這麼一說，是有這麼一回事。」

亞當斯終於有了一點反應。對他而言，撞死一名黑人和壓死一隻狗的感覺差不多吧。

「能不能請您詳述當時的情況？」

肯因對方曾撞死一個人卻完全沒留下印象而感到憤怒，於是直接切入主題。

「你要我詳細說明我沒辦法，因為車子不是我開的。」

「可是紀錄上寫的肇事者是您的名字。」

「說我是肇事者，簡直把我當成罪犯啊！那件事我已經付給對方賠償金，事情應該已經解決了。」

亞當斯對於被視為肇事者好像很生氣，卸下了禮貌的假面具，露出大人物被人服侍慣了的傲慢表情。

「您付了賠償金？」

「雖然不是我的錯，不過那畢竟是一條生命。」

生氣的亞當斯似乎想起車禍發生時的情況了。

「您說不是您的錯，到底是怎麼一回事？」

交通事故的當事人大抵上都會互相指責。

「他從前面衝出來撞我的車，儘管我的司機是個有二十年駕駛經驗、從沒出過事的老手，但是突然有人從前面衝出來，他連閃都來不及。」

「突然從車子前面衝出來？」

「是啊！那是以賠償金為目的，惡劣的行騙手法。唉！因為對方是個老人，索賠金額也不高，我就照著對方的要求給了，真是不愉快！」

亞當斯因為被挖出不愉快的記憶而皺起眉頭。

「詳細情形司機華格都清楚，和對方的談判也是全權交給他。」

當亞當斯正在說話的時候，剛才那位管家走近他，對他輕聲說了一些話。

亞當斯沉著地點點頭。

「對不起！下一場會面時間快到了，恕我失禮了，我會把華格留下來，詳細情形請你問他，那麼再見了。」他邊說邊從容起身。

接下來就見到了司機華格，不過對方所說的只不過證實了亞當斯所言不假。正當他遵守市內行車速限開車時，突然間有一個人從不是行人穿越道的地方竄出來。他緊急煞車，但還是來不及了，他說那人根本就像自殺一樣地衝出來，錯不在他，他認為沒有必要賠償。但是亞當斯不想惹麻煩，還是將汽車意外險所得的理賠金再添補一些，包了一個高額的慰問金。

「能不能告訴我加上理賠金一共付了多少錢？」肯緊追不捨地問道。

「保險的賠償金約兩千，我們也包了兩千。」

「一共付了四千元嗎？」

若有這麼多，便足以供給赴日機票和停留一段時間的花費。

「自殘行為，也就是自殺、跳樓等情況是不能申請保險理賠的。所以我們的證詞影響了保險公司，使他們同意支付理賠金。不，我們不是做偽證，只是強調看不出對方有自殺傾向。我老闆跟保險公司也有關係，所以他的證詞對理賠金的支付有決定性的影響。」

華格似乎怕自己的發言對雇主不利，說完後又不斷地補充加說明。最讓肯感興趣的是威爾夏・海華德以近乎自殘的行為衝撞萊尼爾・亞當斯的座車，而且得到四千美元賠償金的事實。然後在他死後沒多久，他的兒子強尼・海華德就到了日本。

威爾夏所接觸的是紐約財經界少數的重量級人物之一。在他接觸之前，他知道對方的身分嗎？也就是說，他有沒有「選擇對象」呢？如果對方和自己一樣窮，撞上一輛窮光蛋的車也不知能不能獲得賠償。如果對方強調是被害者自己撞上來的話，當然也不能獲得保險理賠。如果對方是個有錢人，一定怕惹麻煩，打從一開始就會想用錢打發。威爾夏真的是為了理賠金而去衝撞亞當斯的座車嗎？

「這樣可以了嗎？」華格很擔心地追問陷於思考中的肯。

6 CHAPTER — 第六章

失蹤的血跡

1

東都企業股份有限公司的業務員森戶邦夫——小山田獲得這個新目標，很快地採取了行動。

第二天，他撥打名片上的電話號碼，原來那是一家經營各種事務機器的公司。當他表示想跟森戶見面時，對方回答必須在下午五點以後森戶才會進辦公室。他從總機那裡打聽到公司的大概位置，打算在那個時間直接去拜訪森戶。

東都企業位於港區芝琴平町某個十字路口的角落，是一棟五層樓高的細長建築物，一樓是接待大廳，陳列了各式文件歸檔箱、卡片整理盒、書架等等商品，好像是一家經營資料管理機器的公司。

小山田在接待處拿出自己以前的名片，要求見森戶，對方把他誤認成客戶，很有禮貌地帶他到會客室。可能是正在舉行非「朝會」的「夕會」吧，樓上傳來了一群男人的附和聲，雖然小山田並不打算聽，不過仔細一聽就聽得見喊叫聲的內容：

第一、必須具備豐富的知識。

第二、必須具備充沛的精力。

第三、我們不可背離誠信。

想必是「業務心得」之類的精神標語，每天營業時間結束之前一起喊口號，鼓舞士氣。

大約過了十分鐘，「夕會」好像結束了，頓時氣氛變得喧鬧起來，一大群人下樓的腳步聲傳來。不久，會客室的門被打開了。

「我是森戶，您是小山田先生嗎？」

一名年約二十五、六歲的男性拿著小山田的名片並看著他。森戶身穿畢挺的西裝、體型瘦長，是一個非常典型的業務員。

「冒昧來訪，我是小山田，想請教您一些事。」

小山田一起身略微彎腰，森戶就露出和藹可親的笑容說：「唉呀，沒關係，這是我的工作嘛！」並伸手制止小山田行禮，看來他也把小山田誤認為是客戶。

在小山田表明來意之前，森戶先說：

「今天我連一筆合約都沒拿到，被組長罵了一頓。我們做這種生意總是起起落落的，公司都沒有替我們想到這一點！」

「其實……」

「我最近負責的是商業機密管理機器的銷售。比起軍事機密、政治機密，一般人對於商業機密的重要性還不太瞭解。最近商業間諜活動越來越猖獗，但是一般人還以為商業間諜只不過是小說和電影裡的東西。我才一提到影響公司前途的高度機密和營運 know-how 會被竊取，很多公司就二話不說地把我趕出去，等到商業機密被偷再來爭論也太遲了。大家對於防護商業機密的重要性不是毫無認知就是認知不足。」

「嗯……，我今天來的目的是……」

「在這種認知不足的情況下推銷機密管理機器真的很困難。首先，非得改變企業主的觀念，商業機密有三種等級，A級是極機密，如果資料外流，會對股東造成重大損失。B級是機密，股東利益受損的同時，公司的經營也會遇到阻礙。C級則是……」

「森戶先生，您看過這本書嗎？」

對方滔滔不絕地講個不停，小山田逮住對方停頓換氣的那一瞬間，終於得到開口說話的機會。他把那本從水明莊借來的《經營特殊戰略》擺在對方面前，直盯著對方的反應。

「這本書……是什麼？」森戶的表情沒有特殊反應，也看不出來有壓抑的跡象。

「這本書不是你的嗎？」

如果是森戶的書，那他很有可能是妻子的外遇對象。

「不是，我不會讀這種書，會讀這種書的人通常職位比我高很多喔。」

「那麼，您對這張名片有印象嗎？」小山田遞出夾在書頁裡的森戶名片。

「這是……我的名片嘛！」森戶很納悶地看著那張名片並問著：「這張名片怎麼啦？」

「請看背面，那段留言是您寫的嗎？」

「啊，的確是我寫的，這在哪裡拿到的啊？」森戶以另一種好奇的眼神望著小山田。

「您還記得把這張名片給了誰嗎？」

「突然被問起來我也不記得，因為我談生意都會發出很多名片。重點是這張名片在哪裡拿到的？」

「在一個有點特殊的場所……，其實前幾天我和某位女性朋友到賓館，在房間裡發現這本可能是客人遺忘的書，退房時又不經意把它帶出來了。後來翻翻書裡到處都有劃紅線，才覺得這本書對於失主來說可能是很重要的資料，所以想找出書的主人。因為書裡夾著您的名片，從留言來判斷應該是您遞給某人的名片。」

「原來如此，你是為了這個才來找我的啊。」森戶好像終於明白了，再度凝視著名片。然後他的視線移動了，說道：「對啦！」

「您知道了嗎？」小山田緊張地屏息以待。

「我想起來了，這張名片是送給東洋技研的新見部長。」

「東洋技研的新見？」

東洋技研這家公司小山田也聽過，是一家專門製造精密儀器的大廠商。

「新舊的『新』，看見的『見』。這家公司很積極採用商業機密防衛措施，也是我的大客戶。」

「你確定把這張名片交給了新見部長？」

小山田無意識地提高了聲量，終於逮到「敵人」的真實身分了，新見很有可能是妻子的外遇對象。

「我確定！碎紙機，也就是文件碎紙機，新見正在評估重新添購案，所以我帶型錄去拜訪他，可是他突然有急事外出，所以我就留下名片。這麼說起來，我覺得好像在新見部長的桌上看過這本書。」森戶肯定地說道。

「這位新見部長是個什麼樣子的人？」

既然已經進展到這個地步，接下來自己調查就行了。但是，他想利用這個多話的森戶盡可能多打聽一些線索。

「他是東洋技研的主力幹部，年紀才不過四十出頭，已經被公司提拔為董事。東洋技研對於A、B級機密資料頻頻外流感到束手無策，所以最近新設立『資訊管理部』，正式採用了機密防禦系統，新見就是該部門的第一任部長。最近，碎紙機的需求也越來越普及，東證一部的交易所百分之八十以上也採用這項設備，不過都是引進一、兩台大型機器集中處理。新見先生則是採用機器分散設置，從一課一台到一桌一台；知道公司機密的人越少越好，最後的理想狀態是以個人為單位。新見先生很早就計畫將機密文件分散化，反正他是一位能力很強的幹部，而且不只是工作，聽說泡妞也有一手呢！」

森戶露齒而笑，好像是對著攜伴住賓館撿到書的小山田說的。

小山田心想，自己想問的事大致上都問出來了。

「今天麻煩您了。明天一早我就把書還給他。」

小山田正要起身，森戶說：「您不需要特地跑一趟吧，我最近還會去見他，到時候我再帶過去吧。」

「不，我送去。在新見先生的立場，可能會想隱瞞書掉在賓館的事吧，他一定很想保密，你剛不是說保密以個人單位為最理想嗎？」

「啊，這的確要個案處理。那麼，我就當作不知道了。」森戶朝他露出天真的笑容。

小山田離開了森戶的公司，覺悟到與妻子的外遇對象對決的那一刻終於要來臨了。不只是到目前為止所蒐集的種種資料都顯示妻子的男人就是新見，而是他直覺認為新見就是他正在找的對手。也許是妻子偷人、讓他戴綠帽子的悲哀本能所告知的吧。

小山田在與新見對決之前曾先偷偷地偵察對方，發現他外型的特徵及年齡與水明莊的女服務生所言相符。

當他第一眼看到對方的臉，直覺他就是妻子的男人。新見是文枝喜歡的那一型男人，肌肉結實、胸膛寬厚，體型看起來是小山田的兩倍，這是年輕時鍛鍊過的體格。有稜有角的臉型、一雙濃眉與銳利的眼神，給人一種充滿男子氣概的樣子，渾身散發出男性魅力與俐落幹練的感覺。總而言之，他與貧病交迫、妻子偷人、眼神充滿嫉妒的自己正好相反。潦倒失意、靠著妻子收入勉強過活的小山田，與積極進取、事業成功的新見是兩極化的對比。妻子被那樣精悍、充滿男性魅力的厚實胸膛擁抱時，絕對是以一種連自己都沒見過的放蕩體位盡情享受性愛的歡愉。她透過新見品嚐到小山田所無法給予的性愛美酒滋味。

（啊！我從來都不知道，原來做愛如此美妙。）

（和小山田的性生活相比，那簡直就是「扮家家酒」嘛。）

（再狂野一點，我要和你盡情享用這性愛美酒，我要把以前所失去的通通補回來！）

浮現在小山田眼前的，是妻子那盡情伸展的身軀，擺出了讓新見更深入的體態。這對奸夫淫婦的不道德行為燃起了小山田胸中的熊熊妒火。

小山田極力壓抑自己因嫉妒而發狂的情緒，展開對決前的「秘密偵察」。為了應付強勢的對手，他必須做好萬全的準備。他所調查的結果是：新見現年四十一歲，畢業於東京工大機械工程部，進入東洋精工（東洋技研的前身）工作，在三十三歲那一年因為當時協理（現任社長）的媒妁之言娶了現在的妻子，育有一子一女，女兒十五歲、兒子七歲。再加上他與生俱來的領導才華與強勢，深受現任社長的器重，在社長的提拔之下很快成為公司裡的頭號風雲人物，從此事業平步青雲。小山田也得知新見曾在今年三月赴美、七月赴俄羅斯出差，這麼一來也符合妻子所獲贈的禮物。

不過倒是沒聽說他傳過緋聞，或許礙於社長是媒人，所以格外謹言慎行。然而妻子紅杏出牆的小山田，卻明白新見拈花惹草的巧妙手法，那是活用所謂資訊管理部部長的專業技能，將私人行為一手遮天。在揪出新見的狐狸尾巴之前，小山田下了很大的工夫，因為這傢伙非常小心地掩飾自己的不倫行為。

所有的準備已經就緒，與新見的對決時刻終於來臨。小山田拿不定主意是要直奔對方住處，還是突襲對方的上班地點？不過他覺得到對方的公司較具威脅性，所以決定前往東洋技研。

東洋技研的總公司位於麴町四丁目，是一棟以藍色遮光玻璃裝飾壁面的現代化大樓，確實顯示這家公司以其氣勢趕上時代潮流。

上午十點，小山田站在東洋技研的玄關服務台，他不確定新見在不在公司裡，不過，他查出新見向來都是八點半抵達公司，目前也沒有出差。上午十點左右，一般公司的朝會或討論都會告一段落，他逮住這個待在公司機率最高的時段。

「您要見新見部長？請問您跟他約了嗎？」櫃檯小姐提出了預料中的詢問。

「我沒有預約，我是東都企業的森戶，上次和他談的案子有一些緊急狀況必須告訴他，如果妳這麼傳達的話我想他會見我的，能麻煩妳嗎？」

「東都企業的森戶先生嗎？」

他曾經想過如果櫃檯小姐認得森戶就麻煩了，果真如此他打算說自己是代理森戶的業務員。從森戶談話的情況來看，新見對他相當有好感，所以借用森戶的名字應該不必預約也能見到對方。

小山田被帶進會客室，看來櫃檯小姐並不認識森戶，她還說新見馬上會過來。第一道關卡過了，小山田因緊張而感到渾身僵硬。

過了一會兒，會客室的門被打開，新見走了進來。

「咦？不是請他在這裡等嗎？」新見沒看到森戶，疑惑地說道。

「您是新見先生吧？」

小山田死盯著對方的臉，緩緩地起身。現在是與妻子的情夫第一次正面交手，湊近一看，對方的確比自己優秀。體格、容貌、社會地位、經濟能力、對人生充滿自信，這一切都比小山田佔優勢。

（這傢伙！就是這傢伙和我共同佔有妻子，這傢伙探索著我以為只有自己最熟悉的妻子身體，盡情享受肉體的美味。不，不只是共同佔有，根本是完全佔據了她的身體與心。）

新見強壯的手臂環抱著妻子豐滿的身體、手指玩弄著她纖細的肉褶、嘴唇與妻子的唇一起吸食甜蜜，用全身貪婪地享用她的肉體。

小山田壓抑著心中沸騰的憤怒，他必須為扳回劣勢而妥協。

「我是新見，你是哪位？」新見的臉上充滿疑惑的表情。

「我是，這個。」小山田向對方遞出自己的名片。

「小山田先生……」

一臉疑惑的新見並未釋然，他不是裝傻，小山田的名片並未讓他聯想到文枝，恐怕是因為他與文枝是在酒店「卡多利亞」認識的，而文枝的花名是奈緒美。

「看來你不知道，我是奈緒美的丈夫，卡多利亞的奈緒美。」

「啊?!」

新見充滿中年自信的表情開始動搖，這個反應就夠了，小山田射出的第一支冷箭已然中的。

「看來你認識我太太。」

「不，我只知道她是我經常光顧的那家酒店裡的小姐，你是奈緒美小姐的丈夫嗎？」

真不愧是新見，立刻恢復正常。

「那你找我有什麼事？」他問道。

「新見先生，別裝蒜了，我知道你和我太太私下交往的事了。」

「你說什麼？你突然跑到這裡來找我麻煩嗎？」

新見從意外的攻擊中恢復正常後，也找回了天生的自信，正打算壓制一臉窮酸樣的小山田。

「你說我來找你麻煩？那我下次把水明莊的女服務生帶來吧！」

好不容易恢復自信的新見又動搖了，臉色發白。

「這本書，是你的吧？」

機不可失，小山田乘勝追擊，在他面前突然遞上《經營戰略》一書，新見一看，嘴唇發抖、一語不發。在毫無防備的情況下被突擊，不知如何回應。

「這本書是你和我太太在水明莊私會時留下來的。怎麼？有了這個你還想賴嗎？」

新見的沉默表示已承認了和文枝的外遇。

「我太太去酒店陪酒，晚上出去賺錢，這種行業是賣笑的，我自己心裡有譜，這都是因為我自己不中用造成的。新見先生，您是一個有家庭、有社會地位的人，這種事情如果曝光會很難看。請您把我太太還給我，我也不打算追究你們的事。」

小山田必須在好不容易佔到的優勢還沒被奪回之前提出要求，他真想制裁犯下通姦罪的新見，但是現在最重要的是奪回妻子。

「小山田先生，我真的很抱歉！」

新見不愧是見風轉舵的男人，他立刻領悟到自己目前處於無路可退的局面，於是在小山田面前低頭認罪。身為傲視天下的東洋技研超級菁英份子，又深得社長的信任，和酒店裡的人妻結下無理的關係，如果這個事實一旦曝光就完蛋了，而社長恐怕再也不會支持他，他的家庭也將面臨破裂。

新見完全投降了。

「如果你感到抱歉，那就把我太太還給我！」

「從今以後，我絕不會和奈緒美……，不，和你太太有任何聯絡，我發誓一定會跟她斷絕來往，請你不要張揚。」

新見以當場就要下跪的姿態懇求小山田。這位公司裡的第一把交椅，現在正為了自保而焦急萬分。

（即使是個精明能幹的菁英份子，還不是一臉狼狽相。）

小山田因妻子紅杏出牆所累積下來的怨氣，此時才稍稍得以發洩。

「所以，把我太太還給我！」

「我也不敢要求你就這樣放過我，至少讓我做些什麼來賠罪吧。」

「你只要把我太太還我就好了。」

「以後我會和你太太斷絕一切來往。」

「你把她藏在哪裡?」

「我沒有把她藏起來啊!」

「你還裝蒜!」

「你就乾脆說個數字吧,只要是我付得起的,我立刻付。」

「數字?你有沒有搞錯?我才不要錢,只要我太太回來就好了!」

「你太太,不在家嗎?」

「你說什麼?」

這時候,兩人才發現彼此是在雞同鴨講。

「這一陣子我都沒和你太太聯絡,我也正在擔心,你太太不在家嗎?」

「開什麼玩笑!她都跟你跑了怎麼會在家?」

「等、等等!奈緒美……不,你太太真的不在家?」

「她不在家,她已經十天沒回家了。」

「真的嗎?」

新見的臉上掠過吃驚的神情,不像是在演戲,一股不祥的預感在小山田心中如墨染般擴散。

「不是你把我太太帶走的嗎?」

「沒有，我沒有帶走她，因為根本聯絡不上，我也拼命在找她。」

「胡說八道！」

「我沒胡說！我和奈緒美，即使我沒去酒店也會一天打一通電話給她。這十天她沒去店裡上班，也沒打電話給我。我想打電話到家裡，又擔心是你接的，所以不敢打。因為實在沒別的方法，我還跑去你家附近晃，偷偷觀察情況，可是也感覺不出她在家。我還以為你發現了我跟她的關係，把她藏在我找不到的地方呢！」

新見忙著辯解，連擺架勢的空閒都沒有，這不只是為了明哲保身，或許文枝的失蹤對他來說也很震撼吧。新見的表情很認真，看不出來在說謊。

「你真的不知道文枝的下落？」

「不知道，我們從來沒有失去聯絡這麼久，我也很擔心。」

小山田覺悟事情不單純，好不容易找到妻子外遇的對象，竟連對方都不知道妻子的下落，那她到底去了哪裡？對於新見所說的話，小山田也沒有餘力生氣了。

「你太太可能會去的地方你找過嗎？」

新見話鋒一轉，問起小山田，現在他們變成尋找相同對象的同志了。

「你最後一次和我太太見面是什麼時候？」

新見回答的日期，正是文枝沒有回家的那天晚上。若新見所言屬實，那麼文枝在與新見分手後的回家路上就失蹤了。

「你和她最後一次見面，她有沒有什麼不尋常的舉動？」

此刻不宜追究當時是否發生姦情，從目前的情況看來，妻子與新見的最後一次幽會，成了尋找妻子的唯一線索。

「倒沒有什麼異常舉動，我們和以往一樣十二點半在水明莊碰頭，午夜兩點叫了龜之子的包租車送她回家。」

「包租車的司機呢？」

「一直都是指名叫大須賀。不過，我確定一路上並沒有發生什麼事就把她送到你家附近了。」

小山田也確認過這些事，這麼說來，文枝是在下車後到走回家的這一段路上失蹤的。到目前為止，他一直以為這一切都是新見唆使的，如果與新見無關，那麼還有一個身分不明的第三者。

這個X是何許人？還有他為什麼把文枝藏起來？

對新見來說，文枝竟然除了自己與她丈夫以外，還有其他的藏身處，而且整整十天不見蹤影、完全失去聯絡，他既感意外也覺得震驚。他能從別人的手中奪走她，也有自信讓這個女人對自己傾心，可是現在卻出現了比他更厲害、更讓這個女人愛慕的人物。

新見的立場與心理很複雜，他不但奪走人妻，所愛的人又被別人搶走，這使他陷於犯罪與被侵犯的錯亂心態中，同時這也意味著他與小山田一起站在被害者的立場。

小山田多少能理解新見的心理，因此先前對他的反感與惡意比較沒那麼重了。他們意識到彼此必須互相幫助，才能找回愛妻與愛人。

「新見先生，您與我太太失去聯絡之後，曾打聽過她的下落嗎？」

小山田改變了自己的遣詞，這是基於對拐跑妻子的X有一種「同仇敵愾」的意識所致。

「我曾找過。」

「那你有沒有發現什麼線索？」

「很遺憾，什麼都沒有……」

新見慚愧地低下頭，兩人無言以對，只有氣氛凝重的沉默。在沉默籠罩的同時，兩人的敵對關係又復活了。新見依舊是掠奪小山田之妻、不可原諒的小偷。

新見像是要努力打破這股沉重的壓力般，抬起頭來說：

「不知這算不算是線索？」

「你發現了什麼？」小山田急切而興奮地問道，與其說他關心線索，還不如說他急著從眼前沉重的壓力中解脫。

「你太太曠職的第二天，我就到你家附近觀察過了，然後在鳥居前撿到一個奇怪的東西。」

「是什麼?」

「是一個填充玩具熊，大概有這麼大。」新見張開雙手比一比大小。

「填充玩具熊?」

「我不知道這和你太太失蹤有沒有關係，不過因為是在離她下車處不遠處發現的，所以我特地撿回來。」

「會不會是附近小孩丟的?」

「大概是吧?是個很舊的玩具熊，我把它放在公司的寄物櫃，我現在去拿。」

新見站起來，那種東西不能帶回家，所以就寄放在公司裡吧?不久，他拿著一個很破舊的填充玩具熊，大小剛好可以讓幼童背在背上，玩具熊背部的天鵝絨已經磨損，露出裡面的線頭。看起來像是小孩子一直帶在身邊，整隻熊因為沾上手垢而黑得發亮。

這樣的東西即使丟進垃圾桶也不會覺得可惜。

「掉在鳥居前的什麼地方?」

「掉在路旁草叢裡，面向鳥居右邊那根柱子的石基座附近，不仔細看不容易發現。」

「你覺得這個玩具熊是什麼時候被丟在那裡的?」

「不知道，不過你看它的款式那麼老舊，就知道不會是長時間丟在野地裡的東西吧。就算被丟棄，我想也是撿到它的前一、兩天吧。」

「原來如此，那麼很可能是在文枝失蹤前後才被丟掉的囉！」

小山田的眼神閃爍著光芒。

「是的，我就是這麼想才把它撿回來。」

「新見先生，你認為這隻熊是把我太太帶走的那個人丟的嗎？」

「我無法判斷，但是我覺得很有可能。」

「果真如此，他為什麼要把這東西放在那裡？」

「我也不清楚，或許不是放在那裡，而是不小心忘了帶走吧。」

「忘了？這東西這麼大。」

「如果某人把你太太帶走之前抱著這個東西，那應該不會忘記。可是，我現在突然有個想法，如果那個人把玩具熊放在哪裡載過來……」

「放在哪裡載過來？那個人是坐車過來的囉。」

「那麼晚要把她帶走，一定需要車子吧？放在座位上的玩具熊或許是在你太太上車前掉下來的。」

「新見先生！」仔細觀察玩具熊的小山田，突然叫了起來，「這隻熊的右後腳內側沾著一塊斑點。」

新見瞥向小山田所指的部位。

「被你這麼一說，好像有一塊斑點，我都沒注意到。」

玩具熊全身沾滿污垢黑得發亮，無法判斷那是污垢還是斑點。

「這塊斑點是不是血啊？」

「你說什麼？」

小山田突發驚人之語，新見重新看著玩具熊。

「光是看也無法辨別，如果是血，而且是人類的血……」

小山田好像在暗示著什麼，凝視著新見的臉。

「小山田先生，你認為這可能是你太太的血。」

新見領悟到小山田所暗示的嚴重性，表情變得緊張。

「我只是腦中突然閃過一個疑問，這會不會是我太太的血？可是一旦有了這個念頭，我就覺得錯不了。」

「如果這是奈緒美的血，那到底是怎麼回事？」

連新見也直呼妻子的花名無暇更正。

「新見先生，我想坦白問你，請您老實回答我。您對文枝有信心嗎？」

「您所謂的信心是……」

新見突然被問了一個不同性質的問題，一時之間無法回應。

「文枝愛你的自信。」

「……」

「請不要瞞著我，我現在不是要責備你。」

「那我就直說了，她是真心愛我的，我也不打算把這份感情當作外遇。只是我們受到各種社會規範約束，不能結合，所以誓言在這個枷鎖中盡可能地相愛。」

「那麼，你認為文枝有可能突然離開你然後失去聯絡嗎？」

「不可能，所以我這幾天擔心得連晚上都睡不好。」

「你們最後一次約會時，曾約定下一次見面嗎？」

「有！」

「下一次是什麼時候？」

「三天後，老時間在水明莊會合。」

「後來她就爽約，突然失蹤了。這麼說來，你覺得她的失蹤有可能不是出於自願的？」

「你是說，這不是出於她的意志？」

「是的，連她所愛的你都不聯絡就失蹤了；一般的女人沒有理由會這麼做的。事實上，在此之前你們每天都會聯絡吧。」

新見的眼神像是急著想知道小山田接下來想說什麼，點點頭說：

「這麼說，奈緒美是在並非出於自願的情況下被某人拐走的。」

「而且現場還留下沾有血跡的玩具熊，那個人很有可能開車過來，在他把我太太硬拉進車內的那一瞬間，玩具熊掉落。如果我太太跟玩具熊在此刻互換位置，那麼玩具熊就有機會沾到我太太的血。也就是說，當我太太被強拉進車內時已經流了很多血。」

此刻，小山田的腦筋清楚得連自己都感到驚訝，感覺開始進行推理了。當然這個推理是建立在「玩具熊的斑點」就是文枝的血跡之假設上。

「小山田先生，難道你……」新見恐懼地解讀著小山田可怕的推理。

「是你指出熊是放在車上載過來的！的確，如果不是用車子載來的，應該不會忘記帶走吧。然後我太太被塞進車裡，接著沾有血跡的玩具熊就掉落在現場。一天也不想與你分離的她，就在那天晚上失去了聯絡。果真如此，就是那天晚上發生了不能把我太太丟在現場的狀況。」

「小山田先生，你認為奈緒美已經不在這個世界上嗎？」

「很遺憾我不得不這麼想，因為已經十天沒有消息了。如果遇到車禍應該也會被送到哪家醫院，當然也會聯絡。」

「也許被送到醫院，可是昏迷不醒、身分不明。」

「從她的隨身物品應該知道吧？就算沒有隨身物品，也應該報警啊！」

小山田和新見的看法恰好相反。新見就像是擔心自己妻子的安危，抱著強烈樂觀的看法；而小山田卻站在事不關己的客觀立場。小山田認為這就是兩個男人對文枝之愛目前的位置與態度。

身為丈夫承認這一點是一種悲哀，但是在與新見交談的過程中卻不得不承認。小山田的客觀性可說是他落敗的標記，然而即使落敗卻沒有失去追查妻子下落的熱情。至少也要找到她的遺骸，當作失去之愛的紀念品，親手埋葬她。

兩人目前對於推測所得的結論，都害怕用具體的語言表達。雖然兩人分別抱持著樂觀與悲觀的看法，但是都擔心將結論付諸於語言的同時，這些會成為既定的事實。

（X搭乘著黑色的犯罪工具，在暗夜中從文枝背後偷襲。文枝對於突如其來的暴力毫無防備，一時半刻也招架不了。X無意殺死她，對於自己不小心招致的嚴重後果感到震驚。從一時的震驚清醒過來的X，為了自保便把文枝帶走了。帶走時，還不知道文枝是生是死？不過這也不是重點。在暗夜，發生了沒有目擊者的事故，只要被害者被藏起來了，X就會安然無恙。這些條件構成了連犯案現場在何處都不存在的完美犯罪，如此一來，X只要把文枝運到某處藏起來就好了。X犯下的唯一錯誤，就是把玩具熊遺留在現場。）

這是兩人逐步推演所得的結論。

「無論如何，不化驗熊的斑點就無法斷定。」

「交通事故現場所留下的痕跡，會隨著時間變淡。從那天晚上以後已經過了好幾天，希望渺茫；不過，我打算在發現玩具熊的現場附近找找看，如果能確定熊身上的斑點就是我太太的血，警方也會展開行動吧？新見先生，我需要你的協助。」

「當然，只要我辦得到一定盡力去做，我有朋友是這方面的醫生，我先請他化驗這個斑點吧。」

這兩人建立起奇妙的同盟關係。共有（或說是互相爭奪）一個女人的這兩個男人，現在共同對奪走愛人的X宣戰，這是因為失去互相爭奪的東西所產生的連帶關係。

互相爭奪得有多激烈，這連帶關係就有多強烈。

7 CHAPTER 第七章

毀滅的狂飆

1

「打算去哪裡？」朝枝路子在黑暗中盯著被車燈劃亮的前方問道。

「這條路的盡頭。」郡恭平以空虛的語氣回答。

「真做作！」路子似乎嗤之以鼻。

「我真的這麼想，沒辦法。」

此刻是平日的深夜，路上幾乎沒有車子。恭平車上那宛如飛機駕駛座前的儀表板，具有各種速度、引擎迴轉數、燃料、油壓、水溫等機能性配備，正確地顯示出此刻的車速狀態高達一百二十公里，儀表板中央的時鐘顯示過了午夜兩點。

「不要開那麼快。」

「妳怕嗎？」

「我不是怕，這裡又不是高速公路，開那麼快，萬一有東西竄出來，想停也停不了。」

「就算有東西竄出來，我也不想停。」

「你沒關係，對方可就倒楣了。」

「今天晚上別說那些正經八百的話。」

「真無聊。」

「無聊？」

兩人在交談中，注意力自然會分散，車速也慢下來了。在這一帶開車本來就不容易維持一百公里以上的車速，日本的一般公路並不是為了讓駕駛人享受飆車快感所設計的。

「有什麼無聊？」恭平重複同樣的問題。

「什麼都很無聊，我反抗我媽然後離家出走，還有跟你這樣跑來跑去。」

「這種話不是也很做作嗎？」

「是嗎？唉，我們到底為了什麼被生下來？」

「這種事誰知道？又不是我們拜託父母生的。」

「誰都不想吧，可是大家也活得毫無懷疑啊！」

「妳會懷疑嗎？」

「我最近會忽然想這個問題，如果自己沒被生下來就好了。」

「無聊的懷疑有什麼好想的！」

恭平從口袋裡掏出香菸，叼在嘴裡。路子從儀表板上拔出點煙器，一邊遞給他說：「我啊，我媽常對我說：『我不小心生了妳，因為我把安全期弄錯了』。」

「哼，無聊。」恭平單手操縱方向盤，吐出一口煙。

「很無聊吧！我的出生就是一件很無聊的事，爸媽一點也不期待我的出現，我跟你這具有貴族血統的少爺不一樣啦。」

「我是貴族血統的少爺？真是天大的笑話，我媽就是靠我才當上明星，然後我爸利用我媽的名氣，我家裡的人都是互相利用。」

「那有什麼關係？幸福就好了。」

「妳倒是說得比唱得好聽咧，我一出生就與幸福無緣。」

「你哦，你是人在福中不知福，你那麼幸福卻故作不幸。」

「我的幸福是領到一千圓參加遠足的那一種，我爸媽認為用金錢打造環境就算是盡到父母的責任了，我現在住那棟毫宅、這輛車都和『一千圓的遠足費』沒什麼兩樣。妳說妳爸媽搞錯時機才生下妳，我呢？我根本不該出生。」

「所以我們是同類囉？」

「沒錯！不必想太多。既然父母這麼想，我們也抱著這種想法就好了。從他們那裡能拿多少就拿多少，當作報復吧。」

「這樣就叫做報復？」

「我認為是！『全國模範母親』八杉恭子的兒子是一個無藥可救的瘋癲族，那不是活該？」

「這也沒啥大不了的，除了我們這些人，誰知道你是瘋癲族，如果你真想報復，一定要做些引人注意的大事情！」

「……」

「你還得在你媽和媒體面前扮演模範兒子的角色，說要報仇，我看很難吧？」

「……」

「怎麼啦？突然不說話了，反正你現在做的，也不過是小孩子鬧彆扭而已，只是在父母的手掌心上撒野。這輛車、你的房子都是父母給的，不管你跑去哪裡，都逃不出父母的手掌心，好像在如來佛手掌上撒野的孫悟空！」

「妳說我是猴子？」

「沒什麼太大的差別吧？」

「畜生！」

正好車子駛到直線道的盡頭，恭平將沒吸完的香菸捻熄在儀表板上，閃爍的眼神凝視著前方。被路子擾亂的情緒，轉移至踩油門的腳，原本減至七十幾的車速，像跳躍般瞬間加速，計速器的指針直線攀升。由於車子瞬間加速，兩人的身體緊貼著座椅，引擎的噪音倏地飆高。

GT6MK2被壓抑的機能彷彿發揮到最大極限，車體所有的限制都已被解除，像一隻鋼鐵鬣狗般奔馳；引擎發出鬣狗似的咆哮聲，任務是飛足的彈跳的聲音。風在嘶吼，這是嗜血野獸的低吼聲。

「停！」路子大叫，恭平比了一個動作表示聽不見。

「幹嘛這樣！」路子不斷尖叫，恭平充耳不聞持續加速。由於車子高速行進，視野變窄了，被車燈劃亮黑暗的前方突然竄出一個黑影。

恭平慌忙踩煞車，連腳都感覺不到過於急促的使力，車身受到突如其來的牽制發出淒厲的聲音，如同對這不合理的動作提出抗議一般。輪胎與路面緊緊咬合，地面上揚起一陣在黑暗中清晰可見的白煙。車身重心移至前輪，變輕的後輪緊緊鎖死。頭重腳輕的車尾甩向左邊，車身在瞬間產生大幅度的旋轉，根本來不及放開煞車，完全失控的車身像在冰面上打滑一般，被拋向蘊藏死亡的黑暗中。

車身在激烈的拋甩中彷彿快解體了，刺耳的聲音裡還攙雜著兩人的慘叫。

2

車子在空中連續旋轉了五、六次，終於停了下來，即使停了，車內的兩人有好一陣子動彈不得，被可怕而猛烈的力量一把抓住，萎縮的心臟在一時之間似乎停止了跳動。

先回神過來的是路子。

「喂，是不是撞到什麼了……」

即使路子對恭平說話，恭平還是一臉茫然。

「喂，醒醒啦，煞車之前好像有個黑影從前面竄出來，我確實感覺撞到了什麼東西。」

「撞到東西……」恭平總算喃喃自語。

「你在說什麼啊！車子不是你開的嗎？快點下去確認！」

恭平被路子一斥責才開始慢吞吞地移動身體，受到撞擊的車身可能變形了，駕駛座旁的車門打不開。

「從這邊下車啊！」

早已下車站在外面的路子叫他，恭平越過助手席好不容易爬出車子。車頭的保險桿和散熱器稍微變形，有明顯的物體擦撞痕跡。對方被那樣的高速撞擊，想必情況一定很嚴重。

如果撞到貓狗之類的動物就算了，萬一撞到人的話……，恭平感到不寒而慄，那是一種與翻車時截然不同的恐懼感。

「這裡有什麼東西！」走到車子後面檢查的路子叫了起來，接著又加了一句可怕的話：

「是人，撞到人啦！」

恭平領悟到事情陷入預料中的最壞狀態，在稍微偏離路肩的草叢裡有個支離破碎的塊狀物。

「是個女人！」

藉著遠處的微弱光線仔細一看，那個破碎的塊狀物看起來像一頂張開的降落傘，從裡面露出兩截白色的腿，扭曲變形，似乎是個年輕女人。

「受傷好嚴重，連頭髮都是血。」路子抖著聲音說道。

「還活著。」恭平一邊以微弱的語氣說道，一邊確認對方是否還活著，不，應該是確認對方死了沒。

「要不要帶她去看醫生？」

「即使叫救護車也沒電話。」

在這種偏僻地方光線昏暗、四周一片死寂，連一輛路過的車子也沒有。

「那……那怎麼辦？」

路子的聲音聽起來受到極度的驚嚇，恭平抱起了傷者。

「喂，到底打算怎麼辦啊？」

「不管怎樣，先送醫院，幫我抬腳。」

兩人將受傷的女人扛進車子後座。

「不快點送去會死的！」

可是就算送去醫院，也沒有把握救活。還有依照女人受傷的情況來看，就算撿回一條命，也不知道身體能不能完全復原。無論如何，恭平的責任很重大，飆車的後果是撞傷了人；載著女人深夜飆車，結果出了車禍撞到人，這是無可推托的事實。

車子一邊朝燈光密集的方向駛去，恭平沉痛地領悟到自己面對的事態是何等嚴重。

「她死了！」一直留意後座動靜的路子突然驚叫道。

「妳說什麼？」

「這個人，已經沒有呼吸了。」

「怎麼會？」

「真的，你……你自己看嘛！」

恭平停車，湊近傷者沾滿血的臉孔仔細觀察。

「哪，死了吧？」

恭平茫然地點點頭，他確認了這個絕望的狀況。

「與其去醫院，不如去警察局吧。」路子像夢囈般地自言自語。恭平因為這句話而回過神來，回到駕駛座發動車子，突然加速前進的車子發出刺耳的輪胎磨擦聲急速掉頭。

「你要去哪裡？」

車子背著燈光聚集處逆向而行，路子嚇了一跳，恭平也不回答，只是往越來越黑暗的方向加速前進。

「那個方向有警察嗎？」「你到底在想什麼？」「回答我呀！」

路子對於凝視著前方、只顧開車的恭平有一種不祥的預感。

「你，你該不會……」路子害怕自己的預感成真。

「妳乖乖照做就是了。」恭平終於開口了。

「你可別亂來，反正逃不掉的。」

「不試試看也不知道吧？」

「那，你真的打算逃？」

「現場又沒有目擊者，先找個地方埋屍體。」

「住口，你的想法真可怕，現在去報警還可以從輕量刑。撞死人、埋屍滅跡可是殺人罪呀！」

「那又怎樣，只要別被發現就好了。所以才要找一個絕對不會被發現的地方埋啊！」

「這種事我做不到，你現在立刻調頭。」

「不行，一個年輕女人這麼晚在路上晃是她不對，是她自己撞上來的，要我負責我可不幹！」

「你瘋啦？」

「已經不能回頭了，妳也是共犯。」

「我……我是共犯？」

「對，因為妳坐在同一輛車上，說不定是妳開的車咧！」

「你這話是什麼意思？」

「沒人看到是誰握著方向盤的。」

「卑鄙無恥！」

「我也不想做個卑鄙的人，所以妳就乖乖照著做吧！」

「共犯」這個名詞，給了反抗中的路子最後一擊。前方的路越來越黑暗，是越來越靠近山區的緣故嗎？那股深沉的黑暗就像不知名的巨大黑影阻擋在前方。

3

一瞬間的疏忽引發了無法挽救的事故。然而，對於郡恭平和朝枝路子而言，魔鬼的陷阱在事故發生後開啟了一個無底暗口。

如果在車禍發生當時，他們盡全力搶救傷者，那麼這只不過是一樁意外事故。

把對方弄傷或致死終究是過失，過失傷人和蓄意傷人在犯罪的本質上有很明顯的差距。恭平的狀況是出於本能的自衛導致方向偏差。當他確定傷者已經死亡時，他背離燈火通明處，將車子駛進黑暗深處，對於路子的勸阻充耳不聞，一味地朝著黑暗方向驅車前行。

這暗示著他此後的人生道路；暗夜、現場沒有目擊者，使他加速落入魔鬼的陷阱中。他像蟑螂一樣避光而行，往山區深處前進。當他們將死者埋在遠離村落的山林裡時，他們明白自己已然落入黑暗的深淵。

路子知道自己無法改變恭平的決定，於是幫著掩埋屍體。在奧多摩山區幽暗的森林中，用汽車修理工具挖掘土坑是一件很辛苦的事。可是，情況演變到這種地步已經不能回頭了，既然已經墮落至地獄，至少也要確保在地獄裡是安全的。

為了避免讓野獸或流浪狗刨開，土坑一定要挖得很深；挖掘時不能點燈照明，只能藉著穿透樹梢間的微弱星光進行。土坑的深度與他們所犯下的罪行、絕望的程度成正比。

總算把屍體埋好以後，已經是破曉時分，他們留意東邊即將昇起的朝陽，那對他們來說是危險信號，一定要早一點離開現場。雖然這裡是遠離村落的山林區，不過誰也不能保證不會有人闖進來。雖然充分明白這個道理，但是在工作結束之後，他們累得筋疲力盡，有好一陣子待在原地不動。好不容易回過神來，恭平對路子激起了強烈的慾望，路子也沒拒絕。他們倆就躺在埋屍的土堆上，彼此發狂般地貪求對方，當兩人的肉體合而為一時，彷彿感到彼此的身心皆成為共犯。在就此展開沒有終點的逃亡生涯中，兩人用彼此的肉體來確認對方是未來唯一的逃亡伴侶。

這個事件完全沒有被報導出來，一如所言從黑暗而來，就埋葬在黑暗裡。恭平他們震驚於被害者的死，並沒有調查清楚身分就把對方埋了，連隨身物品也一起埋了，所以他們連被害者是誰都不知道。他們所知道的僅是一個充滿風塵味的年輕女子，而且撞擊力把對方傷得很嚴重，連對方的臉孔也沒看清楚。

「最近失蹤人口很多，突然不見蹤影也沒什麼大不了吧？」戰戰兢兢的恭平發現這件事過了幾天也沒被報導出來，好像鬆了一口氣。

「她的家人可能正在找她。」路子似乎在警告他不能這麼快鬆懈下來。

「說不定她沒有家人，一個人住在公寓裡。」

「這種事是出於你自己所期待的推測。在屍體還沒被發現以前，她的家人即使去報案，也不會被媒體報導出來。這一段期間還是應該擔心或許她的家人在後面追我們。」

「外行人絕對查不到我們，就算是警察，若只是協尋失蹤人口是不會有大動作的。又沒人知道我們幹的事，屍體不久就會在土坑裡變成白骨了，沒什麼好擔心的。」

恭平越來越逞強了。雖然可惜那輛肇事的車子，但是他決定按照路子的建議一點一點地解體，再將車子報廢。車子的車身還是很堅固，損傷也不大，但是這是萬無一失的做法。解體之後，他打算將引擎和其他可使用的部分組成「拼裝車」。這麼一來，跟誰都扯不上關係了。

事情剛發生時的不安與緊張感逐漸消除後，路子才驚恐地發現有東西不見了。

「親愛的，最近都沒看到你的熊耶。」

「熊？」

「你那隻玩具熊啊！不是走到哪帶到哪嗎？丟到哪裡去了？」

「妳這麼一說，最近還真的沒看到耶！」

恭平露出恍然大悟的表情，最近這幾天因為犯罪意識與作賊心虛，把玩具熊的事給完全忘了。

「最後看到是什麼時候?」他若無其事地問,路子的表情僵硬。

「唉,那天晚上,熊有沒有在車上?」

「那天晚上」意味著發生車禍的那一晚。

「不會吧?」恭平的臉上急速閃過不安的陰影。

「怎麼不會?你仔細想一想,那天晚上熊有沒有在車上?」

「我想,大概沒放在車上。」

「什麼大概?你把那隻熊當成護身符般隨身帶著,我覺得那天好像是放在車上。」

「如果掉了,就是……」

「現在可不是蠻不在乎的時候。本來放在車上的東西,如果掉了,會掉在哪裡?」

「妳覺得熊掉在那裡嗎?」

「有這個可能。那天晚上,我們只有在兩個地方停車。」

「兩個地方?」

「撞人的地方和埋屍體的地方。如果熊掉在那裡,可會變成很重要的證物喔!」

「可是,或許是在那天晚上以前或以後掉的。」

不管怎樣,恭平就是堅持樂觀的看法。

「這麼說來,那天晚上也是有可能的。」

現在，兩人的臉色開始發白，才剛剛忘記的恐懼又回來了，連心臟都糾結在一起。

「怎麼辦？」

吊兒郎當的恭平連聲音都在發抖，女生反而冷靜。

「或許還留在現場。」

「現在去找會不會太危險？」

「是有危險，可是，從沒有任何報導來看，我想還沒有人懷疑那個女的被車撞死了，而且也沒有人知道車禍現場在哪裡。我們撞到那女人的地方靠近路肩，但是她倒在草叢中，所以流出來的血都被泥土吸收了。車子還好好的，只有車身稍微凹陷，連擋風玻璃也沒破，所以幾乎沒有碎片掉落。我偷偷去現場看看，你就假裝是健行客到埋屍附近找找。屍體還沒被發現，我想那裡沒問題。如果你稍微感到有危險就不要靠近。」

「我一個人沒問題嗎？」恭平不安地說道。

「你在說什麼呀！這不是你自己造成的嗎？比起兩個人去，一個人比較不明顯吧！」

「我不太記得在哪裡了。」

「你真是個大少爺耶！拿你沒輒，我跟你一起去好了。你如果不能放下身段，當初就不要冒這麼大的危險！」

「對不起！」

主導權完全被路子掌控的恭平，只能順著她的意思去做了。

可是他們的搜尋也是白費工夫，最後還是沒找到玩具熊。

「畢竟還是掉在其他地方吧？」恭平隨即往樂觀的方面想。

「現在安心還太早，說不定在我們去找以前，已經有人把它撿走了。」

「那麼髒的玩具熊誰會撿啊？」

「你這個人還真以為天下太平啦，可能被追查我們的人撿走了呀！」

「妳想太多了，不，是疑心病。我們做最壞的打算，例如就算那隻熊落入追逐我們的人手中，又怎能知道那是我們的東西呢？玩具熊身上又沒寫主人的名字，熊和我們之間也沒有關連。還有，熊遺落在現場也不一定和事件有關，那種破爛東西掉在哪裡都沒什麼好奇怪的。」

「所以你是傻瓜啊！」路子語帶嘲諷。

「什麼？妳說我是傻瓜。」

她對正要發脾氣的恭平說：

「對呀，你不是說那隻熊是你媽的替代品嗎？到了這把年紀，還像個小孩子一樣抱著玩具熊到處走，大家都知道你就是那隻熊的主人，如果當作證物擺在眼前，想賴都賴不掉。」

路子毫不留情地如此說道。

「相同的玩具熊多得是。」恭平雖然反駁，語氣卻軟弱無力。

「反正東西已經掉了也沒辦法，不過從現在起不能掉以輕心，不管任何時候都要豎起耳朵留意追逐我們的腳步聲。」路子叮嚀著他。

8 CHAPTER 第八章

連結往事的橋

1

強尼·海華德凶殺案的搜查陷入膠著狀態，紐約市警局傳來的關鍵字 kisumi，結果也是無解。

命案發生後二十天的第一階段很快就過去了，日本警方在這段期間無論是犧牲假期或四處奔波，依舊一無所獲。所有的假設都被推翻，命案呈現走入迷宮的狀態。

「混蛋！那些美國人，自己的同胞被殺，卻拿個什麼 kisumi 來唬人。」

橫渡刑警漲紅著那張猴臉，口出惡言。一個外國人千里迢迢跑來日本竟客死異鄉，畢竟令他們感到棘手。

「也不必特地跑來，然後死在咱們這個小國，全世界能死的地方多得是吧！就算不是那樣，我們已經被一大堆案子追得團團轉了，哪裡還有餘力管洋鬼子。」他如此說道。

「可是，外國人也不喜歡被殺吧？」

河西刑警溫和地反駁，與其說他是搜查一課的刑警，他的外型更像銀行行員。在以男性居多、衣著隨便的刑警辦公室裡，即使是夏天他也穿著整齊的西裝，連釦子都扣到最下面一顆，因為太過整齊，反而看起來有點愚蠢。

「我就是心裡不痛快，反正我討厭洋鬼子，尤其是美國、歐洲那些傢伙，他們的生活水準已經被咱們趕上，還擺出一副先進國的嘴臉。連自己國家的紐約、巴黎都搞不清楚的鄉巴佬，突然跑來東京，內心明明害怕得很，還拼命虛張聲勢。那些混帳東西，在各種角度來看都是來自落後國家。」

「橫先生！」

「如果是日本人在紐約被殺，警方絕不會這麼仔細搜查吧，日本人一看到洋鬼子就忙著逢迎諂媚，所以才會被人家瞧不起。」

搜查工作受阻，對於橫渡無的放矢的情緒發洩，那須小組的成員只能苦笑以對。不過，橫渡說得再惡毒也沒有用，搜查工作還是沒有進展。初期的猛烈氣勢早已被疲倦感壓迫，搜查總部的氣氛顯得無比凝重。

此時，一名男子來到搜查總部，他是一名計程車司機，服務於總公司位在中野區的「共榮交通」計程車行，名叫「野野山高吉」。

棟居正好在場，所以出來接待他。

「其實我應該更早來報案的，可是正好回鄉下沒看到報紙。」

野野山一進門就露出過意不去的表情，他年約五十歲，看起來忠厚老實。

「報案？怎麼回事？」

棟居一邊問他，一邊有某種預感。儘管各種情報都會送到搜查總部來，但絕大多數都是假情報。然而此刻，棟居對於野野山的來訪，感覺好像有魚兒上鉤了。

「事實上，九月十三日，我在羽田機場載過一名客人到東京商務旅館，那個人好像就是在皇家大飯店被殺的黑人。」

野野山的話令棟居全身緊繃。

「你沒弄錯吧？」

「我想應該沒錯。雖然黑人長得都差不多，不過那個人的膚色沒那麼黑，有點像東方人。」

「你為什麼不早點來報案？」

「我回鄉下去了，因為我很久沒回去，所以勉強要求公司幫我把休假排在一起。」

「為什麼現在來報案？」

「我無意間在公司餐廳的舊報紙上看到照片裡的人很像我載過的那位客人。」

「謝謝你過來，我們也正在找你啊！」

「很抱歉！」

「不，我們才要跟你道謝。先請問你，是你帶他去新宿的旅館，還是他指名要求去那家旅館的？」

「是他要求我載他去那裡的。」

「這麼說來，他一開始就知道那家旅館囉？」

「是吧，但是他只知道旅館的名字，好像是第一次去。」

「他有沒有說怎麼得知那家旅館的？」

「沒有，他的話很少，幾乎沒說什麼。」

「他是用英語說到東京商務旅館嗎？」

「不，他用日語一個字一個字慢慢地講，看起來懂一點日語，下車時也用日語說，謝謝……不用……找錢……了。」

「除此之外，他還說了什麼？」

「沒有，除了上下車，其他時間都不說話，感覺有點陰沉。」

「你還注意到了什麼？」

「沒有了。」

野野山的情報好像只有這麼多，無論如何多虧了他，警方才知道強尼・海華德一開始就指定前往東京商務旅館。可是，根據之前的調查，找不出這家旅館裡有任何人與強尼・海華德扯得上關係。強尼在哪裡得知這家旅館？是突然在某處得知的旅館名稱，然後像捧著護身符般，在第一次造訪異國的慌亂中，一心一意朝著「心目中唯一的飯店」前進，這樣的假設是否太單純了？

目前的階段無法下判斷。楝居跟野野山道謝，正打算送他出去。這時，野野山戰戰兢兢地拿出一樣東西遞給楝居，那是一本書。

「這是什麼？」楝居的視線落在那本書與對方身上。

「這個放在車上忘了帶走。」

「你說這是強尼．海華德遺忘的東西？」

「不，我不確定是不是他的，不過就塞在椅墊和椅背之間，是後來上車的第三或第四位乘客發現的。」

那是一本很舊的書，封面已經磨破，再加上日積月累的垢痕，書名幾乎看不見。那是一本西式裝訂書，裝訂很粗糙，書背的膠著處幾乎裂開，如果隨手一拿好像隨時會散落。

強尼．海華德下車後，第三或第四名客人才發現這本書，那真的無法確定這是不是他的；或者，可能是發現者的上一位客人留下來的。此外，由於塞在椅墊和椅背之間，說不定是強尼上車之前的客人留下來的。

此時，這本書的陳舊感令楝居聯想到某樣東西，就是在清水谷公園發現的那頂舊麥稈帽。那頂帽子和這本書的破舊程度差不多，帽簷破爛、帽頂也穿孔了、褪色的麥稈像舊纖維，光是拿在手裡感覺就好像灰燼般快散了。

帽子的破舊程度正好與這本書相似，棟居注意到這種「陳舊的巧合」。

「你每天都會檢查椅墊和椅背之間嗎？」

「我當天下班以後一定會檢查，因為乘客的失物或從衣服口袋掉出來的小東西大概都會掉在那裡。」

「前一天檢查沒有發現任何東西嗎？」

「我是輪一天早班、一天晚班、一天休假，如果車內有失物，上一位輪值的駕駛一定會交接給下一位。為了慎重起見，我在出發前還是會再檢查一次，並沒有發現什麼。」

這麼一來，可以確定那本書是強尼搭上野野山的車所遺落的。

「以前都是怎麼處理乘客的失物？」

「對不起，除了貴重物品以外，公司都是一個星期集中一次送到當地派出所。一些食品或沒有價值的東西就由我們自行處理，警方並不會追究。」

如果確實遵守遺失物法，把失物、廢棄物通通送到派出所，也會讓警方感到困擾。船、車、建築物的所有者（負責人）根據遺失物法可以代表警方保管拾得的物品；食物、廉價品則由負責人進行適當的處分。

「那麼這本書呢？」

「我覺得蠻有趣的，所以帶回家，結果就忘了。我絕對不是……故意這麼做。」野野山好像很怕自己犯下侵佔罪似地說道。

棟居苦笑著說：「好像是一本詩集。」然後像是處理貴重物品般地翻開來看。

「是西条八十的詩集。」

「西条八十？那位作詞家嗎？」棟居記得他是流行歌曲的作詞者。

「西条在作詞方面比較有名，不過他也是一名優秀的詩人，他的詩風充滿浪漫派的幻想，無人比得上。他在早稻田唸書時，和日夏耿之介等人發行同人誌，後來留學法國，與葉慈、梅特林克（註）等詩人交往，鞏固了法國象徵詩的幻想派詩風，曾發表過很多比〈赤鳥〉更優美的童詩，與北原白秋齊名。我很欣賞他，這個人有一種纖細而甜美的多愁善感。」

野野山不經意展現了自己的文學造詣。原來他是西条的忠實讀者，所以才把詩集帶回家了。對於忠實讀者來說，這本詩集相當具有價值。基於這個緣故，他才會擔心自己是否犯下了「侵佔罪」。

如果這是強尼．海華德的失物，那麼他為什麼會有日本詩人的詩集？棟居覺得又多了一道謎題。詩集好像是戰後不久發行的，應該很老舊了，大概已經過了二十幾年，書上沒有記載持有者的名字。不管怎樣，《西条八十詩集》可能是強尼．海華德帶來的，而且在可能範

註——Maurice Maeterlinck。比利時籍的法國詩人、劇作家，曾獲諾貝爾文學獎。

圍裡，這是不可忽視的證據。

棟居沒收了這本詩集。

2

棟居對於小說、詩集並沒有興趣，也可以說是漠不關心。總之，他認為這只不過是一些想像力豐富的人，玩弄語言所創造的虛構世界。在現實中與凶狠罪犯格鬥的自己，完全沒有空閒在這個虛構世界裡遊戲。

棟居意外地從野野山的手中得到《西条八十詩集》，所以想瞭解一下這位詩人。本廳的圖書室裡有文藝類的百科事典，他從其中的「文學」類檢索「西条八十」的項目。

詩人西条八十（西元一八九二～一九七〇），出生於東京牛込，從正則英語學校畢業後，進入早大英文系、東大國文系就讀；深受早中時代的恩師吉江喬松的影響，決定了自己的生涯志向。一九一九年（大正八年）出版了處女詩集《砂金》，以充滿幻想與精鍊的文句、甜美的感傷而大受肯定。二一年成為早大講師，陸續發表了翻譯詩集《白孔雀》（一九二〇）、詩集《陌生的愛人》、《臘像娃娃》（一九二二）。一九二三年至索邦大學（註一）留學，鑽研十六世紀以後的法國詩詞，並成為瑪拉盧麥（註二）會裡的一員，與巴勒里（註三）等詩人交遊，回國後出任早大教授，成為推動象徵詩運動的舵手。一方面發表《西条八十詩集》（一九二七）、《美麗的喪失》（一九二九）、《黃金館》（一九四四）等作品，一方面主導《詩王》、《白孔雀》、《臘像娃娃》、《詩人》，並培育出許多詩人，也在《赤鳥》的童謠詩運動中扮演重要的核心角色，著有《西条八十童謠全集》（一九二四）。此外，他還為六千首曲子填詞，成為歌謠界的泰斗。第二次世界大戰結束以後，除了詩集《一手握起的玻璃》之外，還有《亞瑟・韓波之研究》（一九六七）等作品。六一年成為藝術院會員。〈節錄自日本《文學》雜誌〉

「西条八十和強尼・海華德啊！」

棟居的目光從百科事典上移開，凝視著半空。這位在出生於日本的優秀抒情詩人，與來自紐約哈林區的黑人青年之間到底有什麼關係？

棟居開始仔細翻閱當初略微看過的詩集，雖然還不能確定這本書是強尼從紐約帶來的，

註一——Sorbonne。巴黎大學的通稱，源出該校創辦人索邦。
註二——Mallarme。法國象徵派詩人的代表。
註三——Paul Valery。法國象徵派詩人，師法瑪拉盧麥承繼象徵詩之傳統。

但是有一種預感正在驅使棟居。

詩集在昭和二十二年出版，這家出版社老早就倒了，如果是昭和二十二年，那已經是二十幾年前的事了。其古老的程度倒是符合強尼遇害時警方在清水公園發現的那頂麥稈帽。

強尼・海華德——麥稈帽——西条八十，連結這三者的橋樑是什麼？也許就藏在詩集裡。

他打算找出這座橋之後，在調查會議上提出這本詩集。

棟居仔細翻著書頁，那是由戰後生產的粗糙再生紙製成，而且經過一段漫長的歲月，如果不小心翻弄，裝訂部位就會脫落。隨著閱讀所剩的頁數逐漸減少，棟居感到越來越失望。翻過的頁數他都仔細讀過了，卻沒發現看起來像「橋」的東西。

（或許這本詩集還是不相干的乘客遺留下來的吧？）

隨著翻閱書頁，他深深陷入絕望中，還沒翻到的頁數所剩無幾，等到全部翻完就肯定是絕望了。但是，當他翻到最後幾頁時，突然眼睛一亮，翻動書頁的手停住了，第一行的幾個字躍入眼簾，棟居感覺眼前似乎閃過一道光芒。

——媽媽，我的那頂帽子怎麼了？

啊，在夏天從碓冰前往霧積的路上，

掉進溪谷裡的那頂麥稈帽呀！

「有了！」

棟居不經意地叫出聲。《西条八十詩集》裡竟然提到了麥稈帽，他興奮得連身體都在顫抖。

詩裡接著寫道，

——媽媽，那是我好喜歡的帽子唷！
我那時候好懊惱喔，
因為，一陣風突然吹過來。
——媽媽，那時候有一位年輕的賣藥郎走過來，
穿著深藍色的綁腿，戴著手套。
他想替我撿帽子，卻不小心跌斷了骨頭。
但是最後還是沒撿到。
因為掉進好深的溪谷裡，那裡的草長得比人還高。
——媽媽，那頂帽子到底怎麼了？

那時候路旁盛開的野百合花，
早就枯萎了吧？
然後，在秋天，灰霧籠罩的山丘，
在那頂帽子下，也許每天晚上都有蟋蟀在鳴叫著。
——媽媽，一定在此時此刻，
約莫在今晚，在那個溪谷裡，已經靜靜地降下了白雪。
以前，閃閃發光的、那頂義大利麥稈帽，和我寫在帽子裡的Y．S，一起埋進了雪裡，
靜靜地、寂寞地……

棟居反覆閱讀這首相當長的詩。剛開始的興奮心情冷靜下來，繼之湧起的是發現那座橋的喜悅。受到這首詩的感動，更是讓這份喜悅倍增。本來對詩毫不關心的棟居，可以深刻感受到在夏日溪谷旅遊的母子，寄託於麥稈帽的那份情感。

作者懷念與母親共度旅遊時光的心情，讓幼年被母親遺棄的棟居內心受到莫大的衝擊。也許作者在寫這首詩時已經與母親死別了吧，還是與母親分隔兩地生活？也許麥稈帽是母親買給他的吧。

棟居在眼前描繪著一對母子在綠意盎然的夏日，手牽著手在清涼的溪谷中暢遊的景象；

母親年輕而美麗，孩子年幼，盛夏裡白天的溪谷中充滿了寧靜，非常涼爽。

棟居也想去那座溪谷一探究竟。

（霧積溫泉到底在哪裡？：碓冰是靠近群馬和長野縣邊境囉？）

棟居想像著未知的山谷溫泉，無意間想到某個相似處，不禁嚇得屏住呼吸。

「kirizumi！」

強尼．海華德說要去日本的 kisumi，然後就出發了。kisumi 和 kirizumi 的發音感覺有點像。美國人聽成是 kisumi，或許是把 kirizumi 聽錯了。

「麥稈帽和霧積。」

無論哪一個都與強尼有密切關係，而這兩者都出現在《西条八十詩集》中。棟居立刻起身，打算將自己的發現在搜查會議上提出來。

棟居的發現令搜查總部興奮不已，關於「麥稈帽」大家並無異議，但是將 kirizumi 誤聽成 kisumi 的推論，有人覺得有點勉強。

「我認為不勉強，在此之前，不是一名計程車司機把強尼．海華德說的 straw hat 聽成是 sutoha 嗎。兩者都漏聽了 r，我想可能是海華德發 r 的音特別微弱。」

發表意見的人贊成棟居的看法，可是誰也沒聽過海華德生前的發音。

在紐約的平民區，有些方言就像東京腔一樣獨特，唸起來還有抑揚頓挫，說不定就省略了r的發音。

然而不巧的是，搜查總部沒有人外語能力特別強，尤其是與標準英語大異其趣的布魯克林美語，其獨特的發音方式更令他們束手無策。

「我們這些外行人在這裡亂猜也不是辦法，去問問專家吧！」那須警部馬上提出一個妥當的意見。

於是警方來到東都外語大學，請教美語發音學權威宮武敏之教授。

宮武教授說：

「雖然統稱為美語，但是像美國那樣幅員廣大的國家，因地區、階級不同所使用的語言、發音也有很大的差別。依照地區大略分類，就有標準美語、東部美語、南部美語三種。紐約所使用的雖然是標準美語，但是也混雜了許多東部美語。在那個被稱為民族大熔爐的綜合城市裡，有來自世界各國的移民，又操著充滿母語腔調的英語，所以無法一概而論。你所問的省略r的發音；把 kirizumi 的『r』和 straw hat 的『r』省略的發音方式在美語發音學上並沒有。」

「沒有嗎？」

身為突破案情的發現者，棟居奉命向發音學教授確認，聽到對方的結論不禁露出失望的表情。

「有時候那個音受到下一個發音的影響也會有不發音的情況，如果出現在一個單字中，那麼在同一段落緊鄰的字母也會發生。例如：asked、stopped 這一類有破裂音、破擦音的情形，省略了『k』、『p』，聽起來是『æst』和『stat』。有鼻音、重複音時也會省略；但是都不符合你所說的情況。」

「沒有符合嗎？」

棟居越來越沮喪，好不容易才走到這一步，他覺得自己快要承受不了這種失望的打擊。

「原本在英美語系中，『r』是很明顯的發音，不如說它會影響其他發音。有時候根本沒有r音，卻要在與下一個以母音開頭的單字間加入子音r。例如，saw it 和 he and me，聽起來像是〈sɔ́:rit〉〈hi:rəndmi:〉，當然這是不好的發音。」

聽起來沒有r的情況更是完全相反，畢竟將 kisumi 和 kirizumi 連結在一起太勉強了。

「不過，把r的音完全省略也不是完全沒有可能。」教授像是在安慰沮喪的棟居，「只是在學術界不被承認而已。」

「管它什麼學術不學術，重點是現實生活中有沒有這種發音方式，我只要確定這個就好了。」

「你不是為了聽我這位學者的意見才來的嗎？」宮武教授對於棟居輕視學術的發言似乎有點不太高興。

「是、是，我的確是為此而來。只是這件事，儘管學術界不認同，但是有沒有這種發音法，正是我要向您這位專家請教的。」

棟居慌張地修正自己的措辭，可不能因為自己的失言而失去教授的協助。

「美語的母語是英語，除了地區上的差別，因為階級而產生的發音差別也很大。我們在學校裡所學的英語是知識階級的標準英語，在學校學過英語的人聽到倫敦方言和布魯克林的美式英語也會聽不懂。尤其是紐約的平民區，來自愛爾蘭、北歐、東歐、義大利、西班牙、葡萄牙、猶太、南部的黑人所構成的雜居環境，的確有語言大熔爐的感覺，當然英語也就因各國母語而變形了。尤其是西班牙語系的人，發r音的特色是彈舌音，不過有人為了掩飾自己是西班牙語系，刻意輕聲發出r音或者乾脆省略。這與人們意識到自己的毛病卻常常矯枉過正的道理是一樣的。」

「這麼一來，如果是西班牙語系的人，很有可能把 straw hat 說成 sutoha，而 kirizumi 說成 kisumi 了。」

棟居不由自主地提高了聲音。強尼．海華德就是住在西班牙裔集中的貧民區西哈林。

「是有這種可能。」教授點頭表示同意，如果將 kirizumi 誤聽成 kisumi 是大有可能的。這使得搜查總部得到一個新的調查目標「霧積」。

強尼到日本的目的地是霧積溫泉的可能性也大為提高，無論如何這都是搜查小組不可錯過的新重點。

（霧積絕對隱藏著解開強尼遇害之謎的關鍵。）

棟居向教授草草道謝就告別了。

3

就在搜查總部獲得新目標的同時，紐約市警局也得到了新情報。

他們懷疑強尼的父親威爾夏・海華德可能將製造車禍所詐領的賠償金挪作強尼的旅日費用。也就是說，父親犧牲自己的性命為兒子籌措旅費。

「為什麼非要做到這種地步把強尼送去日本呢？」

父子皆已死亡，已經無法向本人詢問了。不過由此可知，強尼到日本一定有一個明確的目的。如果去霧積一探究竟或許有答案。搜查總部充滿了一股睽違已久的高昂情緒。

霧積溫泉位於群馬、長野兩縣交界處，是一處由碓冰嶺環抱的山谷溫泉，行政區屬於群馬縣松井町。交通公社發行的旅行導覽只有如此簡單的記載——位於霧積川的上游，是一處海拔一千八百公尺的高地，比輕井澤高出二百一十公尺。繞著碓冰嶺後方，山明水秀，在秋天，那一帶群山的紅葉特別美，也是絕佳的露營地點。從溫泉地徒步一個半小時的鼻曲山，紅葉也很美。當地泉質是帶苦味的石膏泉，據說對於外傷、動脈硬化、神經痛、婦女病、胃腸病等具有療效。交通方面，從信越線橫川搭乘巴士，再步行九公里，大約要花三個小時。

「要走三個小時啊！」

「這年頭還有這種深山溫泉嗎？」

搜查員們面面相覷。霧積有兩家旅社，姑且先打電話問問看，比較古老的那家旅社「金湯館」很快就有了回應。

西条八十的〈麥稈帽之詩〉是作者生前懷念暢遊霧積時光所創作的詩，因此金湯館為房客及附近的健行客所製作的便當包裝紙上就印有這首詩。

如果強尼・海華德與此有關連，金湯館的可能性比較高。棟居和橫渡奉命出差一趟。

另一方面，小山田所發現的「熊的斑點」分析報告出爐。斑點是人血，血型判斷是ＡＢＯ型的AB型、Ｍ－Ｎ型（註）的Ｍ型，這個結果符合文枝的血型。

他們的推測不幸成真，小山田將自己所蒐集的資料送交警方，警方也認為這些資料很具體，不能將之視為單純的離家出走。

警方重新在發現玩具熊的K市「鳥居前」附近一帶派出專人仔細搜查。不過，由於案發後已經過了相當長的時間，犯案痕跡也消失了，要找出明顯的證據相當困難。

註——一九二八年Landsteiher和Levin將人血注射入兔子體內產生一種抗體，加以應用區分人群血型。這些新抗原屬於另一獨立遺傳方式，命名為M－N血型。

9

CHAPTER

第九章

難忘的深山旅館

1

棟居與橫渡從上野搭乘信越線列車，在下午一點左右抵達了橫川站，雖然已經錯過了絕佳的賞紅葉時期，四周群山所留下的紅葉景致依舊美麗。前往霧積，從這裡搭車進入「六角」再步行一公里的山路，或只能穿越橫川。無論採用那種方式，一定要從六角再走一公里。

雖然出了車站，卻看不到排班候客的計程車，車站前的景象是狹窄而擁擠的巷弄，完全感受不到鄉村車站應有的遼闊。家家戶戶在屋頂上豎立著天線，連電視在這種鄉下地方都成為一種制式化的特色。

車站前勉強規劃出來的空地被停滿的車輛淹沒，使得原本狹窄的空間顯得更擁擠。不過，在這些車陣中就是看不到計程車，由於是平常時段，下車的乘客只有他們倆和幾名當地人，車站內設有計程車服務處，打聽之下也只有一輛車，很不巧地已經被派往高崎方向。

聽說步行到霧積大概要花四個小時。

「你們要去霧積啊，可以打電話給旅館，他們會派小巴士來接。」

服務處的男子不僅親切地告訴他們，還替他們打電話。

「你們運氣真好，巴士正好載著回程旅客下山，再等十分鐘車子就到了。」

棟居和橫渡聽到服務處男子的話不禁鬆了一口氣，就算是工作在身，花四個小時徒步上山誰都會受不了。

不久，一輛車身標示霧積溫泉的小型巴士抵達，幾名年輕男女下車。

「請問是東京的橫渡先生和棟居先生嗎？」一名中年司機一見到他們倆就打招呼，兩人點頭示意後，司機接著說：「我們接到東京方面的聯絡就過來接你們，請！」並且邊伸手提取他們的手提包。

「東西很輕，我們自己拿就好了。」

橫渡惶恐的樣子顯得有點不合身分。從搜查總部出發時，那須警部曾告訴他們，「應該會有車子到車站接你們。」原來指的是這件事。

小型巴士以輕快的速度行進，不一會兒就與信越線並行，走上了十八號國道。大約過了五分鐘，進入一個小驛站，那裡的房舍又低又矮，古老的出格子式（註一）房屋隨處可見，感覺好像是江戶時代驛站町的住宅重現。國道前方，有一塊宏偉的岩石突兀地聳立著。

「這裡是坂本町，聽說以前是妓女住的地方。」

這裡是沿著十八號國道（舊中山道）發展的典型驛站町。棟居有一種錯覺，以為站在出格子暗處的驛站妓女正在向他招手。

巴士在距離那些房舍的不遠處停了下來，有幾名小學生和一名中年男子上車。無法判斷那名男子是本地人還是都市人，雖然和司機熟稔地打招呼，穿著打扮卻像都市人，手裡還拎著一個小皮包。巴士就停在霧積溫泉服務處的前面，那群孩子像是從深山搭乘溫泉巴士上學的樣子。

「連老房子也幾乎改建了，現在所剩無幾啦！」

剛才上車的乘客看到棟居那麼熱中地盯著那些老房子，就很直爽地向他搭訕。經對方這麼一說，的確發現古老的屋群中混雜著許多新房子，由於房屋的高度與正面寬度幾乎一樣，依然充滿著古老驛站的氣氛。四周有小路迂迴通過，幾乎見不到什麼車子，道路的兩旁有低矮住家相連，筆直的白色道路上空無一人。

「想當年驛站繁榮的時候可熱鬧咧，現在已經沒落了，老房子幾乎沒了，已經看不到從前的影子囉！」

男子的話充滿了寂寞，八成是本地人吧。棟居對於老街感興趣，並不是因為建築物古老，或許是這座衰敗的城鎮充滿了毫無生氣的寂靜吧。

「房屋正面的寬度都差不多吧。據說當地是幕府下令興建的驛站，由於街道兩側的土地有限，所以官廳規定除了本營和側營之外，其他住屋的大小都是一間半（註二）。這一帶的房

註一——日本古時候的屋舍在門窗前面裝設的格狀構造。

註二——「一間」為六尺，相當於一八二公分，「一間半」為兩公尺七十三公分。

子古時候都是旅館、妓院、澡堂和租借牲口、代客送貨的市集。」男子向大家說明。

「現在這裡的居民都從事什麼行業？」棟居很感興趣地問道。

偶然間出現了一、兩輛車子行經而過，街上連一隻狗都沒有，越讓人覺得這是一座無人居住的空鎮。

「現在還不錯，自從碓冰頂通車以後，大家都靠山頂吃飯。」

「靠山頂吃飯？」

「鐵路啊，站務工作、鐵路安檢呀，現在這裡的居民幾乎都與鐵路有關。」說著說著，巴士已經穿越了坂本。

巴士不久便駛離國道，進入信越線的鐵橋。車上的孩子們指著窗外，猴子的出現引起一陣騷動。沿著公路的枯草黃木山上有一個黑點，但是還來不及看清楚就已經跑遠了。聽說附近會有五、六十隻猴子成群出沒，公路到這裡就算走完了，一路通暢的車子突然開始劇烈搖晃。

右邊有一座很大的水壩。

「那是霧積水壩。」

司機向他們說明，水壩寬三百二十公尺，高六十七公尺，動工迄今已經四年了，預定不久就要完工。水壩尚未貯水，鋼筋水泥的堰堤傲然地俯視著乾涸的壩底，孤零零地散落著一些即將被水淹沒的廢屋、雜木林。

自然景觀遭到人工破壞，呈現出一種不協調的苦悶光景。

「從這裡開始路面很顛簸，請大家抓牢了。」司機提醒車上的乘客，突然間山裡的氣息變濃了。

「你們如果早點來，紅葉很漂亮呢！」

司機好像在替自己惋惜。

「不是還很漂亮嘛！」

橫渡遠望著車窗外殘留色彩的山嶺，看慣了都市幾何學建築物的雙眼，一旦來到充滿大自然景觀的場所，無論眺望哪個角落，都有一種身心受到洗滌的感覺。這裡雖然沒有深山的景致，不過也在群山優雅的環抱下，展現美麗的山峽風光。

這種恬靜的自然風景對於厭倦都市生活的人來說，身心都受到溫柔的撫慰。

巴士沿著河岸而上行，山的斜坡掩埋在一片稀疏的雜木林中。

「司機先生在這裡待很久了嗎？」橫渡開始打探消息。

「以前在松井田的紡織廠工作，可是因為景氣不好，一年前轉到這裡來。」

「一年前啊？」

那麼他可能不太清楚更早以前的事了，刑警倆互相點頭。

「以前，這裡車子進不來吧？」這次換棟居問了。〈麥稈帽之詩〉裡提到「沿著溪谷的路走，被風吹走」。原本這裡是「從碓冰往霧積的路」，也許指的就是這條路吧。

「公路通車是在昭和四十五年，更早以前必須從橫川走路過來，當時這裡的旅館也只有金湯館一家，來這裡泡溫泉的客人一待就是一、兩個月。」

「現在有幾家？」

「也只有兩家，不過是同一個經營者，在車道終點的那一家叫霧積館，是金湯館的新館。」

「新館是什麼時候建好的？」

「昭和四十五年。」

「車子沒辦法開進金湯館嗎？」

「從終點走一條『好漢坂』的山路，大概要走三十分鐘。」

「還要走三十分鐘的山路啊？」橫渡露出一臉厭煩的表情。

「以前還要走四個小時呢！可是最近客人連走三十分鐘也嫌麻煩，所以除了登山客以外，大家都住新館。」

談話之間，車子開進山林氣氛濃郁的深處。

原本溪流在巴士右邊，現在轉到左邊，車子幾度呈U字形轉彎，往高處攀爬而上。溪流在腳下越來越深，深山的氣氛也越來越濃厚了。

不久，就看見被楓樹、楢樹、櫟樹、山毛櫸、栗樹等雜木林圍繞的盆地角落，有一棟兩層樓的紅瓦藍牆建築物。小型巴士停靠在建築物的玄關前，他們一下車，發現谷底什麼景觀也沒有。霧積館與其說是旅館，其實比較像宿舍。

走進玄關，就是旅館大廳，裡面的土產陳列、沙發擺設凌亂，一名和藹可親的中年女服務生出來迎接。

「是橫渡先生、棟居先生吧，我正在恭候二位大駕光臨。」

女服務生從司機手裡接下手提包，正打算引導他們往走廊內部走去，棟居慌忙說：

「我們說不定要住在金湯館呢。」

「我會帶您們去金湯館，在此之前請先在房間裡休息一下，從這裡到金湯館大約有一公里的路程，其實也算是已經抵達了。」

女服務生以體會的表情站了起來，帶著他們離開走廊，走進一間八張榻榻米大的和室。

窗外還有殘紅的楓葉，枝葉伸展著。他們一停止談話，即使在白天也充滿了一股壓迫耳膜的寂靜。

「我去端茶過來。」

女服務生將兩人的手提包放在空有形狀的壁龕上，就往走廊走去。一開窗，深山的氣息襲來。

「好安靜啊！」

「總覺得是一種壓迫耳膜的安靜。」

「我們不習慣這種安靜，所以不知如何是好。」

「這證明我們每天都生活在噪音的環境下。」

「強尼・海華德與這種鄉下地方有什麼關連？」

橫渡邊叼著菸邊思考，他們這些住在東京的人對於「霧積」一無所知。無論如何，他們就是為了解開這個謎才來到此地的。

走廊傳來腳步聲，是剛才那名女服務生端茶過來了。

「歡迎二位大駕光臨。」

她慎重地再一次致意。本來以為她是一名服務生，但是從態度與語氣來觀察，怎麼看都像老闆娘。

「這裡真是個好地方啊！被香菸污染的肺，好像每一個細胞都被清洗過了一樣。」

橫渡的話並不是奉承。

「的確，每位客人來到這裡都會這麼說。」她很高興地答道。

「對不起，請問一下，您是這裡的老闆娘嗎？」橫渡確認地問道。

「是的，這裡只有我們一家人在經營。」

「只有你們自己，管理新館和舊館很累吧？」

「在旺季會雇用臨時工，其他季節只有我們自己也忙得過來。雇用外人要擔心的事情也多，對一些重要的客人會服務不週。」

「就像妳所說的，這裡是家庭式服務。」

「正是如此。」

「那麼，當你們接到東京的預約時，有提到我們什麼事嗎？」

橫渡若無其事地改變話題，因為老闆娘的舉止看起來好像知道他們的身分。

「沒有，你們不是自己預約的嗎？」

「啊，是託公司幫我們預約的。」

橫渡索性裝傻。打探消息時，一開始就表明身分，恐怕會使對方避而不談。另一種情況，則是刑警一旦表明身分，對方反而會滔滔不絕。不管怎樣，應該先看清對方的態度再做決定。

「你們來這裡是有什麼工作嗎？」

「妳怎麼知道我們是來工作的？」

橫渡打算掩飾自己的刑警身分，不過聲音聽起來有點驚訝，就好像被她猜中了一樣。

「這個嘛……來這裡的客人大部分都是團體、情侶或家族，包括健行客，兩位男士到這裡只為了泡溫泉還不常見呢。」

「原來如此，早知道就約個女孩子過來。」

渡邊對著棟居做了一個很失望的表情。

「我來猜猜看兩位客人的職業吧。」老闆娘面帶微笑地說道。

「妳猜得到嗎？」

「新聞記者……我想這麼猜，不過，不是記者啦……，是刑警吧？」

兩人互相露出驚訝的表情。

「完全正確！妳怎麼知道？」

她已經猜到了，橫渡判斷沒有必要再隱瞞下去，於是表明了身分。老闆娘看起來是個愛講話的人，與其笨拙地隱瞞身分，還不如表態尋求協助，說不定可以得到好結果。

「如果是報社記者、雜誌記者，其中一人一定會帶照相機。你們兩位的手提包很輕，感覺不像是裝著照相機，還有，大多數記者的打扮比較講究。」

「哎呀！真服了妳。」

橫渡苦笑了一下。這個年頭歹徒都是搭飛機、開跑車做案，然而追逐犯人的刑警穿著吊帶西褲、釘鐵靴的形象已不復見。有些年輕刑警乍看之下以為是一流公司的菁英份子。他們倆雖然不屬於這一型的，不過自認為自己並不算是「釘鐵靴刑警」。

這種形象與新聞記者相比，畢竟還是土氣吧，而且還被深山裡的溫泉旅館老闆娘認出來。

「對不起，我不是說兩位看起來有點土喔，是記者先生們的穿著打扮太過於講究啦。」

老闆娘發現自己失言，連忙補充修正。

「不，我們也沒想那麼多，既然已經被妳識破，那麼我就爽快承認。其實，我們是從東京警視廳來此地調查某件案子的，他是橫渡刑警，我姓棟居。我們想跟老闆娘及老闆請教一些問題，妳能幫我們這個忙嗎？」

棟居一邊出示警察證件，一邊自我介紹，既然身分已經被識破，反正今晚要住在這裡，索性也在住宿名冊上寫下名字。

「只要我們幫得上忙，請儘管問，剛才若有無心失禮之處還請見諒。」

老闆娘以微弱的聲音表達自己的失言，他們感覺她似乎心有歉疚，於是刻不容緩地繼續追問。

「外國人也經常來這裡嗎？」

棟居迅速進入問題的核心，取代不擅言詞的橫渡擔任發問的工作。

「這個嘛！因為這一帶很偏僻，所以很少看到外國人。」

「不可能完全沒有人來過吧？」

「旺季的時候倒是看過幾個人。」

「最近有沒有美國黑人來過？」

「黑人啊……就我的印象中並沒有黑人來過。」

「九月十三號到九月十七號之間，沒有黑人來過嗎？」

棟居直視著老闆娘的臉。強尼會來霧積的時間只有從九月十三日入境以後，一直到死於平河町皇家大飯店為止的這四天。他住在新宿東京商務旅館的這段期間，雖然每天晚上都會回去，但是也有可能當日來回霧積。

「九月份的客人很多，不過沒看過黑人。」

「就算這位黑人沒來過這裡也沒關係。他應該跟這裡有某種關連，儘管是黑人但感覺像東方人。」

棟居把強尼・海華德死後修飾過遺容的照片與護照上的照片影本遞給老闆娘看，不過老闆娘並沒有反應。

「如果妳沒印象，那麼妳先生恐怕也不知道了。」

「是這位黑人嗎？」

「是的。」

「如果這位黑人是我們的客人，我們一定會記得很清楚。這位黑人發生了什麼事？」老闆娘的臉上開始出現不安的表情。

「沒什麼，我們是為了某件案子的參考正在追查他的下落，請不要擔心。」

棟居安撫老闆娘的不安。如果常看報紙，應該知道照片上的人就是在東京的飯店附近被殺害的黑人。不過，在這靜謐的山峽裡經營溫泉旅館、看起來如此善良的老闆娘，不可能會關心發生在東京那麼血腥的案件。就算她關心，也不可能發現在報上只刊過一次的模糊照片與棟居所出示的照片有相似處。

「有沒有這種情況，只有老闆待在山上而老闆娘下山呢？譬如說生病的時候。」

「啊，如果是這樣，我生孩子的時候曾經下山兩次，每次都回娘家待一個月，現在兩個孩子都上小學了。」

大概就是一起搭巴士上山的孩子們吧。

「那段時間有沒有可能黑人來過？」

強尼．海華德沒來過日本，但是他本身卻和霧積產生某種連結，他的關係人也會與霧積產生關連。

「啊，我想大概沒有吧，如果有這麼少見的客人上門，我先生一定會告訴我的。」

「你們的住宿登記會保留多久？」

「大概保留一年就處理掉了。」

棟居在與老闆娘的談話中，漸漸感到徒勞無功，不過還沒問過老闆本人，說不定他在老闆娘不知情的情況下曾與強尼照過面。

「妳先生現在在哪裡？」

「他在山上，舊館那裡，我叫他過來吧。」

「不，我們過去拜訪他，反正我們要住舊館。對不起，請問老闆娘待在這裡很久了嗎？」

他認為如果老闆娘沒印象，那麼在她來這裡以前或者她不在時，強尼或關係人就曾經來過。

「我和我先生在昭和四十四年結婚，後來就一直待在這裡。」

「這一段期間都沒有黑人來過嗎？」

「我想沒有。」

「外國人呢，都是哪些國家的人？」

「還是以美國人最多，多半是美軍基地的士兵，然後是學生。除了美國人，還有法國人、德國人及英國人。」

「妳們家族裡有沒有人在妳來以前，也就是戰後一直住在這裡？」

「我公婆，他們住在金湯館，身體還很硬朗，以前的事問我公婆或許會知道。」

「妳公婆還健在？」

「是啊，兩人都年過七十了，還很健康呢。」

「妳公婆一直都住在這裡嗎？」

「嗯，因為是繼承上上代的經營，一直都沒離開過這裡。」

「上上代？」

「上上代就是我公公的爺爺，我也只知道這麼多，請直接問我公公比較好吧。」

從她的談話裡得知，霧積旅館現在的當家是她先生，她公公好像隱居在舊館。強尼・海華德二十四歲就死了，和七十幾歲的老人以及老人的上一代不可能會有關連。

「妳看過這本詩集嗎？」棟居話鋒一轉，拿出強尼・海華德的遺物《西条八十詩集》。

「啊，前一陣子就是你們來打聽這本詩集的呀。」

老闆娘一臉恍然大悟的樣子。

「是的，其實這本詩集是那位黑人的，他千里迢迢從美國出發，說是要去日本的霧積。」

從 kisumi 導出霧積的過程，現在還沒有必要向老闆娘說明。

「這本詩集與黑人強尼・海華德絕對有重大關連。這首詩的內容在歌頌霧積，而他來日本的目的地也是霧積，他到底來霧積做什麼？我想這個秘密就在這首詩裡。老闆娘，妳對這首詩有什麼想法嗎？」

「這首麥稈帽的詩，是西条先生孩提時代與母親同遊霧積的回憶之作；我聽說我公公偶然間在西条先生的詩集裡發現，所以把這首詩印在我們旅館的廣告傳單和色紙上。」

「這種廣告傳單現在還有嗎？」

「那是很早以前使用的廣告單、色紙，現在已經沒有了。」

「真可惜！」棟居露出失望的表情，接著又問：「妳知道這種色紙和廣告傳單用到什麼時候？」

「我想我先生或公公知道。」

「不知道這首詩和強尼．海華德有什麼關係……，這妳當然不知道啦。」棟居認為從未看過黑人的老闆娘應該不知情，但他還執著地問道：「霧積是這一帶的地名吧？」

橫渡好像突然想起了什麼，「這麼一來，強尼所說的霧積，或許不限於霧積溫泉囉！」他喃喃自語地說道。

由於在強尼的遺物《西条八十詩集》中提到了「霧積」這個地名，所以他們的思考方向一直與「霧積溫泉」連結，但其實應該也包含「霧積一帶」的意思。

「霧積有人住的地方只有這裡。」

老闆娘的說法打消了棟居好不容易浮現的念頭，如果霧積溫泉以外的霧積沒有人煙，那麼強尼．海華德所說的霧積除了這裡以外別無可能。

還是，並非「霧積的人」，而是與這塊「土地」有關連？果真如此就無從追查起了。
「這一帶以前除了溫泉區以外都沒有人住嗎？」棟居接續著橫渡的問題。
「以前還有一個湯之澤村落，現在已經沒有人住了。」
「湯之澤？在哪一帶？」
「你們從坂本過來的路上不是經過一座水壩嗎？就在那裡靠近上游處，由於最近快要被水淹了，所以村民都遷走了。」
「那是什麼時候的事？」
「好像從三年前就廢村了，不過湯之澤並不是霧積喔。」
因此，從老闆娘口中還是問不出強尼・海華德與霧積之間的關連，既然如此，還是早點去舊館吧。
「不好意思，帶給您很多困擾，我們這就過去金湯館看看。」
「那麼，我來帶路吧。」
「那倒不用麻煩了，反正就這條路嘛。」
「是沒錯，不過我也要順便過去。」老闆娘爽快地站起來。

2

前往金湯館的路是一條山林小徑，太陽早已下山了，夕陽染紅了天際。爬上約七百公尺高的斜坡，抵達一座小山頂，映入眼簾的就是舊館「金湯館」。兩位刑警爬得氣喘噓噓，而老闆娘不愧是老闆娘，連大氣都不喘。舊館的位置比新館更深入山谷中，四周鴉雀無聲的寂靜與老舊建築物融為一體。淡淡的煙霧與熱氣從建築物中裊裊升起，經過上層冷空氣的冷卻，沿著水平方向延伸，將山谷裡溫泉旅館的景致襯托得更柔和。夕陽餘暉從天撒落，將陰暗的山谷籠罩在夢幻般的微弱光線中。

一走到陳舊的主屋前，有一具水車在運轉。

「因為都市來的客人很喜歡這種東西，所以我們還保留著。」

老闆娘向他們說明之後，就進入舊館的主屋玄關，戶外還很明亮，屋裡卻早已點燈，一名看起來忠厚老實的中年男子出來迎接他們。

他就是這家旅館的老闆，他與老闆娘在不遠處稍微交談了一下，他立刻以戒慎恐懼的姿態說：「歡迎兩位從大老遠光臨此地，請先泡個澡、流流汗吧！」一邊招呼他們入內。

這裡的建築物與新館相比更顯莊重；屋內泛黑的柱子略微傾斜，在紙拉門與隔扇之間的空隙足足可以伸進一隻手掌，走廊的地板一片片翹起，走起路來還會發出毛骨悚然的怪聲。

「這可不是黃鶯的叫聲，這是雞叫聲。」沒口德的橫渡當著老闆的面肆無忌憚地挖苦。

「是啊，我們也知道這裡該改建了，可是新館才花了不少錢。」老闆顯得越來越惶恐。

「不，這樣比較好，對於我們來說這樣比較有雅趣，該怎麼說……有格調的，就像陳年紅酒一樣充滿風味的建築物。」

橫渡勉為其難地讚美了一番。不過，這裡與世隔絕的樸實氣氛確實是無可挑剔的，更何況是花了好一番工夫才欣賞得到的山居風情。

「在距離東京才幾個小時車程的地方竟然還保留著這麼充滿情調的山間旅館。」棟居也充滿感慨地說道。這種旅行早已被遺忘許久，讓他感覺時光好像倒退了十年；這裡與東京是同一塊區域的延伸，真令人不敢相信還會有如此寧靜溫和的角落。

從本館走廊的盡頭走出去，經過一條踏石小路，他們被帶往唯一一戶獨立廂房，那是一間有六張榻榻米大的和室，打開窗戶一看，引水竹筒裡滿溢的水流正流向水車的方向。

進入屋內，天色已經昏暗。一時之間，滿天的餘霞也消失了，墨色的薄暮從谷底湧出。老闆點上屋內的燈，屋外已是全然的夜景，房間中央設置有火爐。

「等一下我太太會端茶過來。」

老闆低著頭看起來似乎要離開，棟居舉起手叫住他。

「不，茶不急，我想先跟老闆打聽一點事，剛才也跟老闆娘打聽過。」

他留意旅館內部，發現沒有其他房客，打算趁現在一口氣展開調查。

「是，剛才聽我太太提起，我也不記得有這件事。」

「就是這個男人，不管怎樣請你先看看他的照片。」

楝居把強尼的照片硬塞到老闆的手上。

「實在沒有印象，如果有這種客人來過，因為他的外型很明顯，我一定會記得的，可是我真的沒有印象。不過我父親知道一些以前的事，兩位用餐結束後，我再帶他過來。」

楝居原本想一鼓作氣再追問下去，可是考慮到對方的立場，於是接受建議先去洗澡。浴場位於主屋反方向稍微有點距離的地方，經過長長的走廊，聞到一股烹煮食物的香味，頓時感覺肚子咕嚕作響。

聽說泉水的溫度是攝氏三十九度，對於肌膚最溫和。據說以前是攝氏三十七度，在浴槽裡還有棋盤，客人會一邊泡湯一邊輕鬆下棋。後來又繼續探鑽，所以泉水的溫度才會上升。

「這真是意外的生命洗禮。」橫渡在浴槽中伸展身體說道。浴室外面籠罩在黑暗中，樹叢使得夜色更加深沉。

「如果沒這檔子事，咱們一輩子也不會來這裡泡溫泉。」

「這也算是拜那個被殺的黑人所賜吧？」

「橫渡兄，這件事你的看法如何？」

「什麼看法？」

「總之，被害者是外國人吧？總覺得調查工作少了一點熱情，所以外國人最好不要特地跑到東京尋死吧，我們手上的案子已經一大堆了，我覺得總部會有所行動是為了日本警方的面子吧？」

「喂，你是怎麼回事？」

橫渡對棟居使了三個白眼，他的眼神此刻看起來很邪惡，棟居現在的說法就跟他當初說的一樣。

「我嗎？老實說，一、兩個外國人在哪裡被殺都與我無關。不，應該說被殺的人對我來說並不重要，我只恨殺人的兇手，就只是這樣。」

這時，橫渡隔著水蒸氣望著棟居，感覺他眼中燃起白色火焰。

原本是山路與棟居同一組，當初被選為出差夥伴的山路說：「那傢伙是工作狂，會帶著我在深山裡轉來轉去，我實在跟不上。」因此才把出差機會讓給橫渡，看來山路是說對了。

棟居對於犯罪者所抱持的恨意極為異常。立志當警察的人對於犯罪者都有一種憎恨，但是棟居卻不一樣，他對犯罪者充滿一種個人情緒，好像自己的至親被該犯人傷害一樣嫉惡如仇。對於他來說，搜查總部的動作慢得令人發慌，搜查員並非因為死者是外國人就放手不管，反而對待外國人比對日本人還要費盡心思。但是在搜查員的潛意識裡，或許因為對方是黑人所以在心態上就比較鬆懈吧。如果真如棟居所言「被害者是誰並不重要，但我就是痛恨犯人」，那麼應該就不會產生這種怠慢心態了。

其實，橫渡也有點怕棟居的狂熱，那須小組的每位成員都是身經百戰的老鳥，橫渡在其中算是老資格，資歷僅次於山路，身為刑警的經驗與熱誠也無可挑剔。然而棟居緝凶的狂熱與執著卻幾乎凌駕於橫渡之上。

（如果適度壓抑一下這種熱情，就會變成一位好刑警。）

橫渡一邊泡湯一邊這麼想。他以前也跟棟居一樣，是一個很容易對嫌犯嚴刑拷打或行為過當的刑警。表現傑出的刑警只有虛構世界裡才會出現，在偵辦工作完全組織化的現代警界中不可能存在，現代刑警追緝凶犯必須受制於組織與刑事訴訟法。橫渡現在瞭解山路要他與棟居搭檔的原因了，比他年輕的刑警根本制不了棟居。

（唉呀……才這麼想時，突然感到一陣疲倦，泡湯泡到忘了進食的空腹開始絞緊。）

「先上去吧，肚子餓了。」

從浴場回到房內，膳食已經備妥，館方送上熱騰騰的飯菜，桌上擺滿了豐盛的料理；有鯉魚生魚片、醋醃鯉魚，以及用金針菇、蕨菜、芹菜、過貓菜、水芹、野香菇、山土當歸等山菜為主的天婦羅、芝麻拌菜等料理。

「好豐盛喔！」

兩人紛紛驚呼。這些菜色與著名溫泉地所供應的那些豪華卻沒有絲毫誠意的現成料理不同，每道菜都是親手調製，充滿了當地特色。

「我們這種深山人家沒什麼好招待的，不知道合不合胃口？」

老闆娘很客氣地招呼兩人，他們只顧著吃飯連話都懶得說，只有在這種時候，熱中工作的他們會忘了此行的目的。

3

豐盛的料理被他們一掃而空，好不容易回復了正常心情，屋外的踏石傳來一陣小心翼翼的腳步聲，老闆帶著「前任老闆」夫婦過來了。

「唉呀，兩位特地過來一趟真是不好意思，應該是我們去拜訪兩位。」平常粗魯慣了的橫渡也變得誠惶誠恐。

「不，年紀一大，跟人家說說話也挺開心的。」

一個看起來體型雖瘦卻頗硬朗的老人走了進來，後面有一個老女人如影隨行，體型足足比他小一圈。帶老夫婦過來的老闆好像還有事就先回主屋去了。

四個人圍著矮桌下的暖爐而坐，暖爐不通電，以近年來少見的煤球做為燃料。

「剛才聽我兒子說過了。這裡確實是有外國人來過，在戰前，這裡經常可以看到許多外國人，大家都很喜歡來，有人每年都會來、有人就長期住在這裡。」

結束初次見面的寒暄後，前任老闆緩緩地打開了話匣子。兩位刑警最想聽的是有關強尼・海華德的事，但是在談到這個話題之前，得先聽聽霧積的歷史。

根據老人的描述，這座溫泉在一千年以前被發現，由於是源賴光（註二）的四天王之一碓井貞光的父親所飼養的狗找到的，所以最早稱為「犬之湯」。明治十三年以溫泉療養地開始營業，透過十名發起人成立「株式会社碓冰湯泉金湯社」並開始發展，就是現在的霧積溫泉前身。主屋是當時所興建的，所以充滿了古老風格。在金湯社的十名發起人當中，有一位是老人的先祖，後來掌握了經營權。在明治四十四年由第二代繼承時，將公司名改為「霧積溫泉金湯館」。不過並不清楚霧積這個名字的由來。

「大概是因為土地上累積著霧氣，所以取了這個名字吧。」

老人的眼神充滿了遙遠的回憶。藉著前來打探消息的刑警，意外地勾起了他的往事，那眼神正在回顧超過七十年的漫長生涯。老人是第三代，現在的老闆應該是第四代；在這四代之間有各式各樣的人拜訪過這塊土地。

「勝海舟（註二）、幸田露伴（註三）也有來過這裡的紀錄；西条八十先生應該也來過，但是我沒親眼看到他，應該是第二代看過他吧。那首詩是我偶然間在先生的詩集裡發現的，於是請人轉印在色紙上。」

「那是什麼時候的事啊？」

話題終於進入核心。

「是戰前，正確時間已經忘了，那本詩集也不知道收到哪裡去，找不到了。」

「現在還在使用那種色紙嗎？」

「沒有，現在不用了，大概用到了昭和三十年吧。」

強尼・海華德出生於戰後不久，所以不管他懂不懂詩詞的意義，還是有可能看過這種色紙。

「我們剛才也問過老闆和老闆娘了。你記得這個黑人來過嗎？或者關於這個黑人你有什麼印象嗎？」棟居切入問題的核心。

註一——日本平安時代赫赫有名的斬妖英雄，四名手下分別是部季武、坂田公時、碓井貞光與渡部綱。

註二——日本德川時代的晚期幕臣、日本海軍將領。他改造了日本海軍，並在明治維新中發揮調解作用。

註三——日本小說家和隨筆作家。

「我經常看到外國客人，可是這位黑人一次也沒來過啊。」

老人從棟居手裡接過照片，透過老花眼鏡一邊看一邊搖頭。

「婆婆，妳也不記得吧？」

老人盯著照片看了一陣子之後，傳給蹲坐在一旁發呆的老妻，老女人連看也不看，蠕動著乾癟的嘴唇，喃喃自語地唸著：

「阿種姊可能知道一些我們不曉得的事情。」

「對啊，阿種姊直接面對客人，連我們不在的時候她也沒離開過這裡。」

老人的眼神好像想起了什麼。

「誰是阿種姊？」

棟居對於首次出現的回應感到緊張。

「是一位老服務生，在我們這裡做了很久，就連我們休假去東京觀光時，她也都待在這裡留守，她比我們更清楚霧積的事。」

「這位阿種姊現在在哪裡？」

刑警們覺得有必要去見這位阿種婆婆。

「住在湯之澤。」

「湯之澤？」

好像在哪裡聽過。

「你們過來的時候曾經過一座水壩吧？靠近上游處有一個村落，再過不久就會被水淹沒了，她現在一個人住在那裡。」

棟居他們在新館喝茶時，聽老闆娘提過這個地名。

「阿種姊的孫女現在在我們家幫忙。」

「哦，孫女在這裡？」

「是個可憐的女孩，父母在她小時候就過世了，她是阿種姊養大的。後來阿種姊年紀大了做不動，咱們還照顧過她一陣子。阿靜，那個孩子叫靜枝，初中畢業就過來替她奶奶工作，然後照顧奶奶。咱們雖然勸她繼續念高中，阿種姊就由咱們來照顧，可是她堅持不肯丟下奶奶去讀書，所以就在我家工作，我現在叫她過來吧。」

老人正在說著的時候，老太太已經以不合年齡的輕快動作站起來，打開紙門走了出去，結髮多年的夫妻好像連呼吸都有默契。

不久，老太太帶來一名看起來青春健美的十七、八歲女孩子，老闆娘也一起過來送上新泡的茶。

「這女孩就是阿靜，做事很認真，雖然我們知道不能一直把她留在深山裡，但是她確實是我們的得力助手。」

老闆娘好像辯解似地把茶重沏一遍。靜枝趕緊在刑警面前低下頭，原本紅潤的臉頰顯得更紅。

「妳是靜枝小姐啊，妳好！其實我們有事想請教妳奶奶，妳奶奶還記得以前的事嗎？」棟居為了消除女孩子的緊張感，輕聲問道。

「嗯，我奶奶很喜歡講以前的事，常常提起以前的客人，連客人的小癖好都記得，嚇我一跳呢。」

靜枝因為提到自己深愛的奶奶，所以顯得很興奮。

「真了不起，那麼奶奶有沒有提過客人中有黑人之類的事呢？」

「黑人？」

「美國黑人。」

「你這麼一說，她倒是提過很久以前有一位黑人士兵帶著老婆、孩子來這裡的事情喔。」

「黑人士兵帶著老婆、孩子！」這兩個刑警不約而同地叫道。

「她說那位黑人帶著老婆、孩子？」他們重新再問一遍。

「嗯，我是聽她這麼說的，不過那是很久以前聽到的，我記不太清楚。」

「我們想見見妳奶奶。」

「正好，明天阿靜休假要去湯之澤，你們可以一起去啊！」

老闆娘笑著看看靜枝與刑警的臉。在霧積該問的都問了，有收穫，刑警們等不及明天了。

刑警們送走了四個人，抬頭仰望滿天星斗，他們已經好久沒有這樣仰望夜空了。每天結束工作，回到家已經是深夜了，都市的夜空混濁不清朗，微弱的星光發出苦悶、黯淡的光芒。然而這裡的星空又如何呢？在有限的空間一股腦地撒下太多星星，以至於星星相互撞擊，似乎發出明亮的光芒。像是金屬被磨亮、硬梆梆的光芒，如同一個個凶器尖端刺過來，那是全無溫情的光輝。站在星空下的兩人，感覺無數的星屑像是一群飢餓的野獸發現獵物般騷動。

「什麼嘛！好恐怖的星空喔。」

橫渡縮著脖子，好像被追趕似地跑進屋子裡，棟居彷彿也怕落單似地緊追在後。

4

第二天是連續秋晴的好天氣，旅館前不知怎地人聲鼎沸，從客房窗戶往外看，原來是一群男女健行客正在整裝出發。

「看來昨天住在這裡的不只我們。」

「還不少人住呢，大家看起來都好開心。」

「聽說從這裡越過一座臍曲山，到淺間高原方向有一條健行路線。」

「那不叫臍曲，那叫鼻曲山。」

背後傳來一陣少女含笑的說話聲，是昨晚的靜枝送早餐過來了。

「啊，靜枝小姐。」

「睡得好嗎？」

「嗯，很久沒睡得這麼沉，睡到肚子餓了才醒過來。」

「很多客人都這麼說。」

「我也是啊，很久以來早上都沒有食慾，空氣一好，連胃口也變好了。」

橫渡一邊看著早餐，一邊插嘴說：

「對了，靜枝小姐，我們什麼時候出發？」

「看你們方便啊，等兩位打點好了就可以馬上出發了。」

「那吃太慢就不好意思了，今天是妳難得的休假日呢！」

橫渡趕忙扒起飯來。

「沒關係，由我來為你們服務，請慢慢來。」說完就在兩人身邊坐下。附豐富山產的早、晚餐及一夜住宿費是三千圓，兩人在出發前已經付清，對此便宜價格大感意外。

旅館的老夫婦前來送行，兩老互相攙扶著站在一起，一直望著他們消失在山頂的另一邊。刑警們望著兩老的身影，深受感動。清晨的陽光幻化成無數光粉撒落下來，光粉中的兩老漸行漸遠，不久就變成谷底的兩個黑點，最後變成一個黑點，與那棟老房子融為一體。

「他們還站在那裡送行呢！」棟居驚訝地說道。

「他們一直都是這樣子送客的。」靜枝說道。

「在山間的旅館裡，兩老相互依靠，過著寧靜的生活啊。」橫渡感觸極深地說道。

「真是美好而安穩的人生啊。」

「就算表面上看來如此，一路走來跌跌撞撞的，說不定他們也有自己的苦日子啊。」

橫渡說著說著，一行人已經抵達山頂，一越過這裡就看不到舊館了。

「再見了！」棟居嘴裡輕聲道別，心想反正也聽不見就揮了揮手。靜枝率先走向山頂的另一邊，躍入眼簾的是新館。

「還想再來一次。」

「是啊！」

兩人相互耳語，這是一時的感傷，但他們知道不可能再來了。

回程還是搭小型巴士走原路回去，和昨天一樣是同一位司機，昨天一起搭車的中年人也在車上，看來昨天在新館住了一晚。臨走時，老闆娘送了一張廣告傳單，上面印著「本館一整年隨時有空房」，真是特別。

「雖然不關我們的事，可是這樣子寫好嗎？」横渡杞人憂天地說道。

「老闆不是抱著賺錢的心態吧，光靠連休和旺季就可以維持業績了。」

廣告傳單上也寫著，春、秋的連休假期、盛夏的某段時期與新年假期比較熱鬧，但就是沒說會「客滿」。

「這種具有特色的旅館真要一直好好保持下去啊！」

「是啊！」兩人彼此點頭互應。

阿種奶奶住在湯之澤僅存的一戶人家，雖然被遊說搬到鎮上的新家，可是她堅持要住在離孫女近一點的地方，所以現在還待在形同廢墟的老家裡。阿種奶奶就在這裡度過她的老年生活，等待靜枝來訪是她唯一的樂趣。靜枝不在身邊時，如果忍得住寂寞，生活起居由「霧積館」照顧，似乎也沒有什麼不方便。

靜枝是個懂事的好孩子，初中畢業時她的同學不是繼續升學就是前往高崎、東京找工作，但她都不為所動，她不願意留下奶奶一個人，所以就在老家的霧積溫泉工作。基於對奶奶的孝行，她壓抑著滿懷的青春夢想，將自己關在深山裡忍受寂寞。

「妳每天都待在山裡不寂寞嗎？」

聽到棟居這麼一問，她有些靦腆地說：

「我聽那些在東京工作的朋友說那裡什麼都好，可是他們每次一回來的臉色都很難看，也變瘦了。那些年紀跟我差不多的客人說，那裡的收入也不會比霧積好。大家只是在硬撐，打腫臉充胖子罷了。我還是喜歡山呀，風景漂亮，空氣又好，老闆跟老闆娘都是好人，這裡沒有複雜的人際關係，而且最重要的是，可以待在奶奶身邊。」靜枝的語氣充滿了親密的情感。

「妳的想法很正確！東京真是一點好處也沒有，尤其不適合妳這樣的女孩居住。」橫渡如同訓話般從旁插嘴。

「這裡偶爾會有學生來打工，不過東京人還真是不可靠。」

「怎麼會不可靠？」

「他們馬上會要求和女孩子約會，而且光會耍嘴皮子，不肯好好工作的就是那些東京來的工讀生。」靜枝對此有很敏銳的觀察。

小型巴士順著山路而下，高度逐漸降低。走出陡峭的山崖，風景變得平緩。

「我回家的那一天，奶奶就會站在水壩那邊等我。」

靜枝紅著臉頰高興地說道。水壩躍入了眼簾，在堰堤和正下方處的水門附近聚集了大批民眾，站在堰堤上的人群正在往下窺探。

「好像發生了什麼事。」司機一邊減速，一邊喃喃自語。

「有事故嗎？」靜枝不安地皺著眉頭問道。

「好像有人摔下去了。」

「從水壩上摔下去，大概沒救了。」

兩位刑警互看了一眼。

「奶奶不在那裡！」

靜枝一邊望著水壩邊的底座方向，臉上充滿了不安的表情，因為她奶奶向來都是站在那個地方等她。

「說不定跑去湊熱鬧了。」棟居這麼說與其是安慰她，其實是為了壓抑自己萌生的不祥預感。巴士抵達了堰堤的一端。

「到底是誰掉下去了？」

司機詢問圍觀群眾，他們都站在岸上緊盯著事故發生的方向。

「聽說是住在那附近的老人家摔下去了。」其中一人回答。

「如果是奶奶的話怎麼辦？」靜枝眼看著就要哭出來了。

「應該不會吧，那裡的老人家又不是只有阿種奶奶一人，不要瞎操心，趕快回去吧！」

司機一邊將裝有土產的包裹交給靜枝，一邊給她打氣。

「對啊，妳奶奶一定是有事，所以今天早上沒來接妳，妳這麼擔心，奶奶會生氣喔！」

棟居也加入打氣的行列。

「站長先生，我去看一下再回來吧。」司機並沒有立刻發動車子，只是詢問從新館上車的那位乘客，他不是想湊熱鬧，畢竟還是會擔心吧。

「也好，常先生。我今天還不用值班，我也擔心是誰摔下去，我跟你一起去看吧。」

被稱為站長的中年男子也一起下車，他好像也是「靠碓冰峠吃飯」的國鐵事業員工。他們可能知道這附近也沒幾位老人吧，以隨行照顧靜枝的心態跟著她走下去。當他們靠近水壩往下走的樓梯出口時，戴著安全帽看起來像工人的男子制止他們說：

「這裡不能進去！」

「到底是誰摔下去了？」常先生替大家發問。

「不知道，沒事的人回去、回去！」工人像是趕狗似地揮著手。

「這女孩是湯之澤的人，她奶奶住在那裡。」

「你說湯之澤！」工人的臉色大變，他的表情變化就是不祥的預兆。

「怎麼啦？湯之澤發生了什麼事？」

「你說那裡住著一位老太太？」

「是啊！難道……」

常先生臉上的表情也變得很僵硬，靜枝臉色發白幾乎要昏倒了。不，若不是棟居在一旁撐著她，她或許真的倒下去了。

「無論如何，你們去現場看看，我只負責看守這裡。」工人說著，指向水壩底部。

「我，好怕！」

靜枝當場呆若木雞，確認摔落者的身分令她恐懼萬分。

「靜枝，妳在說什麼？這跟妳奶奶無關，妳趕快回家吧。」

常先生提高嗓門說道。不過要去湯之澤，一定要沿著這樓梯走下去。在茶褐色的谷底有幾間廢屋、一片枯萎的樹林、即將乾涸的窄細水流，其中一間廢屋應該是阿種奶奶住的房子。因為工人說得不清不楚，所以他們尚未完全絕望，心想老人家有可能今天身體不舒服待在家裡，畢竟在這種陡峭的樓梯爬上爬下，即使是健康的年輕人也提不起勁。

走到水壩下方，騷動的氣氛更強烈。人好像是從靠右岸的堰堤上摔下來的，事故現場被人牆圍起來，警察也在其中。

「是誰摔下來？」常先生正打算從人牆後面窺探。

「喂，你們是誰？」有人生氣地質問，好像是維持現場的警察。
「我們是霧積人，聽說湯之澤的人摔下來了。」
「是誰讓你們進來的？」
「在我們旅館工作的女孩是湯之澤的人，她很擔心。」
「湯之澤的人？」
「是，這位是站長。」
看來這些警員當中有人認識站長，他們的態度轉變了。那位中年男子似乎在這一帶頗有名氣。人牆挪開了一部分，讓他們走進事故現場的正前方。高達六十七公尺的水泥堤壩在眼前垂直聳立，這裡靠近右岸的固定部分，正好在閘門溢流處右側的正下方。遺體橫臥在堤壩底部，被人用草蓆隨便蓋著，但是無法被草席遮蓋的血跡、屍塊散落在周邊的岩石、泥土上，鑑識人員正在撿拾、收集。
一名警員稍微拎起草席的一角，裡面是慘不忍睹的破碎屍塊，乍看之下看不出來是人。
「奶奶！」直盯著遺體的靜枝慘叫一聲，抱住了草席。
「真的是！」
「原來是這女孩的家屬啊！」
圍觀的群眾齊聲發出哀傷的嘆息。

「奶奶，為什麼會這樣？為什麼會這樣？太過分了，太過分了！妳明知我今天要回來，為什麼？」

靜枝嚎啕大哭，周圍的群眾也只能任由她發洩悲傷的情緒，如果不讓她好好地大哭一場，說什麼安慰的話也沒有用吧。

「到底是怎麼摔下來的？」站長問道。

「我們也不太清楚。水壩的兩側都有扶手，如果不是把身體探出去，就算有人從後面推，也不會那麼容易摔下來。」

配戴警部補(註)徽章的制服警員答道。一般的鑑識工作由檢事或警部以上擔任，地方警察也有由巡查部長以上代行職務。

「從後面推？」橫渡的眼神一亮，「有這種可能嗎？」他問道。

「怎麼可能？怎麼會有人對老人家下這種毒手？一定是老人家自己站不穩，從高處往下看又頭昏眼花吧，還有水壩正在施工，堰堤上是禁止進入的，所以現場也沒人看守。不知道這件事會不會追究刑事責任？對了！你是哪位？」

警部補說完以後，才感覺橫渡和棟居不是本地人。因為他們和站長一起來，所以一開始也以為是本地人吧，警部補露出警戒的眼神。

「對不起，遲遲沒說明！我們是東京警視廳的刑警，這是第一調查科的橫渡刑警，我是麴町警署的棟居。」棟居向對方表明身分。

「從警視廳來的……，那……辛苦了，我是松井田警署的澀江。」

警部補改變態度，自我介紹之後說：「但是警視廳的人為了哪件案子到這種深山裡呢？」

他的臉上露出懷疑的表情。

「其實，我們也是有事來找那位從水壩摔落的老太太。」

「咦？找這位往生者？那麼，和某個案子有關囉？」

澀江的神色緊張，這位中年警部補有著一張像足球般的蛋形臉，被養分滋潤得滿臉油光，他的階級在兩位刑警之下，又聽說對方是從中央的第一調查科來的，所以顯得很緊張。

「還不能斷定，不過這位老太太可能知道有關於我們手上案子的重大線索。」

「重大線索……，可是這位老太太已經摔死了……」

澀江這才終於領悟到事態的嚴重性。

「所以老太太跌落前後的狀況，我想盡量問清楚。」

儘管棟居從眼睛的餘光中看到緊靠著奶奶屍體哭泣的靜枝，卻冷酷地將自己推進工作

註—地位次於警部的警察。日本的警察制度由下而上依序為巡查、巡查長、巡查部長、警部補、警部、警視、警視正、警視長、警視監、警視總監。

中。他雖感到同情，但是他的關心已經離開那個女孩了。何況，無論怎麼安慰她也是枉然。

5

根據澀江警部補的描述，人稱阿種婆婆的中山種，屍體在今天十月二十二日早上八點左右被發現。發現她的是一名工人，當時他在事發現場正上方的樓梯扶手旁看到一隻舊草鞋，心裡有所疑惑而從扶手往下看，發現一具屍體落在水壩底部的岩石上，驚嚇之餘急忙向工務所報告，於是相關的人便趕往現場。根據鑑識人員的看法，推定的死亡時間是早上六點左右，死因是從高處墜落造成頭蓋骨粉碎，警方無法理解一名老婦人為什麼在這種不早不晚的時間從水壩上跌落，正不知如何處理的當兒，靜枝和橫渡一行人就來了。

兩位刑警一面聽著澀江的說明，一面充滿了強烈的失望感，好不容易才抓到的微弱線索就這麼斷了。

（中山種是被殺死的！一路追蹤至此的他們沉痛地領悟到這件事。）

犯人一直在監視警察的動向，他知道警察已經盯上了「霧積」，所以先將握有案件鑰匙的阿種婆婆殺了。

在不毛之地漫長追蹤，卻失去了好不容易才到手的線索，這打擊令他們感到一種無力振作的虛脫感。

「可是，如果阿種婆婆是他殺的，那不是表示我們追蹤的方向是正確的嗎？」

經過短暫的失神，楝居像是突然想通了一般。

「是正確的方向，還是錯誤的方向，都沒有改變到目前為止還在黑暗中摸索的狀況。」橫渡的嘴裡吐出了這句話。

「早上六點左右已經天亮了，在這種危險時刻把婆婆騙出來、推下水壩，表示犯人一定很心急。對犯人來說，可能已經沒有時間了，所以寧願冒著危險，殺了老婆婆，說不定會有人看到犯人。」

「犯人會犯這種失誤嗎？」

「不知道，可是犯人沒有必要趕在我們之前急著殺死老婆婆，如果打算殺人，任何時候都可以殺死她。可是事實卻非如此，他選擇了一個最緊要的時刻犯下這件案子。犯人原本還以為我們不可能找到老婆婆吧，可是沒想到我們很快就推斷出來，所以嚇得要殺人滅口，不是嗎？」

「在慌張之餘沒時間準備，說不定就犯下什麼錯誤。」

「是啊，而且老太太會接受犯人的邀約，毫無戒心地跟著犯人而來，我想應該是認識的人。」

「那麼說來，殺死強尼的犯人是阿種婆婆認識的人囉！」

「老婆婆可能認識犯人，光是這種可能性，對犯人來說沒有比這更危險的了。」

「殺死強尼和婆婆的犯人是同一人嗎？」

被失望徹底打擊的橫渡，也受到鼓舞似地漸漸振作起來。

「雖然不見得正確，不過不可能為了抹消殺死強尼的線索、堵住老婆婆的嘴而去雇用新的共犯，撒下其他風險的種子吧？」

「如果犯人是同一個人，那就是日本人了。」

「為什麼？」

「犯人不是認識婆婆嗎？」

「即使是外國人認識婆婆也沒什麼好奇怪的吧！」

「如果兩人熟識，霧積就是接觸點，如果這個假設成立，那也是很久以前的事了。本來就不好記的外國人，又是那麼久以前認識的面孔，老婆婆會記得嗎？」

「……」

「而且，假設犯人是外國人，那也未免太冒險了。在這一帶出現外國人是很顯目的，一定會被誰看見的。」

「話是這麼說，但是即使不是外國人，犯人還是冒著很大的危險，我們找找看說不定犯人留下了什麼證據。」

兩位刑警總算重振信心了，從絕望的深淵探手摸索，在暗夜裡追求光明的工作又將展開。

始終抱著奶奶遺體哭泣的靜枝，也在鑑識人員的拉勸之下鬆開了雙手。刑警還有追蹤犯人的執著與工作，對於她的悲慟束手無策。當警察的搜查無法挽救被害者的不幸時，這樣的搜查是多麼地有限與空虛。

將此視為意外死亡的松井田警署，因為警視廳的兩位刑警介入立刻變得緊張起來，他們將當前的狀況與這起意外分為兩方面進行搜查。橫渡及棟居連繫東京方面，延長出差時間，獲得的新指令是與松井田警署合力調查有關中山種的一切狀況。

10 CHAPTER — 第十章

逆子的背叛

1

「好久沒去妳那兒，今晚方便嗎？」

這對夫妻半個月來難得同桌吃飯，丈夫郡陽平在晚餐後試探妻子。

「哎喲，你是當真的喔，天要落紅雨囉！」恭子誇張地說道，並朝外看一看。

「還是……妳不方便？」

「哼，哪有什麼不方便的，傻瓜！」雙頰微紅、作勢搥打丈夫的恭子，渾身充滿了看不出年齡的豔麗。

「不偶爾打掃一下，可是會長蜘蛛網的喲！不過到底有沒有長啊，不親眼確認是不行的。」陽平露出只有夫妻才懂的淫靡笑容說道。

「喲！你說話很酸唷，我也好久沒做了，都忘記什麼感覺了。」

「總之，身為全國第一的家庭問題評論家八杉恭子老師，是不會那麼輕易跟丈夫上床的啦！」

「別說得這麼難聽嘛，自從我成為評論家以後，有哪一次拒絕過你？即使有工作在身，我還不是盡量配合你，而且我擔任評論家也是經過你同意的喲。」

「別當真嘛，我只是覺得有一位像妳這麼美麗又有名氣的評論家妻子，真是感到光榮。全世界的男人都在想像妳的裸體，他們只能憑想像來擁有妳，自我安慰一番吧，像妳這樣的妻子，我可以隨心所欲地佔有妳、貪戀妳，這就是幸運的男人啊。」

「你真是太抬舉我了，我只是個平凡的妻子，脫下評論家外衣，也不過是普通的家庭主婦。而你是民友黨的年輕舵手，也是下一次政權的頭號競爭者，像你這樣的人只有妻子當然不能滿足，但這也是無可奈何。我才在懊惱不能獨佔你呢。」

「妳不是以妻子的身分獨佔我嗎？」

「別說了，我都知道，我又不是傻子，以你的年輕和精力，應該受不了一個月都不和妻子親熱吧。」

「喂、喂！妳別亂扣帽子喔。」

陽平用他那厚實的手掌撫弄臉頰，故作姿態是不想讓妻子發現臉部的表情變化。

「既然你特地邀約，那今晚就讓我獨佔你好了，我馬上去準備。」

恭子在餐桌前起身，餐後的清洗工作由住這裡的傭人打理，她今晚的工作就是在睡前精心打扮，讓丈夫擁抱入懷，光是這件事，就和一般家庭主婦不一樣了。她一邊挑著丈夫喜歡的睡衣，一邊回想與他共枕是多久以前的事了。他們夫妻從年輕時就養成分房而睡的習慣。

她二十三歲的時候嫁給了陽平。當時才三十歲的陽平已經在經營一家大型鐵工廠。四年後，獲得大財團的支持，第一次出馬競選眾議員就順利進入政壇，成為政治家之後工作越來越忙、睡眠時間被切割，為了充分利用有效時間，夫妻開始分房而睡。

雖然約好彼此若有需要就到對方的臥室，但是約定歸約定，妻子還是得配合丈夫。即便如此，新婚時期丈夫夜夜都來，就睡在妻子房裡，到後來已經搞不清楚為什麼分房了。不過，隨著陽平的政治家角色越來越重要的同時，在妻子房裡過夜的次數逐漸減少。此外，妻子也感覺他在外面有女人。

起初恭子非常寂寞，生下恭平和陽子之後，卻意外地成為家庭問題評論家，因為嶄露頭角而忘記丈夫忙碌所帶給她的寂寞。或者說，對於忙碌的妻子而言，丈夫的忙碌也是一種意外的幸運。夫妻之間擦身而過的次數變多，即使難得都在家裡，也各自為了帶回來的工作而忙碌，親熱的次數急遽減少。即使如此，他們之間並非激情冷卻了，就像今晚一樣，若誰有空（幾乎是丈夫）就會試探對方。

許久未有的肌膚之親，燃起兩人的熱情。

「簡直令人不敢相信，妳是生過兩個孩子的母親，孩子也上了大學和高中，而妳已經四十八歲了。」

陽平在慾火燃盡的暢快鬆弛中，一邊愉快地欣賞著許久未滿足的妻子那發燙的粉紅色裸體，一邊如此說著。夫妻之間的羞澀因結婚多年而淡薄，卻有著經驗而得的從容與默契，這使得夫妻已趨成熟的自信再度增長。

她不在丈夫面前遮掩自己奔放的裸體，與其說是變得無所謂，還不如說是基於自信。那是一種成熟女人意識到自己還有魅力引誘丈夫所帶來的自信，她的社會歷練對於她的自信也很有幫助。

「沒事別提年齡，我很在意的。」

「妳怎麼會在意年齡呢，真奇怪，妳不會輸給任何年輕女人的。不，妳現在正是最有女人味的時期。」

「你到底拿我跟哪裡的女人比較啊？討厭，我已經是個老太婆了，你拍這些馬屁也沒用，如果對我這麼滿意，為什麼不常來找我？」

聽到恭子一抱怨，陽平立刻反擊。

「我想找妳，妳不是也常常不在？難不成妳這美味的肉體在外面被年輕男人偷吃嗎？」

「我跟你不一樣！我現在的工作對你的工作可是大有幫助的，你這麼說真傷人。」

「我知道，所以這種不正常的夫妻生活我一直在忍耐啊，我愛的人只有妳一個，即使現在我們像分居，但是對我來說妳是我唯一的妻子、最棒的女人喔！」

「雖然知道你在恭維我，但是聽你這麼說我還是很高興。對我來說，你也是我唯一的男人、最棒的男人！」

「妳一捧我，害我這把年紀又想要了。」

「要幾次都可以，正合我意，我們是夫妻啊。」

「孩子們呢？在幹什麼？」

陽平意識到與妻子已經到了和平相處的年齡，突然想起自己還有兩個孩子。

「陽子在房間裡，恭平這一陣子很少回家，我也拿他沒辦法。」

「都是因為妳買那棟房子給他嘛。」

「喂，說恭平不會永遠是孩子，所以要讓他獨立的人是你，說ＯＫ的人不也是你嗎？」

「是這樣嗎？」

「傷腦筋耶，做爸爸的還這麼沒責任感。」

「我可不是不負責任，我對他那種年紀的年輕人一點也不瞭解。在他說出時代不同了、親子關係決裂之前，我覺得他就像宇宙來的外星人。」

「你別這麼說，咱們家才不會發生親子關係決裂的問題。」

「是啊，那孩子是妳的生財工具呀。」

「什麼生財工具，說得太過分了，孩子們聽到了會不高興的。」

「不是嗎？反正不管是人也好，是工具也好，最好還是不要太放任他們。這兩個孩子可是傲視天下的郡陽平、八杉恭子的長男、長女喔，妳要常常約束他們，言行舉止要符合父母的身分與地位。」

「這一點，兩個孩子很清楚。」

「總之，我把孩子交給妳了，韁繩要給我抓緊一點唷。」

夫妻的對話到此為止，不一會兒就聽到陽平規律的鼾聲，看來今晚他打算睡在妻子房裡。

2

幾乎在同一時間，郡陽子呆立在自己房間，臉色發白，任由圓睜的雙眼流下大顆淚珠，看來是受到相當大的打擊。

時而雙唇顫抖，喃喃自語，與其說是自言自語，還不如說是壓抑的嗚咽聲。

「太過分了！實在……太過分了。」

如果房間裡有人，或許會聽到她斷斷續續發出的低語。

「下流！」

再次用力吐出這句話，她激動地哭了一陣子。由於怕聲音傳出去而拼命壓抑著，結果反而引發更激動的嗚咽聲。

在她面前的桌上放著一台手提式收音機，剛才她就是偷聽到收音機裡的那段令人震驚的對話，使她認清父母的真面目。

陽子並不打算偷聽裝在母親房裡的小型竊聽器所傳來的父母對話，原本只是想聽ＦＭ廣播，在轉頻道時無意間聽到的。裝上竊聽設備的人是恭平，她立刻明白這是哥哥所為。可是在聽到父母對話的同時，渾身就像被鋼絲捆綁般動彈不得。透過高性能竊聽器，父母的真面目被哥哥殘酷地揭露出來。

哥哥離家時，陽子拼命勸阻，可是哥哥完全不聽她的苦勸與哀求。

「陽子，妳最好也早點離開這個家，爸媽只不過把我們當成寵物在養。」恭平不屑地說道。

「說寵物太過分吧，他們那麼疼我們。」

「這個呀，可不是疼愛。我們是媽媽的樣版玩具，妳有印象被老爸抱過嗎？妳記得老媽的味道嗎？沒有吧，我們從生下來就被傭人帶大，爸媽養我們沒動過一根手指，那兩個傢伙所做的只是替我們支付『養育費』而已。」

「你怎麼這麼叫！把爸媽叫成那兩個傢伙。」陽子幾乎快哭出來了。

「那要怎麼叫？這麼叫已經對他們夠客氣了。」

「可是哥哥不是常和媽媽一起上電視，接受雜誌訪談嗎？」

「那是在替老媽『做生意』。不管說什麼大話，在這個世界上沒有錢就活不下去。那兩個傢伙，雖然沒付出愛，卻付了足夠的養育費，以至於我們現在不用過苦日子，所以為了讓他們付更多養育費我才去幫忙的，妳不是也有幫忙嗎？妳就當作是扮家家酒的打工好了。」

「你說扮家家酒？哥哥怎麼說得這麼過分？」

「我呀，已經看穿他們的真面目，那兩個傢伙不是父母，只是披著父母的外衣而已。」

「不是父母那是什麼？」

「就是從我們出生一起住的人，其實住在一起的時間也很少。」

「哥哥你真愛鬧彆扭，明明愛爸媽愛得要命。」

「妳說我鬧彆扭？哈哈，真好笑！妳還說我愛那兩個傢伙愛得要命？喂，陽子，妳別鬧了好不好？太好笑了，笑到我眼淚都快流出來了。」

恭平真的笑得眼眶泛淚，感覺好像發神經一樣，因為一直笑個不停，最後還笑到肚子痛。一陣大笑之後，他總算冷靜下來，然後說：

「好吧！我就讓妳看看他們的真面目。」

「你想幹什麼？」

「我想在他們的房間裡裝竊聽器，可以用FM收音機收聽。如果妳聽到他們的對話，就知道那兩個傢伙的真面目了，竊聽器裡面有小型強力電池，可以用很久。」

「拜託，別學那種卑鄙手段。」陽子發出哀叫般的聲音。

「為什麼卑鄙？先這麼做的人不就是老媽？妳也知道吧，老媽最賣座的作品就是以我的日記為藍本所寫的啊，老媽偷看我的日記，瞞著我偷看了一整年，再瞞著我寫了那本書，那本書就是複製我的日記，老媽就靠這本書出名了。可是，我的秘密卻被全國人知道了，我覺得像在自以為沒人的情況下，讓全國人透過電視看到我上廁所的樣子，我就是在那時候認清那個女人的真面目。她是全國的模範母親、慈愛的母親、溫柔伺候丈夫的妻子、聰明又美麗，渾身散發著高尚的馨香與氣質，並且給每個孩子一種『慈母』的親切感，可是剝掉這一層皮，她就是一個把孩子當作道具、一心想成名、表現慾強烈，跟妖怪一樣的女人。在她成名之前，雖然扮演著在老頭背後默默支持的角色，卻以協助他的型態隨時伺機而出，說不定她也在偷看妳的日記和書信。」

被哥哥這麼一說，陽子也覺得這不是不可能。她並沒有寫日記的習慣，但是母親好幾次都勸她寫。

「寫日記這件事，一旦變成習慣就不覺得辛苦了，不如說養成習慣後如果一天不寫就很難過喔。日記是自己無法重頭走過的人生紀錄，任何人都應該寫日記。」她頻頻勸說的原因是企圖偷窺嗎？

還有，陽子寫信有先打草稿的習慣，有好幾次需要看草稿，所以又在字紙簍翻找，可是明明才丟的草稿卻怎麼找也找不到，她也問過傭人，不過這些都是傭人在處理垃圾之前發生的，那該不會被媽媽拿走吧。

這麼一說，陽子倒是想起曾經在恭子的書上看到自己的慣用措辭而倒抽一口氣。

（但是，難不成……）

恭平對半信半疑的陽子說：「反正妳最好也小心一點，等妳交了男朋友，要小心別讓老媽拿去當作青少年的性題材。妳就假設家裡有一個間諜準沒錯，總之我已經無法忍受被監視的感覺。老媽很害怕她的重要素材要離家出走，所以跟我談了條件。」

「條件？」

「沒錯，我從現在起還是會讓老媽看日記。我跟她這麼說的時候，她一副很沒面子的樣子，結果還是接受我的條件，這樣對她來說也比較方便，因為她自己沒辦法替我寫日記。從此以後，我嫌寫日記很麻煩，反正是胡謅的誰寫都一樣。所以我就找文筆好的朋友代筆，朋友對於有這麼好的打工機會還很高興呢。我樂得不必動手就拿了很多養育費，不過老媽也失去了一個貼身觀察的素材，現在只剩妳了，以後老媽會把注意力都放在妳身上，妳最好也趕快離開這個家吧。」

恭平就這麼離開家了。當時，哥哥的話給陽子的打擊很大，但是隨著時間的流逝她也漸漸忘了，不過今晚卻偷聽到父母的對話。

她無意偷聽，然而父母的對話卻透過竊聽器傳進她的耳裡，渾身僵硬的她連耳朵都捂不住。在聽到父母對話之前，她已經感受到兩人性行為的淫穢，這使得父母的權威掃地，粉碎了純潔少女如玻璃般易碎的心。後來，雙親滔滔不絕的言語更給了陽子致命一擊，那是無可救藥的決定性談話。

（哥哥說的都是真的，爸媽真的說我們是「生財工具」。）

（我只是個工具嗎？）

任由淚水滴落，淚已流乾。她恍惚了好久，感覺內心有東西剝落，那騰出來的空虛，應該會有好一段陣子無法被任何東西填補。

3

玩具熊身上的斑點與小山田文枝的血型相符，關於這一點，在K市「鳥居前」的搜查行動中並未發現任何線索。由於最近的汽車車身都是以靜電塗料烤漆，所以幾乎不會脫落，再加上案件發生與搜查展開之間相隔太久，現場幾乎失去原樣。

小山田文枝是被撞死的，即使遺體很有可能被運到某處丟棄，但是由於完全沒有線索，所以也無從查起。警察停止搜查了，他們當初也是基於被害者家屬的要求才展開調查的，並沒什麼熱忱，後續工作只好靠小山田和新見了，可是只有兩個人也是無計可施。

「小山田先生，接下來該怎麼辦？」

「不知道。」小山田絕望的眼神在空中游移著。

「還不能放棄呀！」

「可是，還能怎麼辦呢？」

新見被這麼一問也無話可答。

「不管怎樣，最重要的是這時候不能放棄，如果我們不找，那誰會去找妳太太呢？我總覺得她在遠方熱情地呼喚我。」

「她在呼喚你嗎？我都聽不到她的呼喚。」小山田很絕望地說道。對他而言，妻子的下落好像已經不重要了。

「小山田先生，我瞭解你的心情，可是你這麼說，你太太會很難過。你太太也在呼喚你，你不要當作沒聽見。」

新見安慰並鼓勵著好像要虛脫的小山田，然而他自己也因為失去文枝（對他來說是奈緒美）而受到徹底的打擊，他因靈魂裡最重要的部分被奪走而充滿了無力感。

然而，小山田並未領悟到這一點，如果他能體會新見所受的打擊有多嚴重，那將會造成他的二度傷害。對於新見來說，他並沒有資格公然為文枝失蹤的事表示遺憾。基於這個原因，新見所受的打擊比起小山田更是嚴重。

即使世界上仍有避人耳目的偷情事件，然而山盟海誓的愛情才是真實的。新見到目前為止還沒這麼強烈地愛過一位異性，文枝讓他首度瞭解真正的女人，文枝也說過同樣的話。

新見與妻子的婚約是經過盤算的，因為押對了寶，所以按著順序爬到目前的位置，然而這場婚姻所付出的代價很高。在冷冰冰的家裡，新見與妻子只不過住在同一個屋簷下，雖然生了孩子，但不是愛的結晶，只是一對健康男女交配的必然結果。

新見不記得他與妻子同床共枕會產生慾望與情感。那只是肌膚之親所造成的本能反應，只是將精液射入妻子體內而已。也可說是為了明哲保身，婚後的性交是他唯一的性行為，只有妻子是被允許的唯一女性。文枝在這種狀況下出現了，她的身心皆是新見所好，他們就好像一對同卵雙胞胎一樣，精神契合、肉體反應也契合。他們如同被急流牽引一般，捲入彼此的愛情漩渦。曾經有一度為了自保而想抽身，他們都很清楚，如果再發展下去兩人就要跌落急流不遠處的瀑布了。

相處時的燃燒激烈而充實，分開時的寂寞就越難熬。彼此思念著對方，手裡卻抓不住什麼，不能一直守在一起的焦慮讓人感到快要發狂。就在這個當兒，文枝不見了，她還活著的可能性極低。如果她還活著，應該會第一個聯絡新見。

也有可能她是受到驚嚇而持續昏睡，或是被監禁，但是即使如此，他也想不出有什麼場所能把受傷的女人藏起來而不被發現。

「奈緒美，妳到哪裡去了？」

新見有好幾次趁四下無人出聲自問。她在未知的遠方頻頻地呼喚新見，那確實是呼喚的聲音。

「親愛的，快來，快來救我！」

好像是從遙遠的地底發出來的聲音。

「妳到底在哪裡？奈緒美，告訴我。」

雖然緊追著這悄悄而陰暗的聲音，但也只是微弱、悲傷的求救聲。一到夜裡，貼著枕頭、豎耳傾聽，這聲音聽起來更悲傷、痛苦。

無論再怎麼泣訴，新見都無處可尋，他感到越來越焦慮了。

「奈緒美，如果妳已經不在這世上了，拜託妳的靈魂告訴我妳在哪裡。如果妳能告訴我，那麼我還可以抱著妳，使妳安然入睡。」

他用枕頭摀著耳朵，反覆地說了好幾遍才跌入黑暗的睡夢中。對於新見來說，找不到文枝就不得安眠。

4

星期日，新見的妹妹及妹婿來訪。他最小的妹妹千代子在五年前嫁給了建設公司的職員魚崎，她是到山上露營時，認識了在附近興建水壩的魚崎。夫妻育有一名三歲的兒子，今年要進三年制的幼稚園就讀。魚崎身為水壩發電所的技師，他也是成套設備輸出的一個重要窗口，最近要去巴西長期出差，他們今天來也有道別的意味。

「雖然只是讀個幼稚園也很累人喔，我和老公輪流排了三天三夜，好不容易才拿到入學資格。」

新見一走進入大家聚集的房間，就看到千代子正以誇張的口吻對妻子說話。

「你們在說什麼?」

新見一開口問，千代子便轉向他，又把自己和老公為了替獨生子阿正取得幼稚園入學資格，在三天前就輪流排隊的事說了一遍。那家幼稚園是成城的聖・菲立斯大學附屬幼稚園，現在入學可以一路直升到大學，所以從東京都內及附近縣市湧進來的申請人數比錄取率多出數十倍。

「喂，妳怎麼叫魚崎去做那麼可笑的事啊？」新見有點驚訝地說道。

「什麼可笑，太過分了！這可是決定阿正一生的大事喔！」千代子提高嗓門說道。

「不過是幼稚園嘛！哪裡不都一樣，不只是妳，現在的母親都考慮太多了。」

他說這句話也有打算讓妻子聽的意思。

「哥，你這種想法太天真了。現在呀，從幼稚園就開始產生差別了，幼兒的人格形成期所造成的差距是一輩子也彌補不了的，可不能再像你小時候那麼悠閒啦。」

「我承認現在的競爭越來越激烈。可是呢，人生的勝負不到死不會有分曉，在人生才剛起步的幼稚園、小學階段並沒有勝負可言。大致上，現在的母親對孩子的教育都太急躁了，孩子的才能什麼時候會萌芽根本不知道，從小就揠苗助長，也不見得會如父母所願，大部分都是出於父母的虛榮心讓孩子去競爭。從幼稚園、小學就讓孩子以成績來取悅父母，容我說一句，這就是馬戲團裡的耍猴戲。」

「什麼！說什麼耍猴戲，你太過分了。」千代子咬著嘴唇，一臉快哭出來的表情。

「老公，魚崎先生難得來玩，你這麼說太失禮了吧？」妻子看不過去連忙打圓場。

「不會、不會，大哥說得對，我也對目前這種急躁的教育方式持懷疑態度，或許現在的父母各方面都很平均化，所以才想讓孩子參與競爭，拉大距離；或許這只是父母對孩子的過度期待，把自己未完成的夢想寄託在孩子身上吧。總之從幼兒期就展開的英才教育確實太可怕了。」魚崎一如正中下懷般，極力附和道。

「連你都一鼻孔出氣，太過分了！與其以後讓他吃苦，不如現在勉強他，把他送到好學校去，你不是也同意了嗎？」千代子迅速將矛頭對準丈夫。

「這……這，不管怎樣，我把阿正的教育交給妳了，所以才尊重妳的意思啊。」

「交給我？你別說得這麼不負責任好嗎？他是我們的孩子耶。」

「對啊，這是我們倆努力的成果啦。」

魚崎笑瞇瞇地看著年輕妻子一臉認真的模樣。

「幹什麼啦，不要笑得那麼噁心好不好？」

「如果我剛才笑的樣子看起來很噁心，那就表示妳也很噁心囉。」

夫妻倆的爭執莫名其妙地偏離了主題。

「啊，不管怎樣小倆口的感情還真好啊。」

新見的妻子臉上露出羨慕的表情，那個表情嚴肅而認真，反應出新見的夫妻生活並不幸福。

阿正與新見唸小學的兒子正在其他房間裡玩耍，這時候他們一起跑進大人的房間裡。

「還我！還我！」

阿正一邊叫著，一邊追逐新見的兒子。

「隆一，不要欺負小表弟喔。」妻子連忙出聲制止兒子。

新見漫不經心地望著隆一手上的玩具熊，突然大驚失色。由於他太震驚了，渾身猶如觸電般。這隻玩具熊無論形狀、大小、材質、色澤都和那隻撿到的玩具熊一模一樣，只不過這隻比較新。

新見一開始以為是兒子把那隻舊玩具熊拿出來玩，可是在委託朋友分析血型之後，他就把玩具熊鎖在公司的寄物櫃裡。

「那，那隻玩具熊是怎麼回事？」

新見突然大叫，把孩子們嚇了一跳。阿正頓時瞠目結舌地看著新見，然後跑到母親身邊哭了起來，他以為新見在罵他。

「喂，喂！你幹嘛突然大吼大叫的，把阿正嚇壞了。」

新見被妻子責備，趕快轉換語氣說：

「沒有，沒有，是這隻熊太特別了。」

「這不是很普通的玩具熊嗎？」

「在哪裡買的?」新見問妹妹。
「不是買的,是送的。」
「送的?誰送的?」
「聖・菲立斯的入學紀念品,是園方送給新生的。其實也不是免費,都算在學費裡了。」
「入學紀念品?每位新生都有嗎?」
「是啊,聖・菲立斯的動物玩偶很有名,很多媽媽都想得到這個,當作是孩子一生的守護神呢。」
「每年都送熊嗎?」
「每年都不一樣,也會送小狗呀、猴子呀、小兔子,今年是小熊,小熊最受歡迎。」
「受歡迎?那除了今年以外也送過囉?」
「大概是五年輪一次。哥,你為什麼對這件事這麼感興趣?」
「因為那隻玩具熊很有趣,我有點好奇啊,只有聖・菲立斯會送這種玩具熊給入學新生嗎?」
「我想大概是吧,市面上也沒在賣,又象徵吉利,即使是舊的也有人想要。」
「每年送出多少隻?」
「就跟入學人數一樣,每年只錄取五十名,數目都差不多吧?哥,你好奇怪,你從以前對玩具熊就沒有興趣啊……」

看來妹妹對這個問題比較有興趣。

第二天，新見前往聖・菲立斯大學附屬幼稚園。聖・菲立斯大學位於成城幽靜的一角、佔地廣大。各種培養人才所需的教育設備相當完善，學生從幼稚園到大學可以接受完整的系統教育，為日後成為社會英才奠定良好的基礎。

校園內一片綠意，校舍彷彿掩映在樹林間。綠意盎然的寬闊草地環繞著校舍，也開放給學生使用，或坐或躺的女學生如花朵般點綴其間。在學生專用停車場內，看得到跑車與進口車，學生們的服裝也不像學生，充滿了家境富裕、出身良好的貴族氣息。

事實上，這所學校從未因學費調漲或意識型態問題發生過紛爭，學校裡的學生都是沒有金錢困擾的富家子弟，對於他們而言，政治、意識型態都比不上如何快樂度過人生唯一的青春歲月來得重要。偶爾也會有極少數入錯校門的學生引發校園紛爭，他們會對外尋求支援，極力煽動抗爭，但是聖・菲立斯的學生向來不會附和。

對於這所學校來說，所謂的鬥爭、革命都與他們的本質不同。只要有「美麗的青春」就行了；在上流社交圈的高雅氣氛中，只要能培養出正統的知性與教養就可以了。

在富裕社會中享有地位的雙親，為孩子們構築了愜意、舒適的環境；而孩子們則照著雙親為自己鋪好的路走，何必刻意去改變這一切？如此一來，與他們本質不同的人很快就會被這所學校排擠。就連全國掀起的校園抗爭風暴中，也只有這裡能平安躲過。

附屬幼稚園就位於偌大校園的深處一角，令人驚訝的是這裡也有停車場，而且停滿了高級車，這些都是接送孩子上下學的車子。在聖．菲立斯的盛名之下，連東京附近的縣市都有慕名而來的學生，這座停車場是專為這些接送車所設置的。

新見不免擔憂他妹妹及妹婿的財力，能否讓孩子持續在這裡求學，甚至忘了自己此行的目的。

隨後，新見被帶往會客室，見到一名職稱為「事務長」的男子。對方對新見所帶來的「熊」投以疑惑的眼光，不過立刻確認是聖．菲立斯幼稚園送給入學新生的紀念品。

「那隻熊，怎麼了？」

事務長的眼神一副理所當然的樣子，不過還有更多的疑惑。

「其實，這隻熊的主人被車撞到，兇手逃走了。」

「是肇事逃逸嗎？」

「正確地說，好像是撞人以後，不知將被害者運到什麼地方藏起來了。」

新見將被害者與犯人的角色互換，然後說自己偶然間經過事發現場並撿到那隻熊，可是因為沒有其他具體證據，也動員不了警察，而熊身上沾到的血跡確實是被害者的。

他講的跟真的一樣，說熊的主人雖然只是錯身而過的陌生人，但至少應該還給被害者的家屬，所以才來尋訪被害者的身分。

事務長好像相信了新見所說的話。

「這是昭和三十三年送給入學新生的紀念品。」

「你怎麼知道？」

「本校實施三年保育制度，有松鼠、兔子、猴子、熊、狗五種動物玩偶輪流送給新生，所以每五年就會輪到相同的動物。輪到小熊是三十三與三十八的那兩年，三十三年的那組熊是黑鼻子，三十八年的那一組則是白鼻子。」

「那你怎麼知道這是三十年代的？」

「小熊的喉部不是有三撮白色雜毛嗎？這是三十年代的款式，各種動物用爪子、牙齒、耳朵來區分各自的年份。」

「原來如此，那您以為呢？能不能借我看一下三十三年入學的新生名冊？」

「這，這個嗎……」

「我只是想把這個失物還給可憐的被害者家屬，如果家屬曾報警尋人，搞不好因為這隻熊就可以動員警察調查。」

「如果是這樣，那好吧。」

事務長猶豫了一會兒，果然被新見巧妙的說詞說服了。新見將熊的持有者當成被害者的策略奏效了，如果對方聽到這是加害者的失物，一定會說尊榮的聖．菲立斯幼稚園絕對沒有這種凶殘的畢業生，因而斷然拒絕他，更不可能讓他看名冊。

昭和三十三年入學的新生有四十三位，現在的年紀是十九或二十歲。

真不愧是名校「聖．菲立斯」的畢業生，名冊上的名字每個都來自於上流家庭。父母的職業也多半都是實業家、醫生、律師、作家或一流藝人。在四十三名學生中，女生有二十六人；其中有三十一人是以免試升學的方式直升聖．菲立斯大學。姑且把這四十三人都當成嫌疑犯，或者這四十三人中有一人將玩具熊送給別人。不過，因為聽說大多數的聖．菲立斯畢業生都把它視為一生的護身符，一直留在身邊，因而持有者就是犯人的可能性也很高。

無論如何，從茫茫人海中過濾出四十三名對象已經算是大有進展了，對於新見來說，他不禁認為這是文枝的靈魂在引導。

「不過接下來也很辛苦呀，必須挨家挨戶拜訪，直接詢問對方玩具熊還在不在？」

新見對小山田這麼說。假如找到犯人，可是對方卻佯裝不知也是前功盡棄。由於他們並沒有搜查權，對方沒有回答的義務。

「那該怎麼辦呢？」

小山田現在唯一可以信賴的人就是新見。雖然已經過濾出四十三名對象，但是如果無法判斷最後的那個人，結局是一樣的。

「不如暗中調查那四十三人的車子吧。如果撞過人，車子一定會受損。」

「要拜託警方嗎？」

「當然，要把我們所發現關於熊的所有者的相關資料告訴警方。可是，在現場並未找到任何可推測事故發生的資料，所以也不知道警方會有多大的動作。想想看，這隻玩具熊和車子並沒有任何關連。」

「可是，有血跡。」

「連這血跡是不是因為車禍沾上的都搞不清楚，只是根據我們推測而已。就算血型，也因為血跡太少，只能在限定的型態裡判別，不一定符合你太太的血型。除了你太太以外，也有可能是其他相同血型者的。」

「那麼結論還是找不出犯人來囉？」

一路走到這裡，小山田確實感到絕望。

「可是熊在我們手上，犯人的吉祥物現在反而在守護我們。從玩具熊掉落在現場的事實以及變得這麼陳舊的狀況來看，可想而知犯人一定是隨身攜帶，所以在這四十三個人的周圍打聽、打聽，如果能找到最近才把熊弄丟的人就好了。」

「可是，有四十三個人，還有他們周圍的人，這下子可費事了。」

「我有秘密武器。」

「秘密武器？」

「你忘了嗎？你追蹤到我的路徑。」

「……」

「東都企業的森戶啊。」

「啊！」

「他有一種獨特的嗅覺，我總覺得他當業務員太可惜了，或許可以委託他找到犯人。」

「他會接受這種調查嗎？」

「如果我拜託他，他一定會接受的。事實上這是秘密，森戶是我蒐集商業機密的線民。為了回報他，我大量採購他所負責的情報管理機器，我覺得他是這項調查的理想人選。」新見顯得相當有自信。

5

「恭平、恭平！」

聽到路子頻頻的呼喚，恭平猛然睜開雙眼，嚇出一身冷汗。

「怎麼啦？你好像做惡夢。」

「我做了很討厭的惡夢。」

「你最近常常做惡夢喔！」

「一直被別人追趕的惡夢。我在一個洞窟裡拼命逃跑，怎麼逃也甩不掉追我的人，雖然沒有被追上，可是一直聽到我後面有腳步聲，那緊迫盯人的腳步聲不斷在我耳邊響起。情況很急迫，可是我的雙腳卻像陷在泥濘中一樣動彈不得。」

「你太在意了啦，那種事你又能怎麼辦？」

「我知道啊，可是我自己也無法控制啊！」

「你再這樣下去是自尋死路。對了，我們乾脆去旅行好不好？」

「旅行？」

「對啊，出國，離開日本，說不定你的神經質就好了。」

「出國啊?」

「嗯,不錯吧?我們倆到遠一點的地方看看好嗎?我還沒出過國呢。」

「我也沒有啊。」

「所以啊,那不是正好。咱們倆一起去嘛,這樣一來,你既可以忘記那件事,也不會再做惡夢了。」

路子對自己的靈機一動感到樂不可支。

「可是,我老爸老媽不知准不准?」

「到現在你還說這種話?你不是已經獨立了?現在可是不得了的一家之主喔。」

「出國需要錢啊。」

「這點錢叫你媽出呀!她最有名的書本來不就是你寫的嗎?你有權利要求一半的版稅啊!」

「話是沒錯啦。」

「幹嘛那麼不乾脆,如果她不肯出錢,那你賣掉這棟房子來付旅費好了,房子不是登記在你的名下嗎?」

「賣房子?」

恭平因女孩的大膽提議而瞪大了眼睛。

「對呀，這棟房子蓋得很豪華，最近物價又飆漲，賣的價錢絕對比買進來時好，如果有一棟房子的錢，在國外就可以玩得很痛快了。」

「可是我跑到國外去，會給我媽添麻煩，不管怎麼說我都是她重要的生材工具呀！」

「你還這麼說，你有嚴重的戀母情結耶。你呀，說來說去就是逃不出你媽的手掌心。」

「沒這回事！」

「所以啊，這時候就不必再去考慮你媽了，你媽還有你妹可以替她賺錢喔，也到了交棒時候囉。而且……」路子說到這裡，語氣變得含糊。

「而且什麼?」

「而且，萬一警察追來，如果我們逃出國，他們不就沒辦法了嗎?」

「妳認為警察會追來嗎?」

恭平的表情變得有點害怕。

「我是說萬一。你自己做了奇怪的夢，或許潛意識裡那就是警察吧。」

「警察怎麼會追來?應該連一點線索也沒有啊!」

恭平彷彿要驅除內心的不安，大動肝火地吼了出來。

「幹嘛那麼大聲，你該不會忘了玩具熊吧?熊還沒找到喔。」

「不要再跟我提玩具熊了!」

「所以，我們要去一個熊追不到的地方呀！」

「是啊，熊總不會游泳過海吧！」

恭平好不容易也露出篤定的表情。

6

森戶的動作很快，他立刻過濾了這四十三個人，在新見委託他的一個星期以後，他迅速帶來第一個消息。

「你已經找到了？」

就連新見也大感驚訝。

「我想先做一個期中報告。」

「期中報告！那就表示有回應了？」

「嗯，是啊！」

「別賣關子了，快說！」

「為了調查這件事，我最近完全不能工作，調查花了太多時間。」

「我知道，我會提出超過你業務量的訂單。」

新見苦笑，這個「秘密武器」雖然很優秀，但是佣金也很高。

「我先從男生開始調查，再來調查女生。把撞倒的人塞進車子裡再丟棄，對女生來說太粗重了。」

「先入為主是犯了大忌喔。」

「我知道，所以我先調查男生，再來針對女生。」

「那麼，男生當中有可疑的人嗎？」

「大家都是忠厚老實型的優等生，不過其中一人最近突然出國。」

「你說出國？」

「這年頭出國也沒什麼大不了的，可是突然間毫無目的說走就走，就讓人想不透了。」

「到底是誰？那傢伙是誰？他到哪裡去了？」

「不要一次問這麼多嘛！我會一一說明。首先，出國的男生名叫郡恭平，十九歲，是聖・菲立斯大學的學生。那傢伙帶著女朋友一個星期前就出發了，學校也還沒放假，他本來就是那種上不上學都無所謂的有錢遊學生。」

「郡恭平啊，大概是郡陽平和八杉恭子的兒子。」

新見正在思索名冊上的對象及其家庭關係時——

「對呀，他可是八杉恭子引以為傲的兒子耶，這傢伙很會演戲，和她媽媽在一起時都扮演模範兒子，其實骨子裡壞得不得了，在瘋癲族裡也算是有頭有臉的角色。他央求他媽媽買一棟房子送他，讓他在那裡為所欲為。這一次就是帶著瘋癲族女友出國了。」

「他有車嗎？」

「他開 GT6 的 mark2 到處跑，聽說不久前還加入『東京瘋狂使者』的環形線賽車俱樂部。」

「現在退出了嗎？」

「聽說是被他媽媽勸退的，這傢伙最近突然不開車了，又急急忙忙跑去美國，機票又是買直飛紐約，怎樣，很奇怪吧？」

森戶望著新見，那表情就像把獵物獻給主人，在一旁察言觀色的獵犬。

「那，玩具熊呢？最近還留在身邊嗎？」

「這個呀，部長，聽說這個郡恭平馬上就要二十歲了，可是一直把幼稚園送的玩具熊當成幸運物留在身邊。為了這個，他朋友還替他取綽號叫熊平喔！」

「熊平啊……，那麼，熊現在還在他手上嗎？」

「不知道，因為他跑去美國，搞不好也一起帶去了呢，如果不追到國外就無法確認。」

如果恭平到現在還擁有這隻熊，那就可以洗刷嫌疑。萬一沒有，而且是最近才掉的話，那麼他的嫌疑就很大了。

「恭平的 GT6 有沒有送修？」

「沒有耶。」

「他把車停在哪裡？」

「停在大樓停車場或自家車庫吧？」

「能不能查到這輛車有撞過人的痕跡？」

「如果撞過人就不會隨便停在大樓的停車場吧，如果停在自家車庫，要查就有點困難了，因為像郡陽平這種人，身邊隨時都有保鏢。」

「不能想想辦法嗎？」

「部長的要求我實在辦不到。」

「拜託，暫時就把目標集中在郡恭平身上，其他人等證實恭平沒有嫌疑之後再調查也不遲。」

或許這是有錢有閒的學生一時興起的旅行，可是在小山田文枝失蹤後的這麼短時間內，符合這個條件的人毫無目的地就出國旅行，這個事實新見無法等閒視之。如果有必要，他還考慮到紐約追查郡恭平。

11 CHAPTER

第十一章

母親的容貌

1

威爾夏·海華德用自己的肉身撞車所獲得的理賠金，以及用理賠金把兒子強尼·海華德送去日本——這種做法令肯·薛夫坦難以理解，威爾夏一定有什麼迫切的理由一定要把兒子送去日本。

（這個理由是什麼？）

這件案子引起肯濃厚的興趣，為什麼他會如此堅持呢？當初只是因為上司的命令才勉強展開搜查。

「日本啊……」

肯無端地凝視著遠方。對他來說，那不是一個與他毫無關連的國家。不，豈能說沒有關連，他曾經在那裡留下放蕩青春的痕跡。如果有錢，他想再去拜訪一次。肯所知道的日本，雖然是敗戰後的荒廢焦土，但是他覺得那個國家的風土人情還殘留著現在美國已失去的「人心」。

現在的日本，在那之後變得如何？肯還沒有親眼確認過，在戰後那幾年他所住過的日本，現在已經展現出旺盛的活力。應該說是國民性的勤奮精神與民族團結力，使日本在短時間內從戰敗的焦土中精采重生，讓全世界驚嘆不已。肯這些美國人雖然辱罵過日本人是「黃種猴」，但是對於他們像螞蟻般刻苦耐勞，以及在團體中產生如核子反應般的爆發力，感到一股不可思議的威脅。

如果把美國的物資送給日本，美國絕對贏不了的。

日本人的強韌與可怕，來自於所謂大和民族所構成的單一國家的內在意識與精神意識吧？只要是日本人大多瞭解彼此的來歷，日本同胞彼此之間沒有來路不明的人。

這一點在美國就不同了，這個民族大熔爐把世界各國人種像馬賽克一般聚集在一起，成為一個複合式國家，所有國民都是「來路不明」。在這樣的國家，人們很容易對彼此不信任，每個人對於物質的信任遠高於人類，全世界自動販賣機最發達的國家就是美國，從食物、雜誌、郵票到生活必需品，人們多半都在自動販賣機購得。寂寞時、傷腦筋時，就連失戀的時候只要將銅板投入，各行各業的專家都會用錄音帶溫柔地解答不同的人生煩惱。從神聖的宗教教義到針對單身者設計的電話性愛對象，只要投下一枚銅板，就像按下自動點唱機的按鈕一樣，用one touch就可以迅速獲得。人們因為如此簡單便利又確實（無論在何處都買得到相同商品）而無意識地使用自動販賣機，這就是人類只相信物質的機械性裝置。

在以節省人力來減少人事費用的前提下，自動販賣機成為僅用金錢維繫人類的媒介。連沒有必要裝設自動販賣機的車站、球場、劇場、銀行、飯店、汽車旅館、餐廳、停車場等等人們與金錢匯集的場所，人們不必看著對方的臉孔就可以進行金錢交易，有些地方從頭到尾就只看得到對方的手。金錢確實在人們之間流動，卻使得人們成為無機物，只有金錢是存在的。每個人對此現象毫不在乎。高度成熟的物質文明只讓物質領先，卻將人類的精神與溫情遠遠拋在後面。而這種物質魔鬼最猖獗的地方，就是像美國這樣的合眾國了。原本這裡就不是因地緣、同一種族所構成的國家，而是聚集了一群追求成功機會，或是在母國無以維生的人，所以人人都是競爭對手，以物質支配精神的基礎與美國同時誕生。

然而日本不同，這裡的人從一開始就與這塊土地同在，在這裡無論物質如何氾濫，也不會支配人們吧。

肯記得在那裡的鄉愁，由於職業的關係，他切身感受到紐約在精神上的墮落。任何一個國家都會發生犯罪事件，連社會體制相異的前蘇聯與中國也會有犯罪事件吧。但是，美國的犯罪事件有本質上的不同，即使是最凶殘的殺人案，犯罪者都有各自的動機。然而在紐約，卻經常在馬路上發生毫無動機的瘋狂殺人事件。

犯罪者往往才一威脅對象就立即傷人。強姦婦女之後，毫不猶豫就殺害對方。偶爾連路過的行人也受到牽連。據說，在紐約的路上行走時，人們必須盡量走人行道靠馬路的這一邊。如果靠著建築物行走，恐怕會被歹徒拉進巷弄裡，搜括一空。

前幾天才發生日本留學生在中央公園被數名不良份子圍毆、勒喉的事件，這名學生當時還拼命向在場的民眾求救。可是，每個人只是視而不見地從旁邊經過，那名留學生後來是被碰巧經過的巡邏警員搭救，雖然他才剛入學不久，卻急急忙忙辦退學回國了。

日本留學生在離開美國之前談到了當時的恐懼，他說：「我當時被恐嚇，脖子被掐住，那種恐懼感還不如向現場一對看起來很有教養的老夫婦求救的絕望感。那位太太不但拉著先生的袖子逃走，還說：『不要淌這種渾水！』」肯覺得他的話切中了美國的病態本質。

對於不相關的人是死是活根本毫不關心，只要自己的生活安穩有保障就好了，哪怕是稍微有一點威脅也會徹底避免。為正義而戰，那是自我安全受到保障以後的事了。具有常識的社會人，看見犯罪卻當作沒看見，這也是因為在民族大熔爐中受到龐大的機械文明影響，使其失去人類的本質所致。只要能在自己的圍牆中守住幸福就夠了，令人驚訝的是，這股風潮已經滲透到警界。他們保障個人權利與自由、維持公共安全與秩序的行動僅限於執勤時，在自由時間裡，他們依舊回歸到私人立場。即使看到眼前有人陷於危難，但是顧慮到救人也可能威脅到自身安全時，就調頭離去。

肯也不例外。一旦發生凶殺案，基於職業本能或許會繼續追蹤吧。可是從長時間執勤解脫，在回家的路上遇見市民被小混混糾纏時，他就會視而不見。

警察也是人啊，勞動之後總有休息的權利。

可是在這種意識裡，肯討厭那個放棄抵抗的自己。

「我也在不知不覺中，中了紐約的毒了。」

對於這樣的他來說，日本是一個「人類居住的國家」，在遙遠的記憶中令人感到不安，而那裡是威爾夏・海華德寧願犧牲生命也要送兒子過去的地方。日本到底有什麼？——肯只對這一點有興趣。

2

肯一再地前往海華德父子所住的公寓，那個地方依舊充滿了垃圾、薰天的惡臭及酒鬼。令人吃驚的是，之前所看到的同一批人依然聚集在同一個場所，威爾夏・海華德或許也曾經是他們其中一人吧。

在威爾夏・海華德父子住處的附近，有幾名看起來很沮喪的男子站在路上，他們因喝酒而臉頰泛紅，每個人臉上都泛著淚光，他們在哭。

「怎麼啦?」肯走過去問其中一個人。

「長官，好可憐啊，請看看那邊！」

男人指著一名靠牆蹲著、臉朝下伏在膝上的流浪漢，那人的面前放著幾支酒瓶，瓶子裡都還有酒。肯立刻明白發生了什麼事，以前他也曾經遇過。

「什麼時候的事？」

「今天早上。薩弟這小子一直都待在這裡，我過來看一下，才發現他已經渾身冰冷，居然比我們早死。薩弟你這個混蛋，豈有此理。」

男人的臉上掛著一行淚。

「有沒有報警？」

「有，等一下運屍車就會過來。」

這是一場淒涼的告別式。一名酒精中毒的流浪漢在街角死去，他的人生遭逢挫敗，藉著酒精逃避現實，結果不知何時在紐約揚起的垃圾堆角落，被酒精吞噬了生命。失去了所有希望，酒精以外的一切慾望也已蕩然無存。用乞討得來的錢買酒，再把行屍走肉般的身體浸泡在酒精裡，真的只能茫然度日，直到死亡為止。可是同樣是行屍走肉，一旦看到同伴死去還是會難過。儘管他的人生艱辛而一事無成，但是與橫死路旁的老鼠、鴿子一樣，他選擇了自己喜歡的位子，臨死前還抱著廉價威士忌酒瓶。這些靠酒精度日的人們，再一次從死亡的同伴身上看到了自己必然的下場。但是，他的死一點也不孤獨，因為那些酒鬼同伴們圍繞著他的遺體，以威士忌酒瓶代替牌位向他告別。

「薩弟你這渾球，不是說死前還想回老家嗎？」
「他的老家在哪裡？」
「好像是義大利的薩丁尼亞島，但我不知道在哪裡？」
因為來自薩丁尼亞，所以才被稱為薩弟吧。或許大家都這麼叫他，所以連他也忘了自己的本名。
在這裡參加「葬禮」的人都有綽號，其中還有人連自己的老家都不知道，這些人被稱為無家可歸者、老鼠等等。送葬者都瞭解自己也會經歷相同的命運，雖然向死去的同伴告別，但是他們都不想成為最後一個，希望在還有人能為自己送終前離去。
市政府的運屍車終於來了。在紐約市，每天早上都會有幾個人橫死路邊。他們在路旁、地鐵車站、公園裡的長凳、公廁，有時候會在公共電話亭裡悄悄地死去，運屍車的工作就是四處裝載這些屍體。
當運屍車離去之後，這群流浪漢又回到各自的位子，再度沉溺於酒精中。
「長官，要不要來一杯？」
其中一名送葬者遞出酒瓶，這些人就像從紐約地底湧出的沼氣，除了酒精以外所有的慾望已經消失，所以毫無危險性。
肯甩開那人的手，爬上公寓入口處的樓梯。馬莉歐依舊將電視音量開到極限。

她看到肯走進來，聳聳肩一臉「你又來了」的表情說：

「長官，遵照你的指示，那個房間還空著呢。」

「哼，沒人想住那種垃圾堆吧？」

「開什麼玩笑？現在想找張暖烘烘的床都很困難呢，每天都有人排隊想租。被警察盯上可不是鬧著玩的，警察會付租金吧？」

「妳不必擺出一副房東嘴臉，我看房東早就放棄了吧，這種豬窩，整修費用比租金還高。」

「除了這件事，你今天來幹什麼？我可沒做什麼被長官盯上的壞事喔。」馬莉歐的口氣稍微軟化。

「反正妳先把電視轉小聲一點。」

馬莉歐搖晃她肥胖的身軀，關掉電視之後，朝著肯聳聳肩。

「有沒有海華德父子的照片？」

「照片？」

「對呀，我尤其想看看他老子的照片。」

「哪裡會有那種照片啊？」

「他們不是在這裡住了好幾年？至少拍過一張吧？」

「他們可沒有這種有錢人的玩意兒。要找照片，你們警察那裡有吧，什麼駕照呀、前科照呀。」

「他沒有前科，駕照早就過期，已經做廢了。」

「那，我這裡更不可能有啦。」

「那傢伙的東西還放在房間裡嗎？」

「他的東西從一開始就沒人動過，那種東西小偷也不要。」

「讓我再找一次吧。」

「叫警察把那堆破爛拿走嘛。」

肯充耳不聞，逕自走進海華德父子的房間，佈滿灰塵的地板上有腳印，這顯示後來並沒有人進來，因為沒有其他腳印，那些破爛跟上次一樣還放在那裡。他很仔細地再檢查一遍，但還是徒勞無功。窄小的房間與為數不多的破爛，已經沒有任何值得搜查的東西了。威爾夏既然服過兵役，那麼從這個方向著手或許可以找到照片。不過，必須得到公務上的許可。

肯的調查純粹是個人興趣，他不想對歐布來恩警部提出任性的要求，即使不是因為這件事，也給對方添了很多麻煩。

「差不多該罷手了吧。」

肯感覺這已經是「搜查嗜好」的極限了。此時，門外響起一陣輕敲聲，馬莉歐探頭進來。

「我要回去了。」

肯以為她是來下逐客令的，但馬莉歐似乎察覺肯並沒有找到預期的東西。

「我剛剛才想到，可能有人會有威利爺爺的照片。」

「真的嗎？」

馬莉歐帶來意外的情報。

「我不確定有沒有。」

「是誰？那傢伙是誰？」

「你不要做出這麼恐怖的表情我也會告訴你，她就是為這個來的，她是日本人。」

「日本人？」

「有一個奇怪的日本女人住過這裡，就是為了拍哈林區。威利爺爺可能也是她的模特兒之一。」

「女人？是個女的？」

「是呀，住在這裡已經有兩年了。」

「這個傢伙住在哪裡？」

「西一三六街二三號，靠近哈林醫院附近的公寓，那女人在這一帶稍有名氣，一問就知道了。」

肯連聲謝謝都沒說，就從公寓裡衝出來，他並不知道還有一名日籍女攝影師專拍哈林區。這裡是觀光客很喜歡的拍照景點，透過哈林觀光巴士的車窗，照相機如砲筒般對準哈林，不過由於裡面危機四伏，所以很少人會深入區內拍照。觀光客頂多提心吊膽地在主街的一二五街擺個姿勢拍照。因此，一名女性攝影師長駐哈林區取材，對於自以為熟悉當地的肯來說也是前所未聞。

馬莉歐所告知的住址位於哈林區與東哈林交界處，肯向路旁的流浪漢一打聽就知道了，或許這些人也成為她的取材吧。這間公寓和馬莉歐的公寓一樣骯髒陳舊，都將會被拆掉。這是一棟四層樓的紅磚建築，牆上還有用噴漆亂寫的反戰標語、猥褻字眼。入口處樓梯旁的垃圾桶翻倒，流浪狗在其中尋找食物，旁邊還有一個老酒鬼正在曬太陽。

不可思議的是，這裡竟然看不到哈林區隨處可見的小孩子。沒有那些滿頭膿包、四處亂跑的孩子們，午後的哈林猶如居民因傳染病死絕般令人恐懼。這裡沒有像馬莉歐的門房，不住在這裡的房東可能是直接來收租金。

那個日本女人的住處一下子就找到了，因為門牌上有標示，房間在二樓。一敲門，幸好有人在家，裡面傳出很警覺的聲音問道：「誰？」

敢住在哈林區的外國女性的確很有勇氣，不過對方看起來也很小心翼翼。肯向她告知姓名與身分，並說有事情要打聽。

一聽是警察，門很快就打開了，眼前站著一位身材瘦小的日本女性。肯還以為住在哈林區的不知是什麼樣的狠角色，結果對方看起來不過二十幾歲、面貌姣好，讓他略微吃驚。

「妳是 Mishima Uikiou（註）嗎？」肯確認門牌上的名字。

「Oh，No！我是三島雪子。」對方苦笑道，肯把她的名字與日本知名作家搞混了。

「我是肯・薛夫坦。不過，妳不能因為有人自稱是警察就把門打開，紐約不知有多少假警察，有時候連真的警察也不能相信。」

肯馬上對初次見面的對方提出忠告。

「啊，沒那回事。從我來哈林到現在一點也不覺得危險。外面的人總以為這裡很危險，其實大家都是好人，為什麼那麼怕哈林，我真搞不懂，還不如說走出哈林才讓人害怕呢。」

「那是因為妳還不瞭解哈林的真正恐怖，不，也可以說妳不清楚紐約的恐怖，幸好妳在這裡被當成客人，住在這裡不會遇到那些恐怖的事。」

「我，信任哈林、紐約、美國。」

「我以身為美國的一份子向妳致謝。對了，我今天冒昧來訪，是因為聽說妳可能替一名叫做威爾夏・海華德的老人拍過照。」

「威爾夏？」

「住在西一二三街公寓的黑人，大約在六月被車撞死了，他和兒子強尼住在一起。」

「我拍過好多哈林區的居民，他有什麼特徵？」

「特徵？我就是想知道這個才來的。」

「大概幾歲？」

「六十一歲，是個酒鬼，年輕時在日本當過兵。」

「到過日本？住一二三街，如果是這樣，會是那個『日本老爹』嗎？」

「日本老爹？」

「他是個超級哈日族，一直懷念年輕時在日本的那段時光，所以大家都叫他日本老爹。」

「那一帶去過日本的人應該不多。」

「如果是日本老爹的照片，我拍了好多，我拿給你看吧。」

「拜託妳了。」

「請進！」

他們剛才站在門口說話。屋內雖然是構造相同的哈林區建築物，卻很像年輕女性居住的房間，充滿了與馬莉歐、海華德住處不同的華麗與溫暖。

註——Mishima Uikiou 是日本知名作家三島由紀夫的發音。

肯被帶進主屋，餐桌、椅子、床、床頭櫃、沙發、文字處理機、電視、鏡台等等家具都安置在各自的位置；也有書架，藏書中看得見書背上的日文字，反映出居住者的性格井然有序。

窗戶上的粉紅色印花窗簾，使房間的氣氛洋溢著溫暖的光澤，看來她在這裡住了相當長的一段時間。

窗簾隔間的背後看得到類似照相器材的東西，或許暗房就設置在隔壁的房間裡。

不久，雪子拿著幾張照片從隔壁房間走出來。

「啊，請坐呀！」她像嚇到似地，對站立的肯高聲說道。

肯坐在沙發上，雪子說：「我盡量選看起來有特徵的，這就是日本老爹。」

她遞上幾張六吋的照片，照片中是一個厚唇老黑人，滿臉的皺紋像傷痕般深深地刻在失去彈性的皮膚上，無神的雙眼散發著微弱光芒，因為酗酒使他比實際年齡看起來還老吧。彷彿所有的慾望都退化了，只有記憶被塵封在充滿皺紋的皮膚深處。雪子用好幾個角度拍攝老黑人的臉部特寫。

「這就是威爾夏・海華德嗎？」

「我不知道他的名字，可是如果是住在一二三街、曾經去過日本的黑人，就只有這位日本老爹了。」

肯彷彿想一眼看穿般地凝視著照片。
「是你的朋友嗎？」
雪子對於肯異常狂熱的眼神，感到有點不解。
「不、不！」肯慌忙地否認。
「這些照片可以借我一段時間嗎？」
「你拿去也無妨，我還有底片。」
「謝謝，還有這房間的裝潢改俗一點比較好。」
「為什麼？」
「太漂亮啦。」
「你是說太挑逗？」
「不，我不是說太挑逗，別忘了這裡是哈林區。」
「謝謝你的忠告，不過，我還是會照著一直以來的方式生活，因為從來都沒發生過什麼事。」
「還有，如果有人自稱是警察別讓他進門，除了我例外。」肯露齒笑道，便離開了雪子的房間。

3

肯看了向雪子借來的威爾夏．海華德的照片大感驚訝，不過他並沒有沉浸其中，因為照片讓他產生一個疑問。

這是他到目前為止從未想過的疑問，肯為了確認這個疑問又跑了一趟市區的中央登錄中心，調閱威爾夏的妻子泰瑞沙．諾威德的戶籍。泰瑞沙的祖父母是一九一〇年代從南部遷過來的黑人，父母也是黑人，自一九四三年起就住在哈林區。

另一方面，威爾夏．海華德也是純種黑人，查閱登錄中心的註冊紀錄並沒有白人或東方人的血統。如果要查三代以前的資料，必須到他們在南方的家鄉。不過在美國南方，根本不把黑人視為人，肯不認為他們在遷移之後的註冊資料還會保留，而且美國人原本就沒有戶籍觀念。日本人的戶籍是以家庭為單位，而美國是以個人為單位，正因為是以個人及夫妻為單位來註冊，所以光看這一點並無法瞭解雙親是誰。也就是說，親子並不是縱向關係，而是以個人為基礎，或是以夫妻的橫向關係來思考。在這種制度下，若要追溯祖先的確非常困難。而且泰瑞沙和威爾夏的出生資料也是因為進行全國普查才被半強制性申報，所以搞不好連他們自己都不清楚原籍何在。

可是根據肯到目前為止所打聽到的，強尼・海華德並不是純種黑人，強尼最後任職的運輸公司所提供的照片，也是膚色較淺，五官近似東方人的模樣。

黑人與白人或波多黎各、義大利裔的混血兒很多，但是，與東方人的混血兒較少。

「強尼的父親曾經在日本服過兵役，說不定強尼是……」

眼前又出現了一個新的調查方向。可是，強尼是在父母結婚後約十個月的一九五〇年十月出生的，所以應該不是父親從日本帶過來的。

（如果偽造強尼的出生年月日呢？）

其他的可能性在腦中閃過，現在的出生證明必須出示接生醫師的證明，可是在貧民窟多半的生產都不假醫生之手，那是「不得已的情況」，所以免除醫師證明。在距今二十幾年前，正值戰後混亂時期，可以想像戶籍手續有許多是出於杜撰的，出生年月日過了好幾年才申報的情況很常見，反正本人愛怎麼報就怎麼報，所以有很多不實的記載。

假設強尼・海華德是在日本出生，因某種緣故與母親分離，隨著父親回到美國。這時候，父親為了把強尼視為他與美國妻子所生之子，很有可能偽造出生年月日。

「那麼一來，強尼的母親就在日本了。」

新的調查方向越來越清楚了，根據這種思考模式，強尼去日本的目的就浮現了。

「強尼也許是去日本見母親。」

因為酗酒而形同廢人的威爾夏，領悟到自己的死期將近，向兒子談及「日本的母親」，或許強尼早就知道自己的親生母親是誰。威爾夏認為自己活不久了，酗酒的身體對社會也毫無貢獻，只會成為兒子的重擔，因此為了讓兒子去日本見母親，威爾夏把自己的身體「廢物利用」，以籌措旅費。

肯對於自己的推測很有信心。

「到日本找母親，結果被殺死，可憐的傢伙。」

肯第一次同情這個客死異鄉、素未謀面的黑人青年。不，對強尼來說，日本不是異鄉，而是他的「母國」，他在母親的國家被殺了。

他有沒有見到母親？恐怕在見到母親之前就被殺了，因為如果母親知道他被殺一定會引起很大的騷動，恐怕連他母親也不知道他已經來到了日本吧。

肯架起一路推理而來的橋樑，渾身彷彿受到強烈電擊般緊繃，一種可怕念頭突然浮現在他的腦海裡。

「不會吧！」他望著天空喃喃自語。

12 CHAPTER — 第十二章

遙遠的小鎮

1

警方在霧積附近的搜查行動還是徒勞無功，群馬縣動員警力擴大搜查範圍，也沒找到什麼可疑人物。因此，群馬縣警方傾向於當初的推測，中山種是失足墜落水壩致死。如果警視廳不插手干涉，就可以避免浪費這些人力與時間，群馬縣警明顯地表示為難。警視廳雖然處於顏面盡失的劣勢，但是卻堅信中山種並非死於意外，犯人一定是比警方早一步將被害者誘至水壩上再將之推落致死。

若非如此，就無法解釋在那種不前不後的時段，年逾七十的老婆婆為何會走到水壩上，一定是受到犯人的誘騙。被害者輕易聽信熟人的花言巧語才出門的。

犯人和被害者之間有「舊情」——如此認為的原因在這裡。

棟居出差回來之後，一直悶悶不樂，眼前浮現的盡是阿種婆婆破碎的遺體以及緊靠著遺體不停哭泣的靜枝。

（犯人與強尼被殺一定有關連。）

與強尼「有關連」的犯人來到霧積時，結識了阿種婆婆。由於老婆婆知道強尼和犯人的關係，如果告訴警方的話一切就完了。

警方的搜查行動朝著犯人所恐懼的方向延伸而來。

或許犯人來霧積作客才認識了老婆婆吧，可是，老婆婆很久以前就從霧積溫泉旅館退休了，這麼久以前認識的客人，老邁的婆婆還會記得嗎？如果是她退休以後還有往來的客人或許會記得。

因此，棟居注意到一個以前一直忽略的盲點。中山種在霧積溫泉旅館工作，退休以後也住在霧積，理當認為她是霧積人。可是事實不見得如此，也許中山種來自其他地方，最後才在霧積定居。說不定犯人也有可能從中山種的故鄉（非霧積）過來。既然懷疑是「他殺」，當然要朝這方面搜查。

棟居立即向松井田警察局打聽，得知中山種在大正十三年三月結婚，並從富山縣八尾町遷入松井田町中山作造的戶籍。

「富山縣的八尾町啊。」

棟居望著這個新得知的陌生地名，不知犯人是否也來自於這裡。只是，一直相信老婆婆是霧積人，沒想到她也是五十幾年前從其他地方遷來的。

老婆婆與中山作造在什麼樣的機緣下結婚的，知道這件事的人或許已經不在了吧。棟居一時之間忘記自己在追尋，遙想相隔五十年之久的茫然過去，明眸少女到底是懷著何種心情嫁給異鄉的丈夫？

五十幾年前的富山和群馬，感覺非常遙遠，恐怕比現在的其他國家還遠吧。但她卻嫁過來了，只有丈夫能依靠，戰勝了寂寞與不安之後，成了道地的當地人。克服一切，好不容易生下了孩子、孫子，正在安享晚年之餘，突然被狠心的兇手奪去了生命。

如果犯人來自於老婆婆的家鄉，那麼老婆婆死也不會瞑目的。不過如果是同鄉，就可以理解被害者何以輕易地被叫出來。楝居姑且把自己的著眼點與調查結果在搜查會議中提出來。

搜查會議上得出的結論是先把中山種的故鄉八尾町徹底調查一遍。將之列入搜查對象的理由，如果中山種是他殺，就算找不到犯人，也有必要調查被害者的出生地、行凶動機地。

但是，中山種離家是在大正十三年，兇手花了五十年以上所培養的殺人動機究竟是什麼？目前的狀況誰也沒有答案。無論如何，警方已經結束霧積周邊的搜查工作，即使這次白跑一趟，眼前也沒有其他值得搜查的對象。

横渡和楝居再度奉命前往八尾，雖然這也是第一次去的目的地，不過八尾這個新地點是他們找出來的，所以還是他們最適任。

依據八尾町的指南：

——八尾町位於富山縣中央南部，人口約兩萬三千人，南與岐阜縣相接。南部縣境與以海拔一六三八公尺高的金剛山為主峰的飛驒山脈支脈相連，從這裡發源的室牧川、野積川、別莊川等河川，在斷崖山地回流向北，在流域的山麓形成台地，這些支流在八尾町的中央匯流成為井田川。

有關於其歷史記載：

——八尾町的歷史源於古老的神話故事，全域都有石器與陶器出土。八尾文化基礎奠定於飛鳥時代，城鎮是以桐山城主諏訪左近在龍蟠山修築的城寨為中心而發展起來的，曾經繁榮興盛，是越中與飛驒的交流重鎮，也是富山藩（註一）相當重要的御納所（註二），蠶種、生絲、和紙的交易興盛。壯麗雄偉的曳山、全國知名的「小原節」（註三）是當地的文化財產，至今仍沿續著江戶時代商人文化最興盛期的華麗面貌。

前往八尾的交通路線共有三種——可搭機經由富山進入，或是搭乘上信越線、北陸線前往富山，以及從東海道新幹線沿高山線而行。

棟居他們採取第二種路線，因為可以從上野搭乘夜車。對於這趟出差的期待不大，所以他們必須盡量節省旅費及縮短時間。雖然如此，還是為了第二天的活動做準備，他們預約了臥鋪車廂，晚上九點十八分從上野出發，第二天清晨五點十分抵達富山，臥鋪已經鋪設妥當，但他們沒有立刻就寢，而是站在窗邊朝外觀看。

「如果沒這些事，大概一輩子都不會去這些地方吧！」

發車的鈴聲響畢，列車緩緩地啟動，橫渡以略微感慨的語氣說道。

「橫先生，你在霧積也說過同樣的話。」棟居接口。

「是嗎？」橫渡的眼神像是在追尋著記憶說：「我突然想起一件事，我們如果沒去霧積，那位阿種婆婆說不定不會被殺。」

「可是，你有很強烈的感覺認為兩者有關連吧。」

「那倒未必喔，還不能確定她與強尼遇害有關連。」

「……」

「因為我們去了或許一輩子也不會去的地方，害老婆婆被殺死，真是令人良心不安。」

「你想太多了。」

「我呀，忍不住擔心起那個叫靜枝的小孫女。」

這一點棟居也有同感。那名少女失去了唯一的親人，也可以說是因為這個不幸才引出八尾這個新地點。

「就算我們抓到犯人，也無法解救那個女孩的孤獨。」

註一——諸侯領地。

註二——繳納年貢的地方。

註三——以八尾町為發源地，一種盆踊舞的民謠。

橫渡變得感傷，好像有點不合身分。

「老婆婆年紀也大了，即使現在沒死，不久也會去世吧。」

「我要是能像你那樣理智就好了。」

「我也是無依無靠，早就習慣孤獨。失去親人的悲傷與寂寞只是短暫的，人是孤獨的個體。」

「你不打算娶老婆啊？」

兩人也不是有意聊彼此的身世，不過橫渡倒是問起棟居單身的事情。

「想要的話隨時都可以，不過現在完全不想。」

「娶了老婆、生了孩子，想法就會不一樣了。」

「娶妻生子也不會改變每個人都是獨立個體的事實，因為我不會跟著他們一輩子。」

「人早晚要分離的，可是人生在此之前的大部分都是與家人一起度過的。」

「就算是一起度過，也不會改變彼此是孤獨的本質。我覺得親人、朋友就像編隊的飛機。」

「編隊的飛機？」

「是的，如果某一架故障了，或是飛行員受傷不能繼續飛行，同僚的飛機也不能代替操縱，頂多只能緊跟在旁邊加油打氣。」

「總比沒有好吧？」

「其實有沒有這種加油打氣都一樣。無論再怎樣加油，飛機修不好，飛行員的身體無法復原。結果，要讓飛機繼續飛行還是只能靠自己。」

「你的想法還真殘酷啊！」

「所謂的人生，不就是一人駕駛一架單人飛機嗎？不管飛機受到何種程度的傷害，都不能和其他人換機，也不能請其他人來操縱。」

兩人站在通道上交談，窗外零星的燈光越來越疏落，大概已經駛入埼玉線了，走道上沒有人，乘客都在各自的床上沉沉入睡。

「那，我們也睡吧！明天還要早起呢。」橫渡打了一個呵欠，交談到此劃下句點。

2

列車比預定時間晚了五分鐘滑進富山車站的月台，天色還未見拂曉的氣氛。富山，對他們倆來說只不過是一個經過的車站，他們要在這裡換搭高山線前往八尾。

「到底還是比東京冷啊！」橫渡抖著身子說道。

從北陸線列車下車的同時，北國初冬的寒氣侵襲著習慣溫暖車廂的身體。

「離高山線發車還有四十五分鐘，先找個地方休息一下吧。」

兩人在車站內尋找咖啡店，但是此刻沒有一家店開始營業，又沒有多餘時間走出車站尋找，他們不得已只好略微梳洗，在候車室裡消磨時間等候列車進站，破曉的寒氣凍得他們直發抖。

高山線的普通列車比起北陸線的特快車，充滿了濃厚的地方色彩。列車只有四、五節車廂，車上的乘客也不多，這麼早不知為了什麼事，要到哪裡去。他們冷得將身體縮成一團，一臉睡眠不足的模樣。

「啊，幸虧完全清醒了。」橫渡一臉清爽地說道。

用冷水洗把臉，再吹吹外面的冷風，睡意完全被驅走了。

「你睡得好不好？」

「不好，我很少搭臥鋪車，太興奮了睡不著。」

「我也一樣，不過感覺很輕鬆。」

「如果搭普通列車晃一整晚可能會受不了，今天也別想幹活了。」

「對了，這列車抵達八尾時是六點十九分，時間還太早怎麼辦？」

「這個時間區公所也還沒上班，早知道就在富山待久一點再來。」

「到八尾警署露個面吧。」

「值夜班的還在睡吧，又沒有發生案件，把人家叫醒不好意思。」

這個時段，值夜班的警察可能還沒起床。位於靜寂山峽裡的警察署，如果一大早突然有充滿血腥味的東京刑警跑來，一定會嚇一跳吧。

「反正總是要打照面的，把時間稍微往後挪一挪吧。」

「說得也是。」

說著說著，列車慢慢地啟動了。原野上露出曙光，遠離市區街道，滿是白茫茫積雪的原野盡頭，幾盞將殘未滅的住家燈火抖著孤寂的微光。偶爾，列車所停之處就是車站，這時會有幾名乘客靜靜地上下車，列車朝著深山的方向奔馳而去。在平野上散落的燈火逐漸消失，清晨的氣氛越來越濃厚，視野在清晨的甦醒中逐漸擴展開來，厚厚的雲層滿佈，這是符合北國風貌的陰沉早晨。

「下一站囉！」橫渡一邊讀著發車後的站名顯示，一邊說道。山景逼近了，看得到住家逐漸密集，有些乘客準備下車。這是從富山出來後，第一個看起來像鄉鎮的小鎮。不久，列車滑入標示著「越中八尾」站名的月台，列車由好幾節車廂編成長長一列，車尾超出了月台範圍，有幾名乘客下車。

「哎呀，終於到啦。」

橫渡站起來伸伸懶腰，看來從富山上車的乘客幾乎都在這裡下車。遠道而來的乘客好像只有他們倆。

他們跟著當地乘客走過天橋，一出剪票口，乘客們各自朝著自己的方向散去，大家冷得弓著背，踩著急促的步伐朝著確切的方向前進。車站吐出了幾名乘客之後，隨即恢復原有的空蕩寂靜，這座北越的鄉下小鎮顯然還沒睡醒，牌樓上的「歡迎」字樣形同虛設，站前的商店大門還緊閉著，從站前廣場延伸的街道上看不到人影。遠方有一名牽著狗的老人緩慢地穿越人行道，雖然路上沒有車輛，老人與狗還是規規矩矩地穿越人行道，這景象更強調了無人的氣氛。

「畢竟還是來得太早了。」

橫渡眺望兩旁的低矮住家一直綿延到無人的站前馬路，嘆了一口氣。

「小吃店好像都沒開，去把那附近旅館的人叫起來弄頓飯給我們吃吧。」

「要這麼做嗎？」

兩人走到車站附近的一家旅館敲門，招牌上寫著「宮田旅館」。如果邊吃早餐，邊向旅館打聽有關八尾的風土民情，也是個不錯的主意。他們的作戰計畫是，先去區公所找出中山種的戶籍名冊，再去拜訪她的娘家，就算娘家已經沒有親人，或許有人認識以前的阿種。

要找出與五十年前離家者可能有關連的人就像大海撈針。雖然他們一開始就對這個小鎮沒有抱太大的期待，但是清晨車站前空蕩蕩的景象，似乎在預告著這次的調查行動將會徒勞無功。

旅館因尚未做好準備而拒絕了他們，不過他們還是強闖了進去，吃到早餐已經是一個小時以後的事了。

「兩位真辛苦，來得真早啊！」送早餐的年輕服務生以打量的眼神看著他們說道。

「因為從東京來，也只有這個時間有車。」棟居若無其事地說道。

「哎呀，你們從東京來的啊？」

年輕服務生的眼神為之一亮。棟居沒想到這年頭居然還有人對東京表現出如此單純的反應，反而嚇了他一跳。

拜電視所賜，即使在日本的任何角落都能與大都會的流行同步，或者說鄉下地方對於新潮流行的接受度更高。事實上，這名服務生的裝扮與東京街頭的年輕女孩並沒什麼兩樣。

「沒什麼值得大驚小怪的。」棟居對於她的誇張反應苦笑了一下。

服務生卻說：「我好想去東京，東京什麼都好，反正我一定要離開這裡。」

「怎麼啦？這個小鎮安靜又漂亮，我還想如果能在這種地方安穩生活，不知有多幸福呢？」

「你們啊，是因為沒住過這種地方才會這麼說。我想去一個沒有人認識我的地方，在這裡只要跨出門一步，到處都是認識的人，從出生到老死都跟一群認識的人生活，光想到這一點就夠討厭了。」

「妳如果住在大都市的公寓裡，即使生病也不會有人來看妳，就算死了也沒人知道，放在那裡好幾天，這種生活好嗎？」

「我在這裡連對方的隱私都無所不知，我討厭在這種小地方生活，就算有多平靜安穩，這種沒有變化的生活令人厭煩。也許不知什麼時候會死在路邊，但我就是想出去經歷不同事物，誰能帶我出去，我立刻就跟他走。」

她說話的語氣好像只要棟居說一聲，她就會跟著來。

（妳這種想法太危險了。）棟居正想這麼說卻沒開口，就算說了對方也不會瞭解，對於都會生活充滿憧憬的年輕人，若不親身體驗是不會瞭解家鄉的美好。所謂年輕人的夢，歸根究柢要靠自己的身體去體驗，這個女孩的想法和中山種的孫女靜枝剛好相反，但是靜枝的奶奶說不定也是抱著與這名女服務生一樣的動機離開家鄉的。

「哎呀，光說些廢話，飯和味噌湯都冷了，真是抱歉。」

女服務生有些手忙腳亂地開始盛飯，美味的味噌湯香氣撲鼻而來，他們餓得肚子咕嚕咕嚕叫。

「兩位客人從東京來這裡做什麼?」

女孩盛完飯便提出這個疑問，雖然旅館就要開始忙碌了，女孩卻一點也不在意，安穩地坐了下來。對於想要掌握當地情況的棟居他們來說，這女孩顯然是個絕佳的詢問對象。

「我們來調查一些事，妳認識谷井種這個人嗎?她是這裡的鎮民，五十幾年前就離開了，當然那是在妳出生以前的事了，有沒有聽妳爸媽或爺爺、奶奶提起這個名字?」

「谷井」是中山種婚前的舊姓。

「谷井種女士?」

棟居無所期待地隨口問問，沒想到對方卻有了反應。

「我也姓谷井啊!」

「妳也姓谷井?」

「這個小鎮很多人都姓谷井。」

「那她說不定是妳親戚。」

「若是親戚，鎮上的人都有親戚關係喔。若要扯的話，大家都可以攀上關係，這也是我想離開這裡的原因之一。」

「那妳記得谷井種這個名字嗎?」

「這個嘛?你這麼問，我也不知道耶!」

棟居和橫渡互使了個眼色，表示除了去區公所調查之外別無他法。

他們用餐到了一半，旅館前的站前廣場開始熱鬧了起來。正好是通勤顛峰時段，似乎出現了站前應有的景象。上車的乘客比下車的乘客還多，學生、上班族幾乎往富山方向，不過下車的乘客也不少，巴士頻頻發車，馬路上的車流量也變大了。他們下車時空蕩蕩的站前道路與廣場，現在呈現出擁擠熱鬧的景象。安靜的鄉下小鎮直到現在才完全清醒。

他們一吃完飯，也差不多是區公所開始上班的時間，於是按照旅館服務生的指示走向區公所，往站前馬路直走，兩旁有低矮的民宅相連，走到底是一個T字路口，往右轉就是河畔，馬路在此分成兩條岔路，左邊有一座橋，河面相當寬闊，河水清澈見底。根據那名女服務生的指示，這條河是「井田川」，橋是鋼筋水泥製的耐久橋，橋畔的石板上刻著「十三石橋」。雲層散開，陽光撒落在河面上反射著水流，閃動著炫目的光芒，令他們睡眠不足的雙眼睜不開。

他們在橋畔停了下來，眺望往兩岸延伸的小鎮風光，富山平原從這一帶開始連接山地，這座小鎮就在平原與山地的交界處。因此，小鎮在起起伏伏的丘陵上發展，井田川貫穿其中向北注入富山灣。幾乎看不到西式高樓大廈，眼前盡是低矮而統一的磚瓦屋頂民宅，賦予小鎮一種古意盎然的風味。在短暫的通勤顛峰時段結束後，整座小鎮彷彿又進入了夢鄉。充滿古早味的鄉下小鎮風光完整保留，這裡就是日本某處被遺忘的小鎮。

「日本居然還有這樣的小鎮啊！」橫渡瞇起被水面上反射陽光刺痛的雙眼說道。

「這座小鎮好像躲過了急速發展的機械文明，連車子幾乎都看不見。」

「小鎮絕對逃不過機械文明，車子的數量確實在增加。看是維持河水的清澈、街道的品味，還是要讓公害入侵，全看當地居民的意識了。」

橫渡說話的同時，幾輛大卡車排放著廢氣行經橋面。

他們被卡車拉回了現實，區公所的建築物在橋畔右邊、沿坡而上之處，是一棟時髦的鋼筋水泥建築物，也是小鎮上少數的西式建築物，是配合鎮上民宅風貌所設計的吧。兩層樓的官署與街道上的古老風貌並非不協調，反倒比較像是醫院。

他們走進玄關，前往「居民課」的窗口，一名年輕女職員身穿在東京相當少見、像孕婦裝的寬罩衫前來接待他們。棟居向她出示警察證件並表明來意。

「谷井種女士喔。」

居民課的職員一聽到警察證件及大正十三年，顯得有些驚訝。調查舊戶籍不值得大驚小怪吧，應該是對警察證件感到驚訝。

「請等一下。」

她從後面的文件櫃抽出一冊本子。

「谷井種女士的本籍應該是上新町二七×番地，但是在大正十三年三月十八日因為結婚搬到了群馬縣。」

刑警們瞄到居民課所拿來的戶籍簿資料確實與松井田町區公所的資料相符。種的雙親已經死了，種在當時是難得的獨生女，雖有一名哥哥，但七歲的時候就病逝了。種的父親也是在小鎮上出生，追溯原始資料，他的兄弟們當然也過世了，只剩下町內福島一名叔叔的女兒；也就是種的堂姊妹還健在。

如果去問這名婚後改姓為「大室良吉」的堂姊妹，或許會知道種以前的事。

兩人為了慎重起見，還是將阿種的原籍資料影印下來，向女職員問出種位於上新町的娘家地址及大室良吉的住處，就離開了區公所。

上新町是條商店街，種娘家的地址已經變成一座停車場，他們去問停車場地主也就是隔壁魚店老闆有關於種娘家的狀況，但是沒有人知道，魚店取得土地權也已經歷了好幾代。這裡算是八尾最具活力的地方，但是有關於五十幾年以前住過這裡的人的消息完全消失了。在這座沉睡中的小鎮上，人們確實不停地重複著謀生，然而日新月異的生活毫不留情地將過去日子的痕跡抹去，逝者也未曾留在新移入者的記憶裡。

兩人感受到這裡所呈現的人生殘酷面。

他們前往大室良吉的住處，拜訪這位可能認識種的唯一親戚。「福島」是八尾的新開發地，沿著車站周圍發展，兩人憑著地址來到早上小憩的旅館附近，途中向一間派出所問路，結果發現居然就是早上的那家旅館。

「宮田旅館的經營者原來就是大室良吉啊。」

派出所的巡查對於遠從東京而來的兩位刑警非常感激，還將他們送到宮田旅館門口。回到旅館，剛才那名女服務生驚訝地出來迎接。

「啊，已經結束調查了嗎？」

他們雖說「搞不好今晚會住在這裡」，其實現在也還是上午。

「不，這裡有沒有一位名叫大室良吉的女士？」

「良吉？你是指奶奶？」

「大概是吧！」

種的堂姊妹差不多也是這個年紀了，看來這名女孩跟這家旅館也有親戚關係。

「你們找奶奶有什麼事？」

「能不能讓我們見見她？」

「奶奶住在後面的房間，你們找她到底有什麼事？」

「這兩位是東京來的刑警，妳快去叫老闆娘吧。」

被派出所的巡查這麼一說，女服務生顯得更驚訝，連忙跑進屋裡。

不久，老闆娘從裡面跑出來。

「我們家奶奶是不是做了什麼？」

老闆娘的臉色都變了，有刑警造訪這寧靜的小鎮算是一件大事。

「不、不，只是有些事想請教她，請不要擔心。」棟居苦笑著安撫老闆娘。

「可是，特地從東京來這裡找奶奶，一定是很嚴重的事吧！」老闆娘一臉驚慌與充滿警戒的表情說道。

「不，真的是順道過來的，因為我們在區公所查到這裡的老奶奶是谷井種女士的堂姊妹。」棟居盯著對方說道，按照區公所調閱的戶籍資料，眼前這個女人是良吉兒子的太太。如此一來，她就是種的親戚了，可是完全看不出她有任何反應。

「奶奶雖然有點耳背，不過身體還是很硬朗。」

老闆娘因為棟居的謙遜態度終於卸下心防，導引兩人往旅館後面的住屋走去。良吉住在後面的房間，是個面容慈祥的老婆婆，一隻貓正坐在她膝上悠閒地曬太陽。朝南的和室有八張榻榻米大，明亮清潔，由此可見良吉的家人對她照顧有加。

「奶奶，這兩位是東京來的客人。」

老闆娘刻意避開刑警的字眼，這麼做也是顧慮不要驚擾到老婆婆。

老婆婆在這麼好的環境度過幸福的晚年，刑警們突然意識到中山種截然不同的下場，年紀輕輕遠嫁異鄉，老了以後卻從水壩上摔死。相較之下，這兩個血緣相同的人為什麼會有如此不同的命運呢？

「從東京來找我，這可真是不得了啊。」

良吉望著兩人挪正坐姿。刑警們以避免讓老婆婆緊張的問候方式向她致意，並迅速表明來意。

「啊，阿種，這令人懷念的名字我聽過。」

老婆婆的臉上有了反應。

「您認識種女士。」楝居追問道。

「怎會不認識，咱們小時候像姊妹一樣玩在一起，好久沒聽到她的消息了，她還健在吧？」

老婆婆顯然不知道中山種的死訊，她的堂姊妹下場如此悽慘，沒有必要告知她。

「其實我們是想要打聽種女士的事情才過來拜訪您的，您知道種女士為什麼會去群馬嗎？」

「阿種呀，在當時很時髦喔，喜歡新奇事物，千方百計想離開這裡。她不是討厭這裡，只是想去新的地方看看。」

「她和她先生中山作造是怎麼認識的？」

「我也不太清楚，好像是去富山的製藥工廠工作時認識的。」

「中山先生也是在富山的製藥工廠工作嗎？」

「是啊，當時她和外地人交往，她父母氣得把他們倆趕走。」

「把他們趕走？」

「兩人還沒結婚就有了孩子，她父母不准她生下來歷不明的人的孩子，她就這樣挺著大肚子跟男朋友私奔。」

那個孩子就成為靜枝的父母之一。

「他們因為這樣就跑到群馬縣結婚了。」

「她父母剛開始非常生氣，說要斷絕親子關係，可是一聽到孩子已經生下來了，看在孫子可愛的份上就允許兩人結婚了。他們應該在被趕走之後兩年內才遷走戶籍的，這種事對於現在的年輕人沒什麼大不了的，在當年可是轟動一時的大事啊。」

良吉並不知道這個為愛賭一生的女人的悲慘結局。對於為愛放棄一切的堂姊妹，老婆婆乾癟的雙眼中流露出一種羨慕的眼神。

「奶奶剛才說好久沒聽到種女士的消息了，是指她有寫信給您嗎？」

「對呀，阿種有時會突然寫信給我。」

「那是什麼時候的事情？」

「最後一封信是十年前吧？不，二十年前吧？」

良吉的眼神在尋找記憶，長壽的老婆婆對於往事顯得茫然，或許找不到回憶所留下的刻痕吧。

「她都寫些什麼內容？」

「這個嘛，我想大概都是當時的生活瑣事，我現在都忘了。」

「那些信還留著嗎？」

棟居不抱希望地問道，反正都是一、二十年前的往事，或是更早以前的陳年舊信。可是，沒想到良野竟如此回答：「找找看，說不定在抽屜角落還留著幾封，總之我年紀大了，習慣把什麼東西都當作寶物收藏。」

「找找看說不定會有，麻煩您了，請一定要幫我們找找看。」

「那麼舊的信有什麼用？」

「會有很大的用處，我們就是為了這個才來的。」

「那……請等一下。」

良吉說完便把膝上的貓趕下去，以意外輕盈的動作站了起來。她坐著時看起來駝著身體，可是一站起來腰桿幾乎挺直。

「阿新，過來幫我！」

良吉呼喚端坐在老闆娘身後的女服務生，她的眼神充滿了好奇，看來刑警的職業似乎引起了她很大的興趣。

「我，我來找。」

阿新被良吉指名，就好像當場被賦予重任般興高采烈地站了起來。

兩人走進入隔壁房間，好像在四處翻箱倒櫃。不久，良吉拿著一束舊信件走出來。

「真的有耶。」良吉高興地說道。

「有嗎？」

兩位刑警不由得呼吸急促。雖然可能性非常小，不過在中山種寄給故鄉的信中或許會提到有關強尼．海華德或犯人的事情。

「我記得這些信了，我只保存了重要的信件，裡面應該有幾封是阿種的信。現在，我的眼睛完全看不見，字太小沒辦法讀。」

良吉遞過來的信件，每一封的信紙都變黃了，好像觸碰一下就會粉碎的古書。

「我們可以看嗎？」

「可以，可以，請看！」

棟居把良吉找到的信件分一半給橫渡，然後開始搜尋。

「是書信，還是明信片？」

「大部分是明信片。」
「有沒有寫寄件人的名字？」
「阿種的字很容易讀，一看就知道了。」
「大概有幾封？」
「有三、四封吧？以前還有很多，不過都不見了。」
看看信上的日期，都是二、三十年前的信了。
「本來還有我未出嫁時，男人寫給我的『付文』，不過我嫁過來後全部都燒掉了。」良吉的眼神追憶著遙遠的往事。
「奶奶，什麼是『付文』？」阿新問道。
「哎呀，妳這個孩子連『付文』都不知道。」良吉一臉驚訝。
「妳沒收過男孩子寫給妳的信嗎？」
「啊，是情書！現在哪有人這麼麻煩？打電話不是很方便嗎？」
良吉和阿新對話時，棟居和橫渡很仔細地在一張張陳舊的書信中尋找寄件人的名字。兩人手上所剩的信件越來越少。

3

「有了。」

當手邊的信件只剩下幾封時，橫渡突然大叫。

「有了嗎？」

棟居簡直快要失望透頂，聽到橫渡這麼一叫真是喜出望外，他手裡的信原來是一張發黃的舊明信片。

「中山種，蓋著松井田郵局的戳印。」

「日期是什麼時候？」

「昭和二十四年七月十八日，好久以前啊。」

橫渡嘆了一口氣，兩人再看看內容。明信片上的墨水已經褪色，但是女性纖細而圓融的字體清晰可讀，文章內容如下：

久疏問候，身體健康嗎？我已經在這裡定居了，八尾的變化也很大吧？前幾天來了一位很特別的客人，在閒聊中才發現對方也是八尾出身，談到久違的八尾，就這樣，讓我想起了八尾……，所以寫信……

末尾是用當地的方言寫的，結果保存下來的信只有這一封。

「這名來自八尾的客人是誰呀？」

「嗯，沒寫名字。婆婆，種女士在這封信之後有沒有再針對這名客人說了什麼？」

「沒……有，只有這個了。」

「棟居，你想這名客人與案子有沒有關連？」

「只有這樣很難說，不過我倒發現一件事。」

「是什麼？」

「她寫說有特別的客人，聊過之後才知道對方是八尾人吧。」

「嗯！」

「那麼，種婆婆，不，當時還不是婆婆的種女士是因為第一次見到這位客人才覺得特別。」

「這個，光是從文章的前後來看，因為對方來自八尾，所以說是特別的客人吧。」

「或許是，但或許不是如此。可能是第一次見面的瞬間產生了特別的印象，就這樣忠實地寫在信上。」

「第一次見面的印象啊？」

「是啊，因為印象強烈所以就寫在信上。」

「因為那裡是溫泉區，所以會有各種客人吧，在見面的一瞬間覺得很特別的客人是什麼樣的人呢？」

「首先是好久不見的人，會感覺特別吧，可是從信上的內容來看，種女士和這名客人是第一次見面。」

「然後，是什麼樣的客人？」

「很少到霧積的人。」

「身分地位高的人吧？」

「如果是，就不會隨意與溫泉旅館的服務生閒聊了。」

「然後呢？」

「強尼．海華德。」

「你是說，強尼．海華德親自到霧積？」

強尼從未來過日本，當時他應該還沒出生。

他們把到目前為止與強尼有關的「關係者」過濾一遍。

「不，如果是強尼的關係者，也就是外國人來霧積的話怎麼樣？」

「可是，種女士在信上提到是八尾出身的人，有八尾出身的外國人嗎？」

「或許和外國人同行的人是八尾出身的吧？」

橫渡感覺謎樣般的簾幕揭開了一層，他們到目前為止都把強尼的關係者想成單數，不過理論上的單數也毫無根據。

「那麼就是外國人和八尾出身的日本人一起來霧積囉？」

「如果是這樣，種女士就會覺得很特別吧。」

「強尼的關係者中有八尾的人……」

「還不能斷定，這封信不能用這種方式解釋。」

「我認為可以，所以犯人才要把知道自己身分的種女士滅口。」

「那麼說來，將八尾的居民徹查一遍，犯人的身分就會暴露出來了。」

「還沒確定這名特別的客人就是犯人或是關係者，總之這只是二十多年前一張舊明信片上的內容而已。」

橫渡謹慎思考避免流於粗略。

結果，來到八尾只得到一張舊明信片，連能不能指出犯人都還是個疑問。想要追查從八尾到外地的人還真像大海撈針般困難。他們執著地追蹤這條微弱的線索，感覺到這裡就斷了，到目前為止的線索已經斷了好幾次，這段期間又找到新的證據，再去探索新的源頭，儘管斷斷續續的，也好不容易追到這裡來。

不過這一次可是走到盡頭了，被切斷的線索並沒有往新的方向延伸。

「這樣子回東京很難交代。」

「那也沒辦法，這是搜查工作啊！」

橫渡雖是語帶安慰，但是他比棟居更沮喪。

如果搭下午晚一點的列車或夜間列車就趕得回去，但是由於沒有收穫，兩人身心俱疲，沒有心情和體力搭乘長途列車一路顛簸回去。

他們決定當晚住進宮田旅館，下午姑且到八尾警察局露個面，因為派出所的巡查替他們帶路，不去打聲招呼有點失禮，以後還有可能需要麻煩對方。

八尾警察局和區公所正好位於背對背的位置。他們到了警察局，順便爬上城山公園俯瞰整座城鎮風景，這裡有諏訪左近的城寨遺跡。現在已經是秋陽西下的時刻，八尾小鎮盡在夕陽中。低矮並列的民宅飄起一縷縷彷彿晚霧般的細長炊煙，使得小鎮原本柔和的表情更增添一股寧靜。樹林與住宅適切地融為一體，被夕陽染紅的井田川蜿蜒其間，這裡那裡不知是沼澤還是水塘，如浮鏡般閃耀著深紅色的光芒。盯著那些光點，不久就隨著夕陽的移動在滲出的暮色深處褪盡色彩。當發現其中一些光點只是民宅的屋頂時，暮色更深沉了。頭頂上那片即將入冬的北國天空，猶如籠罩著一塊畫著晚秋景色的透明畫布，晚霞像蜂蜜般一點一點地凝縮在西邊的天際，殘留在天空中的幾朵卷雲，像是在深藍色畫布上一筆刷過地染上了粉紅色彩。這是一個無風宜人的傍晚。

往著城山山頂前進，經過一段兩旁有枯萎櫻樹的緩坡石階，石階上鋪滿了凌亂的落葉，緩衝鞋底與石塊間的摩擦。沿著林間小路往上走，不知何處在焚燒落葉，從林間飄來淡淡的煙霧，充滿了一股濃郁的香氣。一對父子手牽著手從石階上方走下，那是一名中年父親與三、四歲的幼兒。擦身而過、回頭一望，孩子的頭上附著一片黃色落葉，不知為何這對父子的背影令人感到孤寂。

棟居覺得那兩人是被妻子與母親拋棄的。

「怎麼啦？」橫渡問道，棟居望著父子背影好一會兒。

「沒，沒事。」

棟居慌忙回頭，站在標示著「二番城山」的高台上，眺望更遼闊的景色。爬上這裡的這段時間，夕陽已經西下，八尾小鎮在濃濃暮色中散發出稀稀落落的民宅燈火。

爬到這裡時，殘陽的餘暉退盡，八尾鎮天色已晚，依稀可見住家的燈光。在這橘黃色的燈光下，悠然自得的人們過著溫暇、安逸的日子。爬到高處，看得到頂著白雪的連綿山峰，那可能就是像屏風似地圍繞著富山平原的立山與白山吧。蒼茫的黃昏似乎為了封住落日的餘暉，從群山那裡如浪潮般地湧了過來。

「這是個令人懷念的小鎮啊。」

「所謂遙想的家鄉就是這種小鎮吧？」

「棟居，你的家鄉在哪裡？」

「東京。」

「我也是在東京出生的。」

「那我們都一樣沒有家鄉。」

「沒錯，可是年輕人卻想脫離這樣的家鄉，就像想逃出母親的懷抱。」

「不出去闖一闖就不知道家鄉的美好。」

「或許離開了也不知道，除非離開後弄得遍體鱗傷。」

「旅館那個叫阿新的女孩，最好還是別把離家想得那麼簡單。」

棟居想起宮田旅館那個圓臉、大眼睛的女服務生。

「差不多也該回到阿新的旅館吧，我覺得好冷，肚子也好餓。」

橫渡抖著身子，好像有點感冒了。

他們搭乘第二天早上從富山出發的列車，在下午五點以前抵達上野。

他們自覺臉上無光，回到搜查總部向那須警部報告並沒有帶回出差的禮物。

「不，這可能就是意外的禮物。」

那須拿著那張寄給大室良吉的舊明信片並安慰他們。只是，這張明信片也改變不了陷入僵局的事實。

13 CHAPTER

第十三章

關鍵性的闖入

1

森戶邦夫雖然順利查出郡恭平前往美國的事實，但是後來的調查卻毫無進展，委託人新見不斷地催促他，即使如此，要潛入他人的車庫，檢查車子可不是一件容易的事。首先，他就不能確定恭平的 GT6 是不是停在郡家的車庫。

可是，新見的催促刻不容緩。

「森戶，像你這樣的角色，倒底是什麼把你絆住了？」

「這可是私闖民宅呀。」

「你又不是現在才知道，這也不是偷東西，萬一被抓到也沒什麼大不了，就說是喝醉酒弄錯地方嘛。」

「被抓的可是我耶。」

「這點小事只要下決心做，早就做好了。」

「我知道啊。」

「知道的話為什麼不趕快做？郡恭平無目的跑去美國絕對有問題。你如果不做，我也可以找別人。」

新見暗示將要切斷他的後援。

「部長，別說得這麼絕嘛，我曾經讓部長失望過嗎？」

「所以，以後也不要讓我失望啊！」

森戶被這樣的情勢逼迫，已經走投無路了，雖然以往做過很多厚顏無恥的生意，不過還沒像小偷一樣潛入別人家中。

然而對他而言新見是大客戶，他的優異業績可說是拜新見所賜。新見以「一張辦公桌，一台碎紙機」的方式採購他的產品，使他的公司蒙受莫大的利益，而這些就會與他的地位及信用緊密地聯繫在一起。無論遇到什麼狀況都不能失去新見這個大客戶，森戶終於下定決心，除了潛入之外也別無他法。

「啊，如果在車庫被捕，總比私闖民宅的罪來得輕吧？」他隨意找了這個理由。

郡陽平的豪宅位於千代田區二番町深處的某個角落，靠近皇居，附近有各國大使館及高級住宅、華廈，該地區在市中心屬於高格調的一流地段。

郡宅雖然在豪宅群聚的某個角落，不過仍然相當引人矚目。

這是陽平經營鐵工廠所賺來的房子，現代化住宅仿造英國中世紀的建築物，採用樑柱浮露在白牆外的露木式（註）設計，斜坡式屋簷強調休閒風，屋脊挑高，給人一種很時髦的感覺。不過，房屋四周的水泥圍牆與覆蓋鋼板的內門戒備森嚴，旁邊設置側門，看來大門只有在正式迎賓時才會打開。車庫安置在建築物的一樓，當車庫的鐵門拉下來時就進不去了，想要進去除了翻牆之外也無計可施。

讓森戶猶豫至今的就是這間車庫的堅固性，不過幸好裡面沒養狗。

他終於在某個深夜付諸行動，考慮到可能會被抓，所以穿著很普通。然而，鬆緊頭套與一身黑衣無法當作誤闖的藉口。

為了拍下證據，森戶準備了照相機與閃光燈，在午夜三點抵達郡邸門前。宅邸的燈光已經全部熄滅，全區處於沉睡狀態中。睡著的不只是人，連遠處的狗吠聲都聽不到，這是一個無月的暗夜。

森戶企圖從白天勘查過的地點進入，他發現水泥圍牆有一處崩落形成的凹陷，正好可以踩上去。

果如所料，凹陷處使他輕易潛入，一踩上去就看到圍牆的另一端，他再次確認裡面的人都在熟睡中，再以懸吊方式翻越圍牆，跑過庭園內的草地，直奔位於一樓角落的車庫。鐵捲門已經拉下，稍微摸一下才發現並未上鎖。森戶在黑暗中竊笑，原來這麼簡單就進去了。他把鐵捲門拉至可容納自己蜷著身體進入的空隙，潛進車庫裡，為了避免燈光外洩，他將鐵捲

註──half-timber：即磚木混合構造，內外牆均用木構架支撐，並在構架之間填充磚、灰泥或泥巴牆等材料。

門再度拉上才開燈。

「有了！」他不經意地叫出聲來，連忙捂住自己的嘴。一輛像是郡陽平專車的大型車旁停放著GT6MK2，它的流線車型可以減低空氣阻力，看來好像還來不及解體。

森戶走到車子正前方開始進行檢查，他還沒仔細檢查，就看見保險桿和散熱器格窗明顯變形。終於逮到對方了，森戶的追查方向是對的。他壓抑著充滿勝利的興奮心情按下快門，閃光燈就好像慶祝勝利的煙火。

谷井新子在睡夢中感覺有動靜便醒了過來，看看枕邊的夜光錶，已經過了凌晨三點。

（這麼晚會有什麼事？）

的確有什麼動靜才會驚醒，新子在黑暗中豎耳傾聽，宅邸中鴉雀無聲，一點聲音也沒有，夫人今晚出門演講，只有主人和小姐在家，而他們也在熟睡中。

（難道我聽錯了？）

新子覺得是自己想太多，正打算繼續睡時，黑暗中傳來喀嚓一聲及東西移動的聲音，然後是接二連三的怪聲，好像是小動物在狹小空間裡來回走動的聲音。

「搞什麼啊？」

新子因緊張而繃緊的情緒放鬆下來，她發現聲音是從家裡飼養的一對條紋松鼠的籠子裡傳出來的，原來是松鼠在玩耍。

「即使如此，三更半夜吵成這樣也真奇怪。」

新子腦海中浮現其他的不安，或許是野貓跑進家裡想抓松鼠，果真如此，得在松鼠未受傷之前把野貓趕出去，因為保護松鼠也是她的工作之一。

新子起床披上睡袍。松鼠籠就放在她的小房間旁那道樓梯後面的三角區域，一樓是餐廳、廚房、起居室、客廳及車庫等，二樓則是這家人的臥室。

新子點亮樓梯間的燈察看籠子，兩隻松鼠從塑膠小屋裡跑出來，在籠子裡四處奔竄。

「哎呀，羅蜜歐、茱麗葉，你們是怎麼啦？」

新子嚇了一跳連忙呼喚松鼠的小名，松鼠似乎顯得極度興奮，在半夜激動跳躍、奔竄，這行為還是她第一次看到，可是四周並沒有野貓或其他威脅物。

「快點進屋裡，晚安，你們不要吵人啦。」新子一指著牠們，羅蜜歐就發出尖銳的叫聲。

「真的發生什麼事了？」

（難道在發情嗎？）在黑暗中，這瞬間的聯想令新子臉紅，不過她又注意到某些動靜，可是這次是從其他方向傳來的，感覺不是「松鼠的動靜」。像是有什麼東西被炸開，不過聽不太清楚，這聲音又連續響了幾次，松鼠顯得更亢奮了。

「到底是什麼?」

新子的視線從松鼠籠移至聲響傳出的方向，好像在浴室隔壁的車庫那邊。

沒想到車庫裡有小偷，她不認為會有人在車庫裡偷車。

新子是個膽大又好奇心旺盛的女孩，因此她才會拜託遠親，一個人來到東京打拼。

不管怎樣，今晚如果不確認清楚她會睡不著，雖然家裡有警衛，但如果把對方吵醒才發現是虛驚一場，那樣會很丟臉。進車庫一定要走出屋外，新子從後門走到庭院再繞到車庫前面，就發現從鐵捲門縫隙中不時傳出剛才的聲響與陣陣閃光，車庫門應該關得好好的，現在微微開啟，而且還從縫隙中迸出一道光，照理說車庫裡並沒有這種光源。

新子躡手躡腳走近車庫，貼近縫隙往裡面看，瞬間感到非常刺眼。新子這時才驚覺這道怪光是照相機的閃光燈，有人潛進車庫拍照。

新子一時忘情地喊叫：「小偷！」

車庫裡的森戶嚇壞了，他以為所有人都在熟睡所以疏於留意，正急著拍下證據時，背後有人這麼一喊可把他嚇得半死。驚慌失措中，他絆倒了腳邊的空汽油桶，發出來的聲響足以把整條街吵醒。這下子讓新子勇氣加倍。

「小偷、強盜、殺人啦！」

森戶被冠上所有罪名，驚嚇過度，更糟糕的是出入口被新子堵住，又沒有其他路可逃。

進退兩難的他只好鑽進車子底下。屋主和小姐聽見新子的叫聲紛紛從二樓下來。警衛握著一把刀跑了過來。

「到底發生什麼事了?」屋主雙眼惺忪地問道。

「車庫裡有小偷!」

「小偷?在車庫裡偷什麼?」

「不知道,可是有人在裡面。」

警衛衝進車庫,一下子就把森戶從車子底下拖出來,以強壯臂膀壓制住他。

這期間,屋主的女兒報了警,附近的麴町警署趕來逮捕了森戶。

2

森戶邦夫以私闖民宅的現行犯被羈押在麴町警署。可是,森戶面對警察的盤問卻說出了奇怪的事。

總之,他強烈申明闖入該住宅的原因是,屋主之子也就是郡陽平的兒子郡恭平涉嫌駕車肇事逃逸，他是為了找出證據而去檢查車子。他還提出犯案現場在東京都內K市的「鳥居前」，推測的犯案時間是九月二十六日凌晨兩點半左右，被害者是小山田文枝等等的具體資料。同時他還附加說明，如果照會曾經搜查過現場的當地警署即可真相大白。

假設這是事實，森戶的行為也絕非正當，不過他所舉發的「肇事逃逸」罪，警方也不能置之不理，姑且先向K市警署詢問。結果確實一如他所陳述的，小山田文枝的丈夫曾經要求當地警方搜查「鳥居前一帶」，不過後來並沒有發現肇事逃逸的犯罪跡象。

森戶的供述並不全然是胡說八道，警方最初懷疑他背後涉及政治恩怨、政治意識犯罪，現在稍稍緩和緊張的氣氛。不過，K市警署完全掌握不到肇事逃逸的證據，總之只有被害者單方面的疑惑，有無肇事逃逸的事實尚未明朗，如果以此斷定郡恭平有罪，進而潛入他家的車庫則是行為過當。森戶在申訴中分析出郡恭平的「外行理論」，也有不合理與跳躍式的思考。

警方並不能因為這個供述而去檢查郡恭平的座車，雖然森戶交出的底片顯示車體確實變形，可是無法得知是否因為撞人所造成的。郡恭平的父親在政壇是前途不可限量的明星，警方無論如何都得顧慮到這一點。

「小山田文枝到現在還下落不明，這就是最重要的證據啦。」雖然森戶提出如此申訴，但是並沒有明確的證據能把失蹤的文枝與郡恭平扯在一起。

或許她是個人因素躲起來了；而郡恭平現在正在國外旅行，恭平的父親並沒有因森戶而受到損失，所以要求警方低調處理。警方考慮了各種情況，最後只是訓誡了森戶一番就釋放了他，而他所拍到的底片則被沒收。

強尼・海華德遇害案的搜查總部就設在麴町警署裡，警方為了調查真相，幾次傳喚郡家的幫傭谷井新子。一般人對於上警局總是猶豫不決，她卻很積極地主動到案說明，彷彿對這件案子很有興趣。

新子在第二次或第三次結束傳喚的回程中，在警察局的走廊上與棟居不期而遇。

「哎呀，刑警先生。」

在微暗的走廊上被打扮時髦的年輕女孩叫住，棟居一時以為對方認錯人，便回頭一看。

「刑警先生，是我呀！真討厭，竟然把人家忘了。」她確實望著棟居笑道。

「啊，是妳！」

棟居好不容易才想起來，她是八尾車站前那家旅館的年輕服務生。

「妳看起來完全不一樣，我還以為我看錯了。」

棟居重新打量對方，濃妝豔抹、頂著一頭高聳如霜淇淋般的奇特髮型，與在八尾時期的自然直髮完全不同，讓她看起來像另一個人。俄羅斯式的女性罩衫，搭配及地的長裙，怎麼看都不像旅館服務生，倒是像大部分藝人的打扮。

「不要這樣盯著人家看嘛，多不好意思。」

她以似乎練習過的動作扭著身體，連腔調也帶有東京味。

「妳叫阿新吧？」

「新子，我的名字是谷井新子。」

「妳是什麼時候來東京的？」

「從你們到八尾之後沒多久，我是投靠遠親跑出來的。」

「那妳為什麼會來這裡？難道……」

「討厭，你不要懷疑人家嘛，我可是來幫警察的喔。不過我不知道你的『公司』在這裡。」

「不，我不是懷疑妳，我以為妳無依無靠所以受警方保護。」

「哪有這種事，我現在住在眾議員郡陽平先生的家裡，應該說是八杉恭子老師家比較響亮，總之這兩人是我的身分保證人。」

「咦？妳在八杉恭子家？」

「叫老師，她是全天下的老師喔，而且是我遠親。」

「妳說妳和八杉恭子……老師是親戚？」

「我是問過我媽才知道的，她是八尾的遠親，所以我算是不請自來。」

「我聽說郡陽平家裡遭人非法闖入，就在妳那裡囉？」

棟居雖然不是負責這件案子，但是在同一警局內所以聽人提過。

「對啊，壞人是我抓到的。」新子的模樣有點驕傲。

「這是功勞一件，而且能在這裡遇到妳也真巧。」

「那位和你一起去八尾、長得很像猴子的刑警先生也在這裡嗎？」

「喂，橫渡先生聽到會生氣的。」

對於新子露骨的說法，棟居苦笑了一下。這段短暫的對話完全聽不出她的鄉音。

「這下子咱們變鄰居了，偶爾來玩嘛！我請你喝咖啡。」

新子隨口說說就蹦蹦跳跳地跑出去了。棟居目送她離去的背影，回到了總部辦公室，卻忽然想到了什麼而愣在現場。

（八杉恭子是谷井新子的遠親。）

新子確實是說「八尾的遠親」，所以八杉恭子就是八尾人了。此外，中山種在昭和二十四年七月與來自八尾的X在霧積見面，若將這兩者連結也太草率了。

八尾出身的人很多，X是在昭和二十四年前往霧積。不過，棟居卻一直把恭子與X連結在一起。強尼・海華德一到日本就住進東京商務旅館，而八杉恭子就在那裡，正確來說，那裡是她丈夫郡陽平後援會的總部。

把這視為是單純的巧合嗎?強尼說不定就是去見八杉恭子，可是強尼的出現對於恭子而言是個困擾，如果中山種知道這件事的話……

棟居的腦海裡不斷地出現各種推測。

「棟居，你杵在那裡想什麼?」

背後突然傳來聲音，是那須警部剛從外面回來。

棟居考慮到這一時的判斷還不到向那須報告的程度，在此之前還是得聽聽橫渡的意見。

橫渡聽到谷井新子寄宿在八杉恭子家果然嚇了一跳。

「所以，你覺得怎樣?強尼到東京商務旅館只是單純的巧合嗎?」

橫渡「嗯」地一聲思考了一陣子，然後表態說：

「怎麼樣?乾脆直接問八杉恭子。」

「直接問八杉?」

「是啊，問問本人有沒有去過霧積啊。」

「可是，就算去過也沒什麼好奇怪的。」

「假設她另有隱情，聽到這個地名難道不會有任何反應嗎?」

「嗯，會這樣嗎?如果恭子是犯人，我想她當然會有某種程度的心理準備。」

「雖然現階段認定恭子是犯人還太早，但是假設她是犯人，殺了中山種是因為對方是唯一知道她去過霧積的人。果真如此，那麼她應該會回答沒去過。」

「你是說她明明去過霧積，或許會裝作沒去過嗎？」

「去過霧積的八尾人應該很少吧，如果八杉與被殺害的老婆婆以某種形式產生連結，那麼她一定會極力撇清自己與霧積的關係，這是必然的心態。」

「那八杉為什麼把谷井新子找來家裡？」

「你的意思是？」

「如果八杉是犯人，隱瞞自己出身於八尾就是動機吧，儘管如此，還讓八尾人住在家裡豈不矛盾？」

「新子不是被八杉找來的，她不是說是自己拜託遠親的嗎？中山種很可能因為與強尼遇害有關所以遭到殺害，老婆婆好像知道關於殺死強尼的犯人的事，殺人滅口就是主要動機，八杉隱瞞八尾的身分或許是怕被人看穿罪行。但是，如果沒人知道犯人與阿種婆婆的關係，對於犯人而言，就算有人知道犯人是八尾人也不奇怪。當然，這個推測是建立在殺死強尼的犯人或關係者是阿種婆婆在霧積見到的X；等於是八杉恭子的假設之上。」

「原來如此，這麼說來，就能明白八杉為什麼並沒有把那個離家、不請自來的遠親女孩趕回去的原因了。」

「現在的狀況是，只有這些資料也不能對八杉怎麼樣，還要挖出更多未知的事情。」

「不管怎樣，直接去問問八杉，看她的反應如何？」

棟居也傾向於橫渡的建議。

「對了，也許旅館不會保留那麼舊的房客登記簿，不過還是再向霧積溫泉旅館問一次，不知X在昭和二十四年七月的住房登記還在不在？」

「八杉是筆名，還是婚前的舊姓？」

「我記得好像在雜誌的隨筆中看過，她好像把舊姓當作筆名。」

「必須確認一下。」

「稍微深入調查一下吧。」

橫渡這麼說也是因為感覺八杉恭子有嫌疑吧，有經驗的刑警不只基於客觀資料，憑直覺也會如獵犬般正確地嗅出犯人的氣味。這就好比臨床經驗豐富的醫師，在使用現代儀器進行精密檢查之前，可以憑患者的臉色、體味、觸診等正確分辨出症狀一樣。

「她與那個闖入她家、姓森戶的業務員也有點牽連。」

「他聲稱郡的兒子駕車肇事逃逸。」

「聽說森戶的供述也不完全是胡說八道，K警署曾經到過現場搜索，被拍下來的車體變形，有明顯的撞擊痕跡。」

「雖然不能視為與強尼被殺有關連，但是或許可以做為攻擊八杉的理由，假設她兒子真的肇事逃逸的話。」

無論如何，儘管目標極其模糊，不過這是他們倆在線索被切斷後所獲得的新目標。

3

八杉恭子真的發怒了，而且打心底後悔把谷井新子弄來家裡。恭子根本忘記還有這種親戚，當新子憑著牽強的遠親關係找上門來時，就應該在門口給她吃閉門羹。

可是，因為長久以來雇用的老傭人常常請假，而新子看起來手腳很靈活，就讓她取代了原來的幫傭，沒想到卻發生這種結果。

「哪有人為這種事還特地跑去警察那裡的？」

恭子把新子叫來，不分青紅皂白地痛罵一頓，可是對方一臉居功自傲的模樣，更令她怒氣沖天。

「可是，太太，是陽子小姐報的警耶！」

新子鼓起雙頰抗議。明明小偷是她抓到的，為什麼把她罵得好像做錯事一樣，這令她大為不滿。

「交給警察就好了，沒有必要再特地跑去警察局。」

「可是，為了調查真相……」

「把歹徒交給警察不就真相大白了嗎？妳只不過是發現他偷偷潛入，對我的工作來說，不管發生什麼事把警察引來就很麻煩。」

「啊，那妳也用不著這麼生氣嘛？」

因為妻子太過於激動，郡陽平介入調解，報警這件事他也有責任。

「你當時也在場，為什麼不阻止她？咱們又沒有東西被偷，再怎麼樣私下和解就好了。」

她把矛頭指向陽平。

「可是那時候不知道對方的目的，先交給警方處理也是理所當然的吧。」

「我們先調查犯人再報警也不遲，犯人不是還跟警方說什麼恭平撞人逃逸的事嗎？即使是造謠，這種謠言傳出去你叫我怎麼辦？你也會受到很大的影響。」

「所以我也很在意呀，恭平的車真的像那個姓森戶的男人說的，有撞擊痕跡。」

「啊，天呀！你居然相信那種人說的話？」

「雖然不信，但總會在意吧，他帶著照相機跟閃光燈，有人這樣私闖民宅嗎？」

「一定是哪家報社或出版社派的，過來偷拍我們的私生活吧，正好車子有凹陷，就把這個當成指責的藉口。」

「這樣也未免太吻合事實了。根據我聽到的，K警署接獲報案，一名叫小山田文枝的女性可能被車撞死而肇事者逃逸，警察也去搜查過一次。」

「那為什麼會和恭平有關？這個叫什麼小山田的，也還不知道是被誰撞的，車子不管撞到什麼都會凹陷啊，警察去把犯人找出來不就得了，他們如果打算把郡陽平和八杉恭子的兒子當成犯人，那可是不得了的大功，他們為了捏造一名犯人，就把我們兒子列入嫌疑犯。」

「可是，森戶的後台好像並沒有媒體，他只是一名單純的業務員。」

「你不要妄下判斷，他一定與哪家媒體有關。首先，業務員為什麼會為了一個姓小山田的人被車撞而做出這些行為？」

「聽說那個男的是小山田丈夫的朋友，他說是受那個丈夫所託。」

「為什麼會和恭平扯上關係？」

「這一點，警察也沒跟我講清楚。」

「你看，就是因為什麼證據都沒有啊，你呀，應該要相信自己的孩子，恭平怎麼可能會做出這種事？」

恭子雖然把新子斥責了一頓，卻把話題越扯越遠了。

14 CHAPTER — 第十四章

巨大的牢籠

1

棟居和橫渡決定直接去找八杉恭子，在證據不足的情況下就把對方視為嫌疑犯並非明智之舉，反而讓嫌疑犯看穿自己手上無證據而有所防備。

不過在目前的時間點，恭子還不算是嫌疑犯，他們只是將她視為摸索方向之一，打算找她當面問問看，由於她是媒體寵兒，也不知何時在家，這種出其不意的會面效果最大。他們鎖定恭子在某民營電視台的晨間節目有固定單元演出，在那裡伺機等候。等她一結束錄影，從攝影棚走出來時，棟居追上前去問道：「請問是八杉恭子女士嗎？」

「是，我是。」

恭子以公眾人物特有的笑容迎向棟居，然而眼睛深處卻在冷靜地觀察。

「我有點事想跟您談談，不會耽誤您太多時間。」棟居以不由分說的語氣提出要求。

「嗯，您是……」

恭子禮貌性的笑容消失了，臉上露出警戒的表情。

「我是警察。」

棟居在她面前晃一下警察證件，其實他很不喜歡這種做法，可是當對方很忙又採取高姿態時，這麼做比較有效。

「喔，警察找我……」恭子的表情不安。

「沒什麼大不了的事，是想請教關於令公子的事。」

如果森戶的供述不全然是胡扯，恭子對於棟居所提的事應該會有反應。因為也沒有其他藉口，只好把森戶供述的事當成「觸媒」，恭子停下了腳步。

「恭平目前在國外。」

她的警戒轉為不解，看不出是演技還是自然反應。

「不，我問夫人您就可以了。」

「我很忙，沒什麼時間，那……十分鐘夠不夠？」

恭子受制於棟居強硬的姿態，把他帶到電視台餐廳的一個角落，那裡好像是自助式餐廳，也是這種會談的最佳場所。

「然後，你有什麼事？」

恭子一坐定就馬上看錶，是為了表示時間有限才故作姿態吧。

「那我就直說了，夫人知道霧積這個地方嗎？」

棟居打算用這個問題帶出所有事情，並仔細觀察對方的表情。

「霧……積……？」

但是恭子的臉上並沒有出現任何變化。

「那是群馬縣的溫泉地，夫人沒去過那裡嗎？」

「沒有，我第一次聽到這個地名，在群馬的哪一帶？」

恭子的神情看不出特別壓抑，可是身為當紅家庭問題評論家，或許她早已習慣這種職業性表情吧。

「從輕井澤前面的橫川進去，就在與長野縣交界的附近。」

「完全沒聽過，那裡怎麼啦？」

「昭和二十四年七月，您沒去過那裡嗎？」

「連地名都是今天第一次聽到，我怎麼可能去過？」恭子露出輕蔑的眼神。

「夫人，您的祖籍確實是富山縣八尾町吧？」棟居稍微改變問題的方向。

「您還真清楚！」

「我忘記在哪篇隨筆裡讀過的。對了，在霧積有個八尾人名叫中山種，夫人您認識這個人嗎？」

「我怎麼會認識。你這是什麼意思？淨說些我沒聽過、沒去過的地方，現在又冒出一個哪裡來的人，跟我無關呀。」

恭子略微激動，說不定這也是她盤算過的表現，如此虛張聲勢比較自然。

「我還有下一個約會，失禮了。」

她明顯地表示不想與對方繼續這種愚蠢的談話，恭子從座位上起身。此刻，棟居一時想不出阻止她的藉口。

「夫人！」一直保持沉默的橫渡突然開口了。

「您聽過〈麥稈帽之詩〉嗎？」

「麥稈帽之詩？」恭子以不解的眼神望著橫渡。

「媽媽，我的那頂帽子怎麼了？啊，在夏天從碓冰前往霧積的路上，掉進溪谷裡的那頂麥稈帽呀！」

橫渡朗誦起西条八十的那首詩。恭子的表情出現了變化，起身的姿勢突然變得僵硬，像是聽到什麼難以置信的事情般，瞪大了眼睛凝視著橫渡。

不過，一下子又立刻擺出經過訓練的職業化表情。

「沒聽過這首詩。」丟下這句話之後，又行個禮說聲「失禮了」就走了。恭子離開後，他們倆茫然了好一會兒，無焦點的視線往她離去的方向游移，不久兩人同時回了神。

「棟居，看到了嗎？」

「看到了。」

他們對望並相互點頭。

「八杉恭子對這首詩有反應。」

「反應相當強烈，八杉確實知道〈麥稈帽之詩〉。」

「明明知道卻說不知道。」

「詩裡出現霧積這個地名，所以她也知道霧積。」

「那她為什麼要隱瞞？」

「很可疑。」

「可疑的還不只這個。起先你說要問她兒子的事，可是她完全沒針對這件事反問你。不是忘了問，而是因為注意力集中在霧積這個真正的主題，沒空思考她兒子的問題。如果是一般母親，警察光是說為了兒子的事情，理當會把注意力集中在兒子身上。」

「經你這麼一說，八杉起身時是在橫兒朗誦那首詩之前吧？」

「刑警為兒子的事前來，做母親的卻什麼都不問就走了，這很反常。」

「可以解釋成想逃離我們。」

「好像急著落跑，不，根本就逃跑了。」

他們拉扯著這些不連貫的線索，感覺好不容易拉近了確實的目標。

但是，他們還沒抓住射中這個目標的箭。

橫渡與棟居在搜查會議上提出了必須把八杉恭子列為調查對象的看法。

「那麼說來，你們認為八杉恭子與被殺害的強尼及老婆婆扯上了關係？」那須瞇著眼睛問道。

「我認為有強烈的嫌疑。」

「假設八杉恭子是犯人，那她的動機為何？」

「我想她殺害中山種，是因為老婆婆知道有關強尼遇害的事。」

「那就是為了封住她的嘴囉，可是為什麼要殺強尼？看來強尼和八杉之間並沒有任何關連……」

「若不針對這一點仔細調查就不知道了，或許隱藏著什麼關係，只是……」棟居說到一半突然中斷了。

「只是什麼？」

「根據中山種寄給大室良吉的明信片內容，種在昭和二十四年七月與八尾出身的X在霧積見面。」

「你是說X就是八杉恭子？」

「還不能斷定，不過會來到霧積這種不太有名的深山溫泉地，本身又來自八尾，可以想見少之又少。」

「所以呢？」

「假設八杉就是X，我想理由就是想要隱瞞她曾經去過霧積的事。」

「為什麼要隱瞞？」

「從中山種的明信片內容來看，她留意到X還有同行者，會不會是想隱瞞這名同行者？」

「這名同行者並不是郡陽平。如果X是八杉恭子，她是不會想讓丈夫知道這個人的。」

「就是這麼回事。」

「可是，有這種為了陳年往事殺死老婆婆的道理嗎？」

「關於這名同行者，中山種雖然還不確定對方是不是同行者，不過她說是非常特別的人，我想會不會是外國人？」

「你是說外國人？可是那跟強尼・海華德有什麼關連？昭和二十四年時，強尼還沒出生呢？」

「解開這個謎的關鍵就在西条八十的這首詩裡。」

棟居慢條斯理地拿出〈麥稈帽之詩〉的影本，所有人的視線都集中在他身上。

2

森戶一被警方釋放，立刻向委託人新見報告。

「看來你還真倒霉。」新見說道。

「我真是窩囊透頂。」森戶搔搔頭，不好意思地說：「警察逼問我受誰之託，做出這種像小偷的行為，不過我沒把部長的名字說出來。」

「啊，就算把我的名字說出來也不會怎樣，警察找小山田問話，聽說他很有技巧地掩飾過去了。」

「我正在拍照時就被逮到了，不過我有找到證據，那輛車子真的留下撞擊的痕跡。」

「但是照片被警方沒收了吧？」

「在我被逮到之前，就想過這卷底片可能會被沒收，所以我把先拍好的另一卷藏在身上。」

「什麼？你有帶底片過來？」

「這就叫歪打正著。我先前在相機裡裝的底片只剩下幾張，很快就用完了，所以我就把它藏好。看來警察也沒料到我會拍兩卷，所以只拔出新裝進相機裡的那一卷。」

「給我看看。」

「我把照片洗好帶來了。」

森戶一臉邀功的表情，拿出數格底片和沖洗放大的六吋照片。

新見一張張仔細觀察。

「怎麼樣？」森戶斟酌新見應該看完了，便問道。

「車身確實有撞凹的痕跡。」

「對吧，這是肇事逃逸的有力證據喔。」

「這可以當成現場證據嗎？」

「怎麼說？」

森戶認為自己好不容易立下大功勞，卻沒有如期獲得大客戶新見的讚賞，感到不服氣。

「車身的凹陷處不見得就是撞人造成的，算不上是不容懷疑的證據。」

「可是，我為了拍這些照片已經盡力了。」

「你做得很好啊，我不會再為難你了。」

新見第一次以慰勞的神情說道，他的表情像是在說「我一定不會虧待你的」，森戶總算覺得當初的冒險並沒有白忙。

在森戶回去以後，新見去找小山田。

「撞你太太的人應該就是郡恭平。」

「那我們趕快報警吧。」小山田精神抖擻地起身。

「行不通的。」新見說明理由：「玩具熊身上的血跡和郡恭平那輛車子的損傷並沒有連結，再說這張照片也是用違法手段取得的，證據力若被否定是不能拿上法庭的。」

「我們都找到這麼可疑的證據，警方為什麼還沒有動作？如果徹底檢查郡恭平的座車，發現文枝的毛髮、血跡，不就是鐵證如山了嗎？」

「事情沒那麼簡單，首先就不能確定有沒有肇事逃逸，那只是我們的看法。沒有確實證據是不能擅自檢查私人的車子，況且郡恭平的父親是政壇有頭有臉的人，警察也很謹慎。」

「有證據，就是那隻玩具熊。」

「但不能證明那隻熊是郡恭平的東西。」

小山田沉默不語。結論就是私人搜查範圍到此為止了嗎？枉費他們做了那麼多，如果沒有新見的協助，不可能追查到這種地步吧，儘管如此，走到了這一步更令人懊惱。

「新見先生，我們已經無計可施了嗎？我也認為撞我太太的犯人就是那個郡恭平，都走到這一步才回頭真是可惜。」

「我也覺得可惜，可是以目前的狀況，我們叫不動警察，連森戶這個秘密武器也不能再用了。」

兩人以萬念俱灰的表情對望，想想看他們的組合也真奇妙。一個是妻子被人偷的被害者、一個是偷人妻的加害者，兩人以共享一個女人的身體為起點，一起追蹤共同的敵人。不過，此刻的他們並不覺得有什麼奇怪，因為他們對殺害自己心愛女人的兇手充滿怨恨，使得他們忘了在一起的原因。

「對了，還有一個辦法。」新見抬起頭說道。

「有嗎？」小山田彷彿抓住浮木般地看著新見。

「直接去找郡恭平談判。」

「找郡恭平？可是他現在在紐約。」

「紐約飛一下就到啦，每天都有班機。」

「可是……」

雖然說坐飛機一下就到了，但是小山田還是感覺有一段相當大的距離。

「他現在在國外，或許這是一個機會。在沒有日本人的地方，如果拿出玩具熊並追問他，說不定輕輕鬆鬆就讓他招認了。」

「你這麼說，我還是沒辦法追到美國去。」

小山田沒有把握自己一個人跑到人生地不熟的國家追查犯人，而且他也沒錢。

「小山田先生如果願意交給我，我去。」

「你？」

「我去過美國好幾趟，在紐約也有熟人，那裡也有我們的分公司。如果把星期六、日算進去，請一、兩天假就行了。」

「新見先生，你是說真的嗎？」

「這種事怎能開玩笑。」

「你對我太太這麼的……」

「我覺得我也有責任。」

雖然他不只是因為責任感，但是那份情感難以向這個丈夫啟口。

「不知道郡恭平什麼時候會回來，與其苦苦等他還不如親自去一趟。既然要去最好趕快過去。一旦他招認之後，說不定可以從車上找到更有力的證據。」

「身為文枝的丈夫，我什麼也不能做啊。」小山田的口氣充滿了自嘲的意味，他覺得自己很窩囊，感嘆自己身為丈夫卻幫不上任何忙。

「你在說什麼？我只是碰巧對那裡比較熟，做好接下任務的準備而已，況且我還有哩程券，如果你現在辦出國手續，也要花兩個星期，這些都要考慮到啊。」新見如此說道，像是要鼓勵小山田的心情。

3

恭平與路子雖然到了紐約，但很快就覺得無聊了。紐約有的東京幾乎都有，比起東京，這裡的街道市容雖然有強烈的對比，但是也和東京一樣有著龐大機械文明發展極致的樣貌。城市機能性、最高級與最低級的落差、人們彼此的不信任、車子、公害、過度密集、虛偽、頹廢，感覺好像把東京的一切通通移植過來。

恭平對於種種「世界第一」很快就厭倦了，連摩天大樓的高度也覺得沒什麼了不起，與藝術、美術無緣，他最感興趣的是時代廣場附近的情趣商店、色情戲院，不過同行的路子卻不喜歡。

一旦習慣了紐約以後，比起到處都是熱鬧場所的東京，鬧區通通集中在曼哈頓的紐約顯得非常狹窄，遊樂場所更是密集而無變化，好像都在同一個地區玩樂。他們如果要找或許會找到有趣的隱密地點，可是人生地不熟實在無法深入探索，最後只能在著名又安全的地方遊玩，再加上語言不通，行動更是受到限制。

「唉……真沒想到紐約這麼無聊。」

郡恭平打著呵欠，在飯店的床上滾來滾去，因為他已經逛膩了第五街和百老匯，一大早無處可去，身上帶的錢還剩很多，兩人關在飯店房間裡做愛也有個限度，連續三天下來已經對彼此生厭。倒也不是真的討厭對方，就好像關在同一間牢房裡的囚犯一樣，感覺對方的臉孔像是發了黴似的。不管做什麼都好，他們渴望新鮮事物，然而紐約這個巨大的水泥叢林看在眼裡就像囚禁他們的監獄。

紐約的格局也太幾何學了，一切都是由直角和銳角所構成，馬路像棋盤般井井有條，貫穿南北的馬路就是林蔭大道，橫貫東西向的道路則是街道，而路名幾乎都是數字。原則上門牌號碼也是以百號遞增，在同一個地區的北側是奇數，南側是偶數，令恭平不得不聯想到這是紐約這座大監獄的牢房號碼和犯人編號。

他開始想念世田谷區、杉並區這些像迷宮般、號碼一弄錯就迷路的地區，他也想念聚集在吉祥寺、新宿咖啡館的朋友們，紐約令他無聊也是因為沒有朋友的緣故。

「所以，我不是跟你說再到其他地方走走嗎？美國這麼大，不然去歐洲也行啊，何必要關在紐約？」路子強忍著呵欠說道，她也是一臉興味索然。

「到哪裡都很無聊，我已經厭倦了那些油膩膩的臉孔和食物，我想回日本。」

「我們不是才出來嗎？現在回去你又會做那種惡夢喔。」

「做惡夢也沒關係，我想回日本。」

恭平一臉再也受不了的模樣，只要一踏出飯店房間，語言就不通了，在學校裡學的隻字片語幾乎派不上用場，他本來對語言就不拿手。因為語言不通，想說什麼也說不出口，每天過得戰戰兢兢，雖然說大都會應該只認有錢人，可是在紐約的情況卻略微不同。

他只要拿出錢，確實是什麼都買得到，可是這就像用自動販賣機買東西一樣，毫無樂趣可言，無法像在東京受到尊榮般的禮遇。即使走進一流俱樂部、餐廳、劇場也顯得畏畏縮縮的，甚至覺得連服務生、女侍都鄙視他為「黃種猴」。

事實上，有色人種的確會受到白人的差別待遇，雖然付的金額相同，不過好位子經常被白人佔走，白人也會獲得優先的服務，而有色人種還不能為此抗議。這種事在東京絕對不會發生，只要服務生稍微犯錯或表現得漫不經心，顧客都可以要求管理者道歉。

不過，連「天下第一的郡陽平和八杉恭子」的名字在紐約也派不上用場。雖然恭平是客人的身分，卻得對服務生表現得很客氣，受到這種壓力的衝擊，他已經到了忍無可忍的地步，只要待在白人的勢力範圍內，這種壓力就很難消除吧。所以，他明白只要不回日本，無論去哪裡都很無聊。

兩人關在飯店房間裡，除了做愛什麼也不能做，但是至少不會有不愉快的感覺，如果連日語也通就好了。

恭平缺乏年輕人特有的強烈好奇心，在他的眼裡什麼東西都一樣，即使接觸優美的藝術或美術，也從未有任何感動。他在物質與精神極端不平衡的環境中成長，他的感受能力早已麻木了。這一點同行的朝枝路子也是大同小異，不過她不像恭平有「天下第一」的雙親庇蔭，所以比恭平多了些耐性。

「不管怎樣，成天無所事事也不是辦法，還是去哪裡走走吧。」

路子提出邀約，兩人躲在不見天日、門窗緊閉的飯店房間裡，路子感覺連內心深處都要生鏽了。

「妳說出去走走，要去哪裡？」

「出去以後再決定嘛。」

「無處可去啊！」

「可是，我不能一整天都待在這種地方。」

「妳過來，我們再睡一會兒。」

「我已經睡夠了！」

「今天早上還沒做呀！」

「我很膩，從昨天到今天早上，我們……我不要！」

「做幾次有什麼關係？」

「我已經沒那個心情了！」

「那妳一個人出去好了。」

「我如果被流氓拉進巷子裡失蹤了也沒關係嗎？」

「唉，好啦！」

經過一番討價還價，兩人好不容易抬起沉重的雙腿，漫無目的地出門逛街。

新見立刻展開行動，每天都有從東京飛往紐約的班機，新見搭上星期五早上十點起飛的日航班機，經由安卡拉治飛往紐約，到安卡拉治需要七個小時，飛機在那裡停留約一個半小時加油與維修，再飛六個小時即抵達紐約。

由於時差是十四個小時，所以飛機在同一天的上午十一點抵達紐約。

森戶已經掌握了恭平的下落，他透過為恭平安排行程的旅行社得知恭平預約的飯店名稱，他立刻打國際電話詢問，查到恭平出國這兩個星期都住在同一家飯店。

新見如此著急的原因在於恭平只要一離開飯店，就很難追查他的行蹤了。如果趁現在展開行動，或許在紐約就可以逮到他，於是新見匆忙搭上飛機。

比起向公司編理由，在妻子面前扯謊還比較麻煩，他絕不能對妻子說出要追查情婦下落的這個原因，還好他平時就很忙碌，所以妻子對於他急著出國也未起疑。不過，他擔心妻子若向公司打聽會露出馬腳，所以佯裝出差收集情報，公司內部也只有極少人知情。

這時候，他的工作性質便發揮了很大的作用。

在飛往紐約的班機上，新見對自己這一陣子異常的執著感到不可思議，無論彼此如何相愛，畢竟是沒有結果的愛情，他也不打算為了她犧牲妻子和家庭，而對方也沒打算拋棄丈夫。對於當事人而言，這是有生以來第一次「真正的戀愛」，可是在這世界上，這份感情除了見不得人與不道德之外什麼也不是。尤其是新見，與小山田文枝的戀情並沒有任何犧牲，他只不過是偷人妻，貪戀對方成熟美味的肉體而已。

至少算是贖罪吧。對於新見來說，這並不是值得欽佩的事，他做事向來精打細算，這次行動與他的作風十分矛盾。

總之，兩人雖然搞外遇，但是彼此只想體驗「成人之愛」，他們只是各取所需，而且對方還是酒店小姐，從事的是出賣色相的行業，當她丈夫將她推下海時，應該已經體認到這一點了。

可是，新見跑到那麼遠的美國去尋找她的下落也非受她丈夫所託。這次遠行對於新見而言，在在充滿了危險，如果被妻子發現他的目的，不僅造成家庭失和，也會失去社長的信任，這次行動無一好處可言。儘管如此，他還是不顧一切地出發了，連他自己也無法解釋。

不過，他認為這次行動最忠於目前的自己，他出生於中上流的家庭，成長的過程一路順遂，現在卻過著自我迷失的生活。他一直都是全家的希望，他也照著父母的期待從一流學府進入一流企業，並獲得上級提拔為優秀專業經理人，大家對他的期待就更大了。

仔細想想，新見到目前為止的人生都是在眾人的期待下奮鬥，而且到目前為止也從未辜負大家，恐怕以後也不會吧。這不是為自己而活的人生，這是為他人所設定的人生，但是不斷地回應某人的期待，邁向菁英之路的終點何在？

他從未如此思考過，他一直堅信這就是自己的人生目的。然而，小山田文枝動搖了這份自信，他無意為文枝殉情，因為這份愛已經讓他背負了太多人生負擔。可是，與文枝在一起的狂喜以及分手後的空虛，卻使得年過四十的他幾乎快發狂。

因為他向來都是為了別人而活，有生以來這是第一次感覺為自己而活，雖然這份感情還在精打細算與明哲保身的範圍之內，不過也有其認真嚴肅的一面。這份感情不會再有第二次了吧，只汲取愛情的甜美也無可厚非。但是如果不一飲而盡，也無法釀出如此的甘甜。

儘管在限有的範圍內，小山田文枝還是讓新見品嚐到戀愛的苦辣酸甜，她是讓新見體會到忠於自我喜悅的女人。這樣的女人突然斷了音訊，他想在自己的能力範圍內找到對方。現在，小山田文枝的熱情與執著似乎也轉移到新見身上。

班機在早上十點半抵達紐約上空，甘乃迪機場看起來很混亂，飛機在空中盤旋了三十分鐘，煙霧掠過機窗，底下的摩天大樓忽隱忽現，這巨大城市的骨架正被機械文明毒素侵蝕而瀕臨死亡。海洋也被污染得發黑，就像在空中鳥瞰東京灣與被煤煙籠罩的京濱工業區似的。

好不容易輪到他的班機降落，雖然等候已久，但是降落的速度倒是很快。

所有的入關手續都在降落地點辦妥，新見也沒有托運行李，一身輕便地抵達機場，在機場大廈前搭上前往市區的計程車。

首先去恭平下榻的飯店確認他們還在不在，然後再決定接下來的作戰計畫。新見的時間不多，這一、兩天內一定要讓恭平俯首認罪。

漫無目的地逛著人聲鼎沸的市中心，恭平回到了飯店，也沒走多遠但就覺得疲倦，一回到飯店也無事可做。

回到房間一看，裡面跟出門時一樣，根本沒打掃。

「混蛋，把我們當傻瓜啊。」

恭平很生氣，可是拿起電話連抱怨也不會，因為一發脾氣，蹩腳的英語更說不出口了。

「咦，好像有留言。」

路子看著床頭櫃上的電話，話機旁的紅燈正在閃爍，那是留言燈，告知櫃檯有留言。這一陣子他們覺得每次外出把鑰匙寄給櫃檯很麻煩，所以都把鑰匙帶在身上，沒什麼機會到櫃檯，留言也就被擱置在那裡吧。

「奇怪了，在紐約應該沒有認識的人呀。」路子感到疑惑，接著說：「大概是催我們結帳吧？」

「不會吧，預付金還剩很多。」
「那是誰來了嗎？」
「我不知道，妳猜得到嗎？」
「不知道，會不會是哪個朋友從東京追來了？」
「妳有跟誰說過我們在這裡嗎？」
「沒有。」
「那就不會有人追來啦。」
「妳去幫我看看。」
「我？不要啦，好恐怖喔。」
「拜託妳不要這樣。妳的英文比我好，而且那些傢伙對女生也比較客氣。」
「真拿你沒辦法，好吧，誰叫你是金主呢？我去看看吧？」

恭平自從來到美國就得了疑心病，因為語言不通，所以盡可能不開口，也避免碰到被迫講稍微複雜對話的機會。用餐、買東西都在自助式咖啡店、超市解決，碰到非得開口說話時就交給路子。其實路子的英語能力跟恭平差不多，不過比手劃腳也可以勉強溝通。在滯留的這段期間膽子也變大了，或許是女人適應環境的能力比較強吧。

可是恭平卻與她完全相反，越來越退縮，這些日子變得連搭計程車也不說目的地。

「我好像是『導盲女』喔！」路子苦笑，卻說得很貼切。

她知道這是恭平的死穴，所以還是由她去確認留言。

（大概弄錯了吧？或者只是飯店告知房客的注意事項吧。）恭平想得很輕鬆，還利用這段時間淋浴。

當他從浴室走出來時，路子正好回來，臉上毫無血色。

「怎麼啦？妳好像見鬼似的。」

恭平嚇了一跳，發現她正微微發抖。

「鬼，有鬼！」

「妳在胡說些什麼？到底發生什麼事？振作一點。」恭平提高了嗓門。

「你看！」

路子把手裡的東西遞給恭平，恭平一看，臉上的表情變得跟路子一樣鐵青。

「這……這個……」

「沒錯，你應該沒忘吧，熊，你的熊！」

那確實是恭平的護身符，在撞到小山田文枝後就不知去向的玩具熊，從孩提時代就沒離過身，絕對不會錯。

「這在哪裡拿到的？」

「在櫃檯的留言處。」
「誰拿來的？」
「不知道，一個小時前有一個日本男人來過，說是要交給你的。」
「確實說要交給我嗎？有沒有弄錯人？」
「你在說什麼啊？這的確是你的熊啊，除了你還會交給誰？」
「這個日本人是個什麼樣的男人？知道他的年齡、特徵嗎？」
「留言處的人好像根本不記得。這家飯店這麼大，不可能記住特定的客人，不僅如此，在美國人眼裡日本人都長得一樣。」
「是誰，為什麼把這個拿來？」
「我不知道啊。」
「路子，怎麼辦？」
「你問我，我也不知道啊。」
「路子，我好怕，一定有誰從日本追到這裡來了。」
恭平完全感受到路子的顫抖，他已經嚇得連站都站不穩。
「恭平，你振作一點，就算有人送熊過來，也不能拿我們怎樣啊。」
「不，絕對是有人惡作劇，一定是目擊者在現場撿到拿來恐嚇我的。」

「恭平，你瘋了嗎？這裡是紐約耶，你想會有人特地飛過太平洋來恐嚇嗎？就算如此，這隻熊也不一定就是在那裡撿到的啊，說不定是在和事件無關的地方撿到的。」

「不，絕對就是在那裡，一定是誰看到了，我完了，怎麼辦？」

恭平已經嚇壞了，他的恐懼猶如追逐者即將轉動門把踏入屋裡似的。

「不管怎樣，不能待在這裡。」

「你說不能待在這裡，那要去哪裡？」

「不管去哪裡都好，我要逃出紐約。」

「真是疑心生暗鬼，等弄清楚是誰送的，再走也不遲啊。」

「到時候就太晚了，妳如果不走我一個人走。」

「你明明哪裡也去不了。」

「拜託啦，陪我一起走，妳不會丟下我不管吧？」

這一次恭平苦苦哀求路子。

「事到如今，我已經跟你同生共死了，跟你到哪裡都行。」路子心有所怨地說道。

他們就像驚弓之鳥，迅速辦理退房。事到如今，恭平還是捨不得丟下玩具熊，當然也擔心留下來會橫生枝節。

他們把行李整理好，到櫃檯退房，出納將房號鍵入電腦，當場就把費用算出來，恭平正在等候預付款結算時，有人從背後輕拍他的肩膀。

那是一名眼神銳利的日本中年男子。

「你急著要去哪裡？」日本人用一種令人震撼的語氣問道，緊盯著恭平和路子的反應。

「你……你是誰？」恭平狼狽不堪地反問。

「我姓新見。」

「我不認識你。」

「我對你的事倒是清楚得很。」

「你到底有什麼事？我很忙，我現在……」恭平剛要說，才想到根本還沒決定目的地。

「你現在打算去哪裡？」新見搶先問道。

「我……我去哪裡關你什麼事。」

「你幹嘛這麼激動？我只不過想跟你說說話。」

「跟陌生人說話是自找麻煩。」

「我說過我很瞭解你的，剛才你拿到了我帶來的土產，那隻玩具熊你還喜歡嗎？」

新見以眼神搜尋他們的行李，看看裡面有沒有那隻熊。

「果然是你，是你拿來的，你到底居心何在？」

「你應該比誰都清楚。」

「你，你……」

「那隻熊是你的吧？」

「不是。」

「我在隔壁房間聽到了一些，牆壁很薄，薄到聽得很清楚喔。你們的談話我也錄下來了，美國的飯店很方便，多給點小費就會給你想要的房間，你隔壁是空房，算你運氣不好。」

「混蛋……」

「郡恭平，不要再掙扎了，證據已經確鑿。」

新見原本平穩的語氣突然變得很嚇人。

15 CHAPTER — 第十五章

無可救藥的動機

1

強尼的父親曾經在日本服役，假使在當地與日本女性相愛並生子，這也不是不可能。大多數的美國大兵都會拋棄日本女人回國，如果生了孩子，就連孩子一起拋棄，這些母親幾乎都是娼妓，而這些被父母拋棄的可憐混血兒，在美軍撤離後往往成為日本的社會問題。

與父親一起回到祖國的孩子算是少數的幸運兒，強尼就是這少數人的其中之一。不知什麼緣故，母親留在日本並沒有一起過來，「一家人」分隔美國與日本兩地。

強尼的父親回國後，把強尼的出生申報暫時擱置一旁，與泰瑞沙結婚後，把他當成夫婦倆的孩子，並偽造出生年月日吧。後來泰瑞沙過世，威爾夏．海華德酗酒成性，自知活不久，才希望強尼（或許強尼從以前就知道自己的親生母親在日本）在他一息尚存之際，到日本找親生母親。

然後，威爾夏就以自己的身體去撞有錢人的車，拿到理賠金再把強尼送去日本。沒想到這份父愛卻成了一場空，強尼在日本被殺害。到底是誰？又為了什麼理由？

肯．薛夫坦想到這裡，產生了更恐怖的想像。

「日本的母親」對於強尼．海華德突然來訪感到高興嗎？從一般的親情來推測當然高興，更何況是從小隨父親回美國、音訊全無的親生兒子，長大成人後回到母親身邊，有哪個母親會不高興的呢？孩子從小就與母親相隔兩地，親生孩子的身影應該一直留在母親的記憶裡、牽動著她的心。她會對孩子說：「回來了真好！」然後緊抱著孩子久久說不出話來吧。

可是，如果母親已經和其他男人結婚，建立了另一個家庭，又會是什麼樣的情況呢？當然與日本丈夫也生了幾個孩子，而丈夫對妻子的「過去」卻毫不知情。丈夫深愛著妻子，孩子們也敬愛母親，生活安定，這是日本和樂的小康家庭。

然後，「黑人兒子」突然造訪，他的確是她歷經生產之痛所生下的孩子，二十多年以前隨著父親回國後就音訊全無，這是她不想忘卻已遺忘的過去。

如果讓丈夫知道這個孩子可就不得了，對她的「日本孩子」也是一大衝擊吧。在和樂融融的家庭裡投下一顆意外的炸彈，那母親驚恐的表情彷彿浮現在肯的眼前，不知如何是好的母親會把親生兒子……

「可是再怎麼為了自保，真有母親會對親生孩子下手嗎？」

這個疑問讓肯停止了推測。

2

搜查會議的氣氛很緊張，棟居提出將八杉恭子列入嫌疑犯的調查，此時確定要收網了。

「在西条八十的那首詩裡，充滿著思念母親的感情。在詩裡回憶年幼時與母親同遊溪谷的往事，藉以思念母親，母子之間的深刻情感扣人心弦。這對母子有沒有可能是八杉恭子和強尼・海華德？」

「你說什麼？」

大家對棟居不按牌理出牌的意見感到愕然。

「也就是說，假設強尼是八杉的私生子。」

「可是，強尼那時候還沒出生吧。」那須代表大家提出疑問。

「強尼的年齡依據護照上的紀錄，也許是強尼的父親偽造出生年月日，或者遲報。」

「那麼說來，四十八歲的恭子在十六歲以前就生下強尼……」

「我覺得八杉對外宣稱的年齡有所隱瞞。」

「那麼，根據推測與八杉同行的外國人……」

「我認為就是強尼的父親，也是八杉當時的丈夫。」

「因為某種原因，所以只有強尼隨父親回美國。」

「是的，然後過了二十多年，他為了見母親來到日本。」

「那時候，八杉一定非常驚訝吧。」

「不只是非常驚訝吧，我認為郡陽平一定不知道妻子有這麼一段過去，如果被他發現，絕對不會原諒她的。天下第一的郡陽平夫人，年輕時與黑人交往，還生下了孩子。她和這個黑人有沒有正式婚姻關係，查查戶籍資料就明白了。這麼一來，她當時的生活方式大致可以想像了。在引起丈夫怒火之前，光是提到當紅的女評論家八杉恭子有一個黑人私生子就是致命一擊。這個媒體寵兒，這下子連關係良好的各方媒體也要群起攻擊吧。」

「八杉恭子真的殺了強尼？」那須的眼神變為銳利。

「我覺得這種可能性相當大。」

「可是，如果一如你所推測的，那就是母親殺了親生兒子。」

「雖然說是親生兒子，可是她對於從小分離又有黑人血統的強尼，真的會有感情嗎？突然有人自稱是她兒子，以八杉恭子來說，恐怕不會產生母子之情吧？還不如說他是來破壞自己的家庭和社會地位的『不祥物』要來得恰當吧？」

「西条八十的詩和『八杉母子』之間有什麼關係？」

「霧積溫泉旅館從戰前就把這首〈麥稈帽之詩〉印在便當的包裝紙和廣告傳單上，當他們一家三口到霧積旅行時，我想這首詩可能觸動了八杉的心，她很喜歡這首詩，所以把詩文翻譯給丈夫及兒子聽，這首詩就一直留在威爾夏心裡，他把這首詩當作是『一家三口』過去值得留念的回憶，等到強尼長大以後再告訴他。強尼把這當作是兒時模糊的記憶，與母親的容貌一起留在霧積，他可能是緊緊懷抱著父親教他的〈麥稈帽之詩〉，當成是母親的紀念品來到日本吧。」

「詩集又是怎麼回事？我記得強尼把西条八十的詩集忘在計程車上。」

「或許是八杉從霧積回來後買給他的，如果真是這樣，這首詩如你所說就是母親的紀念品。」

「拜訪記憶裡的母親，遠從美國來到日本，這是令人感動的故事，但是被他母親所殺，這又太殘酷了。」

「八杉已經生下兩名日本小孩，他們若得知敬愛的母親那段不堪的過去以及私生子的事，打擊一定很大吧，她為了保住現在的地位和家庭，所以殺了一個美國混血兒子。」

大家對於棟居所開啟的意外推理感到黯然而無言以對，這是無可救藥的犯罪行為與動機。

「八杉恭子的情況的確相當怪異，不過這還不是決定性的關鍵。」那須嘆息道。

「『一家三口』造訪霧積的說法，只不過是單純的猜測而已，況且沒有任何證據可以顯示就是八杉恭子。她對〈麥稈帽之詩〉雖然有所反應，但是堅稱不知道霧積是最大的疑點，就算詩中出現霧積這個地名，也不見得記住整首詩，偶爾會出現只記得其中一節或一句的情況。

中山種在寄給大室良吉的明信片中提到的「同鄉」，並不能證明就是八杉恭子。但是，棟居的推理是從X這號人物的立場出發，碰巧組合的推理與零散的資料正好吻合，感覺八杉恭子的嫌疑變得很大，其實這不外乎是搜查總部的主觀認為。

「要不要找出八杉的不在場證明，以及過濾她的過去？」山路觀察那須的表情。

「要嗎？」那須不知怎地猶豫不決。

「可是以目前的情況，即使八杉沒有不在場證明，我們也無可奈何。」

河西插嘴說道。不在場證明之所以成為問題，是因為涉嫌的成分變大。但是，與案子無關的人即使沒有不在場證明也無所謂。警方在收集到足夠的資料後，對嫌犯來說才會產生澄清其嫌疑的舉證責任，如果連證據都還沒找，就把對方視為罪犯（由警方的主觀出發），突然跟對方要不在場證明是說不過去的，就算要調查，也要從旁著手。可是，此時卻在意外的方向出現了新狀況。

棟居一到搜查總部上班，局裡的服務檯就告知有人要找他，會去找警察的人幾乎都與案件有關，尤其是在進行某案件的搜查時，要求見警察的人特別多。不過一大早就來確實很少見，總部或許還沒有人吧。

「是個年輕女孩喔，真不能小看棟居先生耶。」

棟居雖然被服務檯的人調侃，不過自己的心裡並沒有譜。他走進會客室，一看到起身的人就不經意地提高了嗓門：「啊！是妳……」

八尾的谷井新子立刻跟他點頭，吐了吐舌頭。

「這麼早，到底發生什麼事了？妳還被那件案子纏著嗎？」棟居問道。

「對不起，突然來打擾，我……我被炒魷魚了。」

「炒魷魚？」

「太太把我解雇了。」

「被解雇？為什麼？」

「我也不太清楚，不過應該是上次那件事惹她不高興吧。」

「上次那件事又不是妳的錯，妳反而幫警察逮到犯人啊。」

「好像就是因為這樣才犯錯的，隨便找警察說話就是惹她生氣的原因，她說她不能跟警察扯上關係。」

「可是妳家主人當時也在場吧？」

「太太說我沒必要主動向你們說明。」

「就為了這個炒妳魷魚嗎？」

「對呀，我本來一開始就不算是正式員工，是我自己賴著不走，所以不管什麼時候被趕出來都不能抱怨。」

「可是，突然把妳趕出來也很困擾吧，妳有地方可去嗎？」

棟居重新看著新子，她與前些時候的打扮一樣，穿著俄羅斯式罩衫和長裙，不同的是手裡提著兩只行李箱。棟居上次驚訝於她的模樣在短時間內經過都會的洗禮，今天也許事先知道她在職場上受挫，竟覺得她看起來很寒酸。

把這樣的女孩送進舉目無親、繁華喧鬧的東京，無異是將羔羊趕進狼群一般。

「嗯，郡先生好像覺得過意不去，叫我到後援會總部幫忙。」

「郡陽平的後援會，就在新宿的那家旅館……」

「對，對。我住的房間好像也在旅館裡，這樣我也樂得輕鬆。所以今天是來向你道別的，我一旦去了新宿，就不會特地跑到這裡來了。」

「是嗎，妳真有心。太好了，馬上就找到地方了。」

「真的耶，當太太叫我滾出去時，我心想這下該怎麼辦？這種情況又不能回去八尾，我是抱著學不到東西就不回去的決心出來的喔。」

棟居也沒去糾正她的想法，便問道：「妳有這樣的決心很好呀，但是妳到底想學什麼？」

「很多東西啊，首先要增廣見聞，我還年輕，從現在開始還想嘗試很多事。」

「趁年輕多學習是件好事，但是別忘了要好好珍惜自己，因為年輕只有一回。」

棟居邊說邊覺得自己在訓話，所以有點不好意思，因為他突然覺得言下之意好像在問對方是不是處女。

「這種事我知道啦，我會好好珍惜只有一次的東西。」谷井新子答道，她似乎看透了棟居的內心。

在棟居與新子的對話中萌生了一個疑問，八杉恭子把新子趕出去，是為了讓她遠離偵辦強尼案的麴町警署嗎？

從新子口中得知，八杉聽說搜查小組的刑警在八尾認識了新子，所以無法忍受多嘴的新子洩漏更多不必要的事，為了封住她的嘴，把她趕到丈夫在新宿的事務所。

如果可以的話，她會把新子趕回八尾。可是這麼一來，說不定會引起搜查總部的注意，況且報警的人並不是新子，這麼做有點狠心。

（八杉恭子不喜歡谷井新子與搜察總部接觸，如此一來就證明八杉與強尼被殺有什麼不可告人的秘密了。）

「刑警先生，怎麼啦？你的表情突然變得好可怕。」

被新子這麼一說，棟居才回過神來。

「阿新，我有事拜託妳。」

「拜託我，什麼事？」新子天真地問道。

「想麻煩妳幫我調查八杉老師。」

「啊，八杉老師做了什麼壞事？」新子的眼神充滿了好奇。

「不是、不是，不要妄下定論。」

「什麼？不是壞事喔，真無聊。」

「妳希望是壞事？」

「八杉老師是個表裡不一的人。在電視、雜誌上的舉止優雅、頭腦又好，是個賢妻良母的模範，可是我從沒見過像她那樣自私任性的人，她把老公和孩子都丟給傭人照顧，一定連孩子一生下來就不管，在家裡沒做過一頓飯，洗過一件內衣。她還一副全國模範母親的嘴臉，真是天大的笑話。」

「確實很厲害。」

看來新子並不是因為被趕出來懷恨在心，而是從一開始就對恭子沒有好感。這樣的話，要拜託她更容易。

「那麼，你要拜託我什麼事？」新子端詳著棟居問道。

「九月十七日和十月二十二日，八杉恭子……女士，我想請妳調查她這兩天的去處。」
「九月十七日和十月二十二日是怎麼回事？」
「嗯，和某件案子有關。正確時間是九月十七日晚上八、九點，以及十月二十二日早上六點左右。」
「你說的案子，就是你們到八尾調查的那件案子嗎？」
「嗯，算是啦。」棟居無可奈何地點點頭。
「這是在調查她的不在場證明吧？」
新子的眼神再度充滿了好奇；當棟居正不知如何回答時，她說：「好啊，我盡力查查看，我要把八杉恭子那張假面具剝下來。」
「喂喂，妳別搞錯了，八杉女士什麼也……」
「你不必說了，我都知道。九月十九日和十月二十二日發生什麼事，到圖書館調閱舊報紙就知道了，其實也不必這麼麻煩，刑警先生在調查什麼，看公佈欄就知道了。」
新子以下巴指指會客室裡搜查總部辦公室的方向。這個女孩不像外表那樣單純，似乎潛藏著敏銳的觀察力。
「這些就不用多說了，不過我拜託妳的事千萬要保密。」
「沒問題，交給我。我如果這麼做就算背叛主人了，我還能對誰說呢？」

「如果妳能理解，我也不必多講了，要瞞著八杉老師……幫我查一下。」

棟居將一線希望寄託在新子身上。兩天後，新子有了回覆。

「我知道了。」她在電話裡上氣不接下氣地說道。

「啊，妳已經知道了？」

棟居也沒想到這麼快就有回音。

「九月十九日她好像在家，可是沒有明確的證據。」

「在家？」

「因為沒有任何證據。」

「會有這種紀錄嗎？」

「外出時會有明確的紀錄，沒有紀錄的時候就是在家。」

「那十月二十二日呢？」

「這一天有紀錄。」

「啊，有嗎？她去哪裡？」

「前一天正好郡先生在高崎市有演講，太太就一起去了。」

「什麼？妳說高崎市？」棟居忍不住大叫。

「嚇死人了，你幹嘛突然那麼大聲。」

「啊，對不起。那是群馬縣的高崎吧？」

「除了群馬縣，還有哪個地方叫高崎？」

「應該沒有，那紀錄是正確的嗎？」

「正確呀，郡先生的行程表裡有紀錄。」

「是啊，妳現在在郡陽平的事務所裡嗎？」

棟居發現這份情報的重要性，從高崎到橫川的距離只有區區三十公里，中山種死於霧積水壩的前一天，八杉恭子前往三十公里遠的高崎。

「十月二十一日的晚上她是住在高崎還是當天來回？」

「她住在那裡。演講地點在高崎市民會館，下午三點和晚上七點兩場，然後與參加的市民懇談，紀錄上是當晚住在烏川飯店。」

「妳調查得真詳細，謝謝妳。」

「嗯，我對這種事最有興趣了，我可不可以做偵探？」

「就到此為止吧，對妳也比較安全。」

「我其實知道的還不止這些。」新子話中有話。

「妳還知道什麼？」

「同一天，在松井田町的水壩上有一位老婆婆摔死了，她叫中山種。」

「……」

「這位老婆婆和你們在八尾調查的谷井種是同一個人。」

「妳這個人……」

「松井田這種地方離高崎很近嘛！」

「我很清楚妳是個了不起的偵探，可是妳不能再介入了。」

「以後如果還有這種事請儘管吩咐，我很高興能幫上忙。」谷井新子極為興奮地說道。

16 CHAPTER — 第十六章

亡命時刻

1

隨著山腳下的村落越來越近，川村眼看就要錯失良機了，不過，再往前走說不定會有更好的地點，就這樣再三思考，錯失好幾次機會，山路開始下坡，感覺路面漸漸變得寬闊。

「什麼？已經下坡啦，這條路好美，值得珍惜喔。」不知川村安什麼壞心眼的荒井雅代天真地說道。

「既然這樣，我們在這裡休息一下吧。」

川村一邊窺探四周，一邊勸誘她。這裡是一片不太濃密的杉樹林，雖然算不上是理想場所，可是再往下走就會離村落越來越近，沒有下手機會了。把她誘騙出來也費了一番工夫，以後兩人就沒有機會一起爬山了。他們明年就要畢業，川村在一家二流公司找到工作，雅代決定與相親對象交往，一畢業就要結婚。

雅代也不方便讓未婚夫知道這次健行，所以只告訴他是社團活動。川村和雅代都是東京某私立大學的學生，兩人不僅同班，也一起加入「旅行研究社」社團，一起度過了四年時光。

所謂旅行研究並不是什麼專業學問，只是集合了一群熱愛旅遊的學生而已，姑且冠上什麼「大眾觀光時代的旅遊業界新動向」、「旅途中自我醒思」之類的正經藉口，其實多數人都只是想跟女孩子一起旅遊。如果不屬於這個社團的成員，即使身為學生也沒有機會和女孩子同遊；而女孩子本身及周遭人會認為這是社團活動，並不會排斥「與男孩子一起旅行」，父母也因為是「社團活動」而感到安心。

荒井雅代在旅研社算是社花，具有現代感的美貌及勻稱的身材。社員被賦予的任務是一年至少兩次必須參加旅遊，其他由各社員企劃的旅遊則是依個人意願自由參加。

不管是社團主辦的活動或個人旅遊，只要雅代參加，同行的男學生人數就會增加。遇到個人旅遊的情況，還會展開雅代爭奪戰。如果雅代參加，集合地點的車站會有大批男社員跑來送行，她就是這麼受人歡迎。男社員之間也達成一種默契，那就是互相牽制不准搶功。

在這些人當中，川村隨時都可以接近雅代，除了他們同班，還有一個共同點，就是與雅代同班的人只有他一個，所以沒進社團時，平常也是一起上課。雅代在班上也是班花，他們倆因為同屬一個社團，所以川村比其他男同學更接近雅代。

雅代自己大概沒有意識到這一點吧，川村將會善加利用與她的「這兩項共通點」。基於這個原因，社員及同學都承認川村比他們多一份優先權。雖然說這不是雅代對他的特別待遇，不過當川村對雅代做出比其他人親密的舉動時，雅代只有無可奈何地默默接受，這對川村而言是尊貴的優先權。他在學生時代充分享用這份特權，雅代參加的旅遊他幾乎都隨行，而他自己企劃的旅遊也會強迫雅代參加。雖然社員們私下協定不能「獨佔」她，只有川村例外；此外，雅代並不是對川村有特別的感情，而是體會到與川村既是同學又是社員的親近感，所以一同出遊的機會比較多。

「四年的青春」一轉眼就過去了，雅代和川村依舊是好朋友，也等於是沒有男女之情。尤其是當其中一方對對方產生情愫時，對方卻全然漠視，不管是男是女都被視為中性。

對於雅代而言，川村的立場就是如此。顯然她很信任川村，所以才會經常一起出遊，這是因為她沒把川村視為男性。就因為如此，無論去哪裡川村都可以放心跟著去。這四年來也因為是普通朋友，所以連手都沒牽過。如果川村對雅代沒有野心倒也無妨。可是別說沒有野心，他對她可是喜歡得不得了，雖然是偷偷單戀，但比任何人都更瘋狂地愛她。

至於自己連一次都沒有表態的原因，在於兩人是「感情很好的好朋友」。男女之間在一開始若沒把握良機，以後就很難成為男女朋友了。由於是「好朋友」，所以現在更難啟齒，更不能向對方告白。友誼高尚的中性朋友是不能成為充滿情慾的男女朋友。只是，在雅代這樣的女性身邊四年了，卻連她的手都沒牽過……

連川村自己都感到悲慘，看來雅代將川村當成保鏢，因為川村在身邊，所以打消了其他男性追求的念頭，她被捧為「旅研社公主」，盡情享受青春的歡樂而不需要冒任何危險。

現在她已經飽嚐青春的滋味，以女人的身分向新的人生出發。即將成為她丈夫的男人聽說畢業於東大，是一流商社的菁英份子。雅代結婚以後，很快就會把川村這個「年輕時的好友」遺忘了吧。

「總之，我們所扮演的角色就是把雅代完整地送到她未來丈夫的手中，做她的青春保鏢啊！」

當川村他們聽到雅代的訂婚消息時，大家都感到遺憾。

「這完全是一種騙吃騙喝的行為。」

這雖然是暗戀雅代的其中一人所說的氣話，卻巧妙地說中大家的心情。

她以旅研社公主之姿成為社員們的偶像，向大家公平散播她的魅力，然後在畢業的同時，宣稱青春與婚姻是兩回事，迅速轉換人生跑道。圍繞在雅代身邊的男人，無論對她報以多大的熱情，也沒有什麼經濟能力，就算有工作也絕非是滿意的職位，所以還不敢向公主求婚。雅代好像也看清了這一點，公主不能下嫁於初入社會的低薪階級，所以嫁給了東大畢業的菁英份子。可以說是巧妙地區隔了年輕時的同伴與託付終身的伴侶。

「我不准她這麼做！」川村在心中下了這個決定。如果雅代「下嫁」給他的同伴之一，即使嫉妒也會原諒她。可是，他不允許她打算把年輕時的同伴們當成保鏢，然後嫁給菁英份子。只是，她在川村他們以外尋找結婚對象，不就證明了她不承認他們具有身為男人的謀生能力嗎？

大家曾經是共度多愁善感青春的夥伴，她卻毫不留情地拋棄了大家。對於一個只見過一、兩次面的相親對象，只因為對方是菁英份子，就輕易把自己的人生託付給他，以期待穩定的生活，女人的這種如意算盤實在可惡。

（東大畢業的菁英份子也沒什麼了不起，所謂的菁英份子，大多數的人生目標是出人頭地，因而顯得索然無味。貪圖虛榮而對這種男人投懷送抱，這跟高級妓女有什麼兩樣。）

「反正都要賣身，在那之前先給我吧！」

那個男人是個無聊的菁英份子，然而自己竟當起他妻子的保鏢，川村若無其事地約雅代一起去「兩人健行」。

雅代一開始還有些猶豫，但是被川村的說詞動搖，「妳就當作是學生時代的最後紀念，就咱們倆一起去吧！」她對於與川村一起去毫無戒心，這也證明她並沒有把川村當作男性。起先的猶豫是考慮到未婚夫，就算是普通朋友，與別的男人一起健行，若讓有婚約的另一半知道了總是困擾。

不管怎樣，雅代並不知道川村的企圖，也就毫無防備地跟來了。因為兩人以前也曾經單獨一日遊，所以雅代很放心。

川村誘騙雅代的地點在奧多摩的淺間分水嶺，雖然連接著海拔八百公尺的低矮分水嶺，行程很適合女孩子，可是因為交通不方便，所以並不受歡迎。平時幾乎沒人，確實是符合川村目的的絕佳場所。

川村盡情想像在這個山域侵犯雅代的情景，無論她怎麼哭喊都不必擔心有人會來。他很清楚一旦侵犯了她，她絕不會愚蠢地向任何人哭訴，如果她這麼做，自己將會受到傷害。當她明白自己逃不了時，或許連抵抗都沒有，就把這當作是他們倆的秘密，若無其事地嫁人。

在婚姻方面，她是如此精打細算的女人，說不定還很樂意把這當成「青春的秘密」。盡情享受青春然後逃離，如果那麼做，那就會成為珍貴的經驗了。

他挑平日時間過來的山路，一如所料完全沒有人，從這個分水嶺遠眺的景色被評選為最具多摩川特色。要在對面的樹林中，還是這裡的灌木斜坡？雅代不知道川村正在物色作案地點，望著晴朗的風景，天真地連聲歡呼。

可是，獵物已經入網，卻遲遲找不到伸出魔爪的時機。因為對方太天真了，自己卻遲遲下不了手。

邊走邊猶豫，不知不覺已經走到了路的盡頭。

（我不能再猶豫了。）

終於做出最後決定的川村，把雅代帶往下坡路的杉木林中，雖然剛才的地點比這裡更好，可是再往前就更難找到了。

「對面有瀑布的聲音喔，去喝點水吧。」川村誘導她走到樹林深處。

「我不渴呀！」

「用乾淨的水洗洗臉吧。」

「也好，流了好多汗。」雅代毫無戒心地跟在川村後面。

「啊，好清涼、好舒服。」

雅代靠近瀑布彎下腰，瞇起眼睛望著林間的陽光，太陽還高掛天際，不過不久就要變為紅色的夕陽吧。

（現在，就趁現在……）

川村壓制著此刻尚在猶豫不決的心情。

「雅代小姐！」他的叫喚有點輕浮。

「什麼事？」雅代轉過頭來。

「我…我喜歡妳。」

「我也喜歡你呀。」

雅代誤會了川村的「喜歡」。

「我從以前就一直很想要妳。」

「你幹嘛突然說這些？」

雅代笑了出來，那種笑法是沒把他當成對手。

「所以，給我。」

「別開玩笑了。」

「我不是開玩笑。」

川村迅速地站起來。

「川村先生，你當真？」

雅代的笑容消失了，可是還沒有感到害怕，她所信賴的好朋友，突然露出雄性獠牙，她的表情充滿了疑惑。接下來的一瞬間，川村已經撲到雅代身上，用他男性的臂力把女人的身軀壓倒在地。

「求求你，不要！」她感到害怕了。

「妳只要閉嘴沒人知道，給我！」

「不要，你跟禽獸一樣，住手，救命啊！」

雅代抵死不從地大叫。川村遇到意料之外的頑強抵抗，稍稍退縮了。從他們以往的「友好關係」來看，抵抗應該只有在剛開始，他估計對方很快就會屈服，可是他估計錯了。

「不要，求求你，我還要嫁人啊。」

「那又怎樣？妳就答應我一、兩次，也沒什麼大不了吧！」

女孩的抵抗意願被男性的凶暴激發了，她為誰守住貞潔？這與盡量高價出售自己純潔的骯髒手段不一樣。

川村讓對方感到厭惡，那種厭惡感隨著行動而加遽，對方益發不能允許他的蹂躪。男女的纏鬥持續著，只要經過一段時間，體力上的落差便見分曉。現在的差異，對女孩來說已經陷入絕望。

「好痛！」

川村突然發出一聲嚎叫，雅代在死命抵抗中狠狠地咬了他的手臂，留下的齒痕還滲出血。因為實在太痛了，他的臂力放鬆。

雅代沒有放過這個機會，在一瞬間把受驚嚇的男人猛力一推，毫無方向感地順著斜坡跑出去，她也很怕會迷路，不過山並不深，往下走總會遇到民宅吧。雅代在林間亂跑，灌木刺傷了她的身體也沒知覺，前方茂盛的灌木叢有東西在動，黑影留意到她跑過來，啪地一聲四散而去，原來是烏鴉。她一時之間雖然被嚇呆，但立刻注意到後方會有川村追來，她撥開了灌木叢，然而接下來的一瞬間立刻發出慘叫，又回頭往男人追來的方向跑回去。

在東京都西多摩郡檜原村人里附近的山林裡，有一具女性腐屍被一對男女登山客發現，時間是十一月二十三日下午三點左右。

面無血色的男女跑向人里的民宅，附近居民立即與最近的派出所聯絡。派出所員警向五日市町的警察局報告之後，為了保留現場證據，由男性登山客帶路到陳屍現場，同行的女孩因為驚嚇過度，所以留在民宅休息。

屍體被埋在土裡，但是被野狗或野獸挖出來後，又被烏鴉啄食，死狀甚慘。在與本廳取得連繫後，搜查一課的刑警、鑑識人員隨即趕來，經過初步鑑識，將遺體暫且移往五日市警署的停屍間。由於時間已經太晚了，正式的現場檢證調查決定在第二天進行，現場由五日市警員嚴密封鎖。

從死者的隨身手提包中查到了死者的身分，是住在東京都K市宮前町四十八號的小山田文枝（二十六歲），九月二十六日失蹤，警方也有她丈夫提出協尋失蹤人口的紀錄。

警方立即與死者家屬取得聯絡，進行身分確認。死者丈夫面對妻子變形腐敗的遺體，喃喃自語地說：「果然是。」就一直站在現場久久不肯離去。

根據第二天的解剖，認定死者的死亡時間已經過了四十天～六十天，死因是全身受到撞擊、內臟破裂，屍體呈現典型的車禍損傷。這時候，小山田之前的報案就具有重要意味了，他指陳的內容是妻子不知被誰撞倒後，帶去某處藏起來。警方也曾經接受他的指陳，前往被視為案發現場的K市鳥居前搜查。這具女性遺體剛好證實了丈夫的陳述，所以警方重新在發現屍體的現場進行綿密的搜查，但是什麼也沒找到。

搜索範圍擴大了，一名刑警在草叢後面捏起一個東西，他的同僚湊近一看，發現那是一只包覆天鵝絨的小扁盒，撬開生鏽的金屬附件，像香菸盒一般打開盒蓋，盒內貼著柔軟、像擦拭眼鏡用的布。

「這一定是裝什麼東西的盒子。」

「好小喔，到底是裝什麼東西？」

兩名刑警想了老半天還是交給上司，現場只找到這個東西。

上司也不明白這盒子是裝什麼東西，一名刑警盯著盒子看，說可能是隱形眼鏡盒。

「你有戴隱形眼鏡嗎？」上司望著沒戴眼鏡的刑警問道。

「沒有，我的視力很好，不需要戴這麼時髦的東西。不過，我親戚有年輕女孩配戴，我看過她有這種盒子。」

這也不能確定就是犯人留下的東西，不過盒子經日曬雨淋所呈現的陳舊程度似乎與陳屍時間吻合。

從盒面上認得出銷售商是「金龜堂．東京．銀座」，如果這是犯人遺留的東西，就是重要證據，所以刑警立刻拿著盒子前往銀座。

2

「現在罪證確鑿了。」恭平受到新見如此威嚇時，覺得眼前一片模糊，四周的光景都像蒙上一層薄霧般失去了輪廓，只有新見的聲音在耳畔迴響。車子的解體工作對於外行人來說很困難，就這樣一天拖一天最後演變成致命的證據。

已經被追到這裡，再也無路可逃，真沒想到來紐約還會被追到。

（郡陽平與八杉恭子的長男撞死路人，棄屍於山中。）

（在「母子通信」模範家庭裡暗地蔓延的病毒。）

這種報紙標題在腦海中浮現。

不僅毀了自己，連父母的名譽也掃地，對父親的政治生涯會有影響吧。雖然他輕視父母，可是他很清楚如果沒有他們的庇護自己什麼都不會。當失去所有的一切之後，他絕對無法忍受從身無分文展開生活吧。與其說是厭惡貧窮，其實從他出生以來就沒有接觸過貧窮。從他懂事以來就一直生活在富裕的環境中，要什麼有什麼，在與物質有關的範圍裡，他從來沒有慾求不滿的經驗。這一切將會被突如其來的那件事破壞怠盡，他的優渥環境不僅被奪走了，他還要以囚犯之身償還犯下的罪行。他將與世上所有美好、快樂的事物、美食、舒適環境隔絕，囚禁在毫無隱私、黑暗骯髒的監獄裡。光是用想的，背脊上就感到一股涼意。

如果到監獄服刑還算好，由於罪孽深重，說不定會被判死刑。

（死刑。）眼前浮現曾經在電影裡看過的電椅、斷頭臺畫面，這與現實的光景重疊，令他無法區別。

「那，你就跟我走了。」新見以得勝的誇耀口吻說道。

（我豈能受得了被捕。）這種想法從心底湧了上來。

這裡不是日本，是美國。反正追來的只有一個人，我要逃走，在我有生之年都要逃亡。恭平在思考的同時起而行動，轉身就跑，新見雖然不是疏於防備，但是沒想到他會丟下女孩自己跑掉，所以就這樣讓他跑了。

等到新見要採取行動時，恭平已經穿越飯店大廳，跑向玄關出口。出入口有兩層，這是為了調節空氣，避免戶外的空氣直接進入室內，對外的出口是旋轉門，與玄關的隔間有一扇玻璃自動門。

向外跑的恭平只看得見外面的旋轉門，當時正好有幾名客人從外面推著旋轉門走進飯店。恭平的視線全都集中在旋轉門，由於他有深度近視，忘了中間還有一扇透明的自動門，玻璃般的透明隔間經常會造成錯覺。

滿腦子想逃命的恭平，以猛烈的力量撞上自動門，門雖然感應到恭平的靠近而開啟，卻趕不上他的速度。一聲「咚」地悶響，恭平被厚厚的自動門反彈回去，加速度所增加的力量，變成了反作用力，使他受到重重一擊。

受到強烈撞擊的一瞬間，恭平開始感到意識模糊，大廳內的群眾不明所以地將視線集中在他身上，他感覺飯店服務員跑了過來。為此，恭平一度想要站起來，可是突然眼前一黑，這下子真的昏過去了。恭平在最後微弱的意識中，懊惱自己隱形眼鏡掉了沒有及早去配一副新的。

他有深度近視，因為不喜歡戴眼鏡，所以配了隱形眼鏡。但是在某次外出摘下後就弄丟了，就在他打算重配一副的那段期間發生了那樁車禍。如果早點重配，或許就可以避免發生那件慘痛的事故了。

然後，現在受到如此嚴厲的懲罰，真是自做自受。在模糊的視線中被突如其來的追逐者嚇到，撞上透明玻璃門，受到透明空間強烈反彈的恭平，感覺自己好像被世界拒絕一般。

金龜堂是一家位在銀座六丁目的知名眼鏡行，店內商品從專業眼鏡到高級手錶一應俱全。

前來查訪的刑警確認了上述的盒子，那是該店最新款的隱形眼鏡專用盒。刑警在客戶名單中發現了「郡恭平」的名字，這正是被小山田武夫視為撞妻的嫌疑犯，之前就向K市警署提報的名字。

由於K市警署認為小山田推斷嫌疑犯是郡恭平的過程未依程序，證據又不足，所以暫時採取保留態度。搜查總部很重視這吻合性，重新調查郡恭平的下落，確認他去美國的事實。

大約在同時，千代田區二番町的郡邸收到兒子恭平在美國負傷的消息。另一方面，小山田和K市警署也從新見那裡獲報已掌握恭平即是犯人的證據。

17

CHAPTER

第十七章

人性的證明

1

警方已經取得八杉恭子的不在場證明，不過這次不是從八杉口中得知的內幕，而是透過谷井新子協助調查的，她徹底查證十月二十一日八杉在高崎市的活動。

棟居和橫渡二度前往高崎市出差，這裡是他們到霧積時經過的城市。飯店座落在高崎城遺跡南側的高崎公園內，由於位在烏川畔，可遠眺上信越山脈的風景。

他們來到這裡發現一件很奇妙的事，他們以為像八杉恭子這麼有名的公眾人物來訪，飯店員工應該都有深刻的印象，可是意外的是，幾乎沒有人記得。

刑警們反而還被詢問八杉恭子是否真的來過？好不容易有一名負責打掃恭子住宿樓層的女服務生出現了合理的反應，說道：

「啊，那個人果然是八杉恭子。」

「妳負責打掃她的房間嗎？」

「是，我肯定那是八杉恭子，我還請她簽名，結果她說我弄錯人了，然後就急著逃開了。雖然髮型和戴著太陽眼鏡的樣子看起來不太像，不過她確實就是八杉恭子。真想不通她為什麼要那樣『變裝』隱瞞身分？」

「住宿登記簿上沒有寫八杉恭子的名字嗎？」

「當時登記是以郡參議員的名字為代表，只註明隨行者有幾位，不會一個個詢問名字。」

「那麼，幾乎沒人知道八杉恭子有來過了？」

「我跟她要簽名時，因為她態度非常冷淡，所以我還以為自己真的認錯人呢。」

「那麼，八杉恭子到底為什麼跟她丈夫一起來？」

兩位刑警對看一眼。她隨著丈夫到地方上發表演講，難道不是以「八杉恭子」的名氣來聲援丈夫嗎？她埋名隱姓，也不知道為了什麼目的過來。不但飯店沒有人知道八杉恭子來訪，連高崎市內也幾乎無人知曉，當然她就不會為了丈夫出席演講了。

郡陽平是受到當地的邀請前來演講的，聽說主辦單位與之會面時，並沒有預定八杉恭子會來，對於她突然現身也嚇了一跳。不過八杉說是以妻子的私人身分前來，並不會出席演講會，就連主辦單位都有人不知道她來過了。

「以妻子的私人身分啊……」

橫渡失望地摸摸下巴。像八杉這樣受歡迎的人隨著丈夫前來，卻相當低調而幾乎不露面，這裡不像東京人人都知道八杉恭子是郡陽平的妻子，所以很容易隱瞞身分。

結果，八杉恭子雖然來過高崎，但是在這裡的活動完全不明朗。也就是說，無法證明她是否去過霧積。她來過高崎只不過是谷井新子查到的事務所內部紀錄，在高崎幾乎沒有留下足跡。

警方也徹底調查過八杉的經歷。昭和二年出生於八尾町老家，小學成績優異，由於老師的推薦，經過父母的同意，畢業後寄宿在東京的親戚家，進入聖・菲立斯（當時稱為『聖信』）大學附屬女子學院就讀。

由於當時戰火猛烈，所以恭子暫時回鄉。戰爭結束後，再度上東京復學。不過，直到昭和二十四年回鄉為止，她並沒有回聖・菲立斯女子學院繼續唸書，只告訴娘家找到工作了，但是並沒有具體說是什麼工作，因為恭子的父母皆已過世了，娘家只有一個弟弟，所以不清楚實際情況，看來父母似乎很信任恭子。在當時的混亂局勢中，一名年輕女子隻身前往遭戰火蹂躪的東京應該非常危險，不過光憑日後她能成為媒體寵兒，僅靠虛張聲勢就可以出人頭地，應該具有相當的膽識才能成就這種特質吧。

後來，在昭和二十六年六月嫁給了郡陽平直到現在。如果她與威爾夏有關連，就是在戰後再度上東京到回鄉為止的這四年，不過完全沒有這方面的資料。

她與郡陽平結婚後幾乎沒有回娘家，父母過世後也與娘家沒有往來。

刑警在高崎的搜證工作結束後，把兩件有趣的情報帶回搜查總部。

一件是在奧多摩山區發現的女性腐屍與隱形眼鏡盒；另一件則是郡恭平在紐約被逮到，供稱撞死小山田文枝並棄屍。

關於郡恭平的部分，與一名業務員森戶私闖他父親的宅邸，被谷井新子抓到時所陳述的事情一樣。如果情報屬實，那就證實了森戶的陳述。

因此，如果可以斷定隱形眼鏡盒是郡恭平的話，他就脫不了罪。

「八杉恭子很震驚吧？」

「不管怎樣，那個替她揚名立萬的模範兒子，竟成了罪大極惡的肇事逃犯。」

「八杉這下也完蛋了吧？」

搜查總部的刑警們竊竊私語。

「八杉已經完蛋了這種話，別說得好像事不關己，強尼・海華德與中山種凶殺案她涉有重嫌，說不定她就是兇手。可是現在的狀態也不能拘捕她，我們務必要親手逮捕八杉恭子。敗家子的不檢點行為豈會扳倒她呢。」棟居大聲斥責，平時面無表情的他難得流露情感。

「強尼的胸口被捅一刀，但他還拖著瀕死的身軀爬到皇家大飯店的頂樓餐廳，那是什麼樣的心情啊？我這一陣子一直感到很難過。」棟居繼續說：「在強尼還不懂得人情世故時，被父母帶去霧積旅行，讓他留下難忘的回憶，這大概是他一生中最珍貴、最美好的回憶吧。短暫而悲慘的一生中，對母親的回憶就像寶石般。印在霧積旅館包裝紙上的〈麥稈帽之詩〉，母親以輕柔的聲音翻譯給他聽吧。不，那時強尼可能已經會講日語了。麥稈帽和霧積就像母親的身影一樣，一直留在強尼的心裡吧。強尼想要見母親，就算只看一眼也要見到她。他想去找那個溫柔的日本母親，那個在他小時候牽著他，走過綠意盎然的霧積溪谷的母親。這份思念隨著成長而膨脹到難以壓抑。與父親一起回美國的強尼，不難想像往後的生活有多麼殘酷，越是殘酷，對母親的思念越是厲害。終於，強尼忍不住這份思念，存錢來到日本。父親用生命替他補齊不足的旅費，只為了讓他見母親一面。可是等待著他的，卻是母親為了自保的無情拒絕。

被親生母親插入胸膛的刀子，這是他千里迢迢到日本尋母所得到的結果嗎？強尼不知在多麼絕望的心情下挨了這一刀？在他模糊的意識中，看到皇家大飯店的摩天餐廳映照出美麗光影編織而成的麥稈帽。在那裡，或許母親真的在等他，受到模糊意識的影響，他拼命追逐麥稈帽，母親的身影在他眼前已經動搖了吧。身受重傷還能勉強走到摩天餐廳，正充分顯示他對母親的深深思念。

「為了自保的八杉恭子像殺死一隻蟲子般把他殺了，親手殺死自己懷胎十月的孩子。我恨那個女人，她不是人，是戴著母親面具的禽獸，那個女人沒有人性。」

棟居壓抑著內心翻騰的情緒，彷彿喃喃自語般地說著。

在棟居眼前，那段遙遠的回憶又甦醒了。一群美國大兵正在圍毆他父親，痛毆、踢踹，甚至還吐口水，父親毫無抵抗，任由對方賤踏，四周雖然擠滿了大批日本民眾，卻沒有人肯救他。

「救命呀，誰來救救我爸爸！」

年幼的楝居拼命求救，群眾只是退縮，卻又站在那裡明顯地表現出隔岸觀火的好奇心，等著看好戲。

只要不危及自己，這麼有趣的好戲上哪去找。美軍因為父親阻撓了他們侵犯年輕女孩，便將所有怒氣發洩在父親身上，這群血氣方剛的禽獸在逞獸慾之前被父親打斷，於是將無處發洩的凶殘力量施加在父親身上，這時候如果去救他一定會遭受波及。

美軍本來就屬於戰勝國的，這支「神的軍隊」比日本天皇的地位還高，誰也不能出手。父親在下班後買給楝居的饅頭散落一地，這些饅頭被美軍的軍靴像踩馬糞一樣踐踏，而父親的眼鏡也被踩碎。在美軍的施暴下，父親像一塊破布般蜷縮著不動，其實已經動不了了。

在這群美國大兵中，有一個格外明顯、長得像紅鬼般的大個子，手臂上還有一塊燒傷的疤痕，大概是在戰場上受的傷，裂開的傷口呈現新鮮的血紅色。乍看之下像是女人的陰部般裂著，還長出了金色毛髮。那個大兵用那隻手拉下褲子拉鍊，開始向父親撒尿，其他美軍也有樣學樣，美軍們一邊朝父親撒尿，一邊大笑，父親因為當時的傷勢過重不就便過世了。

這一幕深深烙印在楝居幼小的心靈中，他發誓要報仇，不只是當時圍觀的所有民眾，使父親遭遇這樣下場的社會，都是他一生的仇敵。為了報仇，他成為刑警。那時候的仇敵，現在全部化成八杉恭子一個人。如果母親當時還在的話，父親和自己就不必忍受那樣的侮辱，父親也就不會死了，這都是因為母親拋棄了父親和他所致。

八杉恭子也是為了自保而殺死自己的兒子，不只是拋棄，還殺了千里迢迢越洋而來的親生兒子，這個母親竟以這種殘忍的方式拒絕了兒子。

棟居現在對於恭子的感覺就像當年拋棄父親和自己的那個母親一樣。這時候，他沉睡已久的記憶被喚醒，塵封的記憶出現裂口，在媒體寵兒八杉恭子那張大眾熟悉的臉孔下，只有棟居想起了她的真面目。

（對了，就是那個女人。）

棟居一時茫然，腦海中突然浮現那張似曾相識的舊面孔。

在二十多年以前，父親挺身搭救的那名年輕女子，她的臉如今就隱藏在八杉恭子那張美麗而受歡迎的臉孔下，現在的八杉恭子已然成熟、才色兼備，也具有一定的社會地位，當年那個差點落入美國大兵魔爪的寒酸女孩模樣已經消失了。然而，卸下歲月改變的容貌、成熟韻味與媒體名人的妝扮後，絕對不會錯的，她就是當年顧著逃命卻把父親當作代罪羔羊的那個年輕女孩。

棟居在東京商務旅館第一次與八杉恭子擦身而過時，激起了他遙遠的記憶，但是由媒體塑造出來的虛榮假象，可說是阻礙他記憶重現的原因。如果不是在無意中、在那個時刻、那個場所相遇的話，父親就不會死了。因為恭子，棟居失去了父親，恭子丟下捨身救己的父親逃走了，她是不是也一樣拋棄了強尼·海華德呢？棟居的內心在沸騰，他絕對不會原諒她。

（她有沒有人性啊？連低等動物都有的母性她都沒有嗎？我想確認看看。）

棟居抬起頭說：

「要不要賭一賭她的內心是否還有人性？」

「賭她的人性？」那須看著他。

「八杉恭子的內心若還有人性，我想逼她招供。」

「你打算怎麼做？」

「把麥稈帽扔給她試試看。」

「麥稈帽？」

「照這樣下去無法打開局面，怎樣也掌握不到關鍵性的證據，我想訴求她的人性，逼她招認。」

「……」

「課長，可以讓我試試看嗎？」棟居直視著那須的眼睛。

「你的勝算有多少？」

「不知道，所以我才說賭一賭。」

「辦案可不能當成賭博。」

「我也是從小被母親遺棄的，我痛恨拋棄我的母親，可是在憎恨的深處卻還有相信母親的心，不，是想相信母親。在八杉恭子的內心一定還有母親的本性。我就是想賭一賭，如果是為人母一定會自己招認。我要用與自己母親對決的心情，來跟八杉恭子賭賭看。」

「……」

「課長，讓我試試看吧！」

「好吧！」那須深深地點點頭，「就照你的意思去做吧。」

2

八杉恭子在第一時間收到恭平受傷的消息感到非常驚訝，於是打國際電話詢問，得知恭平的傷勢並不嚴重，在接受醫院治療之後很快就會回國。可是，接下來警方的聯絡卻帶給郡氏夫婦莫大的衝擊，據說在奧多摩山中發現的女性腐屍，恭平涉有重嫌，疑似將對方撞死之後予以掩埋。

警方重新徹底調查恭平的座車，並根據警方的說法，恭平在紐約已經坦承罪行。郡氏夫婦想要直接詢問恭平本人，但是他已經在回國的路上所以聯絡不上。

不巧的是，恭子此時又被麴町的搜查總部傳喚，接待她的警察雖然恭謙有禮，不過感覺似乎另有意圖，她覺得自己不是以單純的參考證人身分被傳喚的。

「今天麻煩您了。」

前一陣子到電視台拜訪她的刑警姓棟居，一臉精悍地直視著她。牆壁靠著一張小茶几，那裡坐著一名比棟居稍微年長、目光凶惡的刑警。從正面的角度看過去，長得有點像猴子，他是上次那名隨行的刑警。

「恭平很快就回來了，我什麼都不知道，我想一定是什麼地方弄錯了，恭平絕對不會做那種事……」

「夫人，今天請妳來不是因為那件事，令郎的案子不是我們負責的。」

可是她確定前些日子他們過來拜訪時，確實是要打聽恭平的事。

「那麼，是什麼事？」

棟居以一種「妳不可能不知道」的眼神凝視著她，並觀察她的表情。她過來時應該有看到搜查總部的大佈告欄。

「是關於九月十九日在皇家大飯店，一名美國黑人遇害案。正確來說，是在清水谷公園被殺後，跑到飯店的摩天餐廳才斷氣的。」
「這個案子跟我有什麼關係？」恭子的表情充滿了不解。
「夫人對於這個案子沒有什麼想法嗎？」
「我對這件案子怎麼會有想法？」
「我們相信夫人心裡一定有想法。」
「喲，做警察的，就是可以信口開河、隨便找碴呀！」恭子的臉頰微紅。
「我老實說好了，我們認為被殺的黑人就是夫人的兒子。」
八杉恭子瞬間屏息。
「夫人，您在戰後大約三、四年之間與一名叫做威爾夏．海華德的美國黑人士兵是夫妻，或是相當於夫妻的關係吧？」
棟居滔滔不絕地說道。恭子突然身體向前傾，嘴角發出按捺不住的喘氣聲，棟居原本以為第一棒已經給予她徹底的打擊，使她的情緒即將崩潰，沒想到她抬起臉，原來是在壓抑笑聲，彎著身體憋住笑。
「警察……為什麼會做出這種毫無道理的聯想呢？還問我有沒有和黑人結婚，生下黑人兒子，啊，真嚇人，你們到底是怎麼想出來的？不管是誰聽到這種事都會捧腹大笑的，哈，真好笑！」

恭子一如她所言，捧著肚子大笑，笑得太厲害，以至於眼角泛淚。笑了一陣子之後，她的表情一改為嚴厲，很不客氣地說：「我要走了，我可沒閒工夫陪你們聊這麼可笑的事。」

「昭和二十四年七月，妳和威爾夏・海華德及強尼三人到了霧積吧？」

「這件事我上次不就明白告訴過你我不知道嗎？我現在雖然在笑，其實我很生氣，你說我嫁給黑人，又說跟他生下孩子，這對我是莫大的污辱。我有丈夫、有孩子，丈夫和我都有社會地位，你到底憑什麼說出這麼嚴重的話？」

「霧積的溫泉旅館當時有一個人叫中山種，妳認識嗎？」

「我怎麼會知道，我又沒去過霧積。」

「妳應該認識，中山種和妳是同鄉，都是八尾出身。」

「八尾出身的人可多咧。」

「種女士還寄了一封信給妳算是遠親的大室良吉女士。」

棟居發出第二張牌，雖然不是那麼有威力，可是透過對方的反應或許可以發揮致命的效果。

「你是說信上有提到我嗎？」恭子的表情略微改變。

「我們認為就是在說妳。」

「那是怎麼回事？我聽得一頭霧水。」

「反正就是妳和威爾夏．海華德及強尼到霧積的事。」
「給我看看那封信。」
他料到這是必然的要求，所以決定故弄玄虛。如果讓她看，會被她發現警方薄弱的線索。
「現在不在這裡。」棟居為難地找藉口。
「為什麼？這麼重要的證據不在這裡不是很奇怪嗎？」
「……」
「從一開始就沒有這封信對不對？還是，信上根本沒有提到我的事？」
恭子以示威的態度逼問無言以對的棟居，她在輕易躲過棟居使出的招數時，好像也看穿了警方手上證據的薄弱。
「你們這些警察真是隨意中傷人耶，用這種捏造的事情來傷害我的名譽，你們以為我會善罷干休嗎？我會跟我先生商量，再來決定要如何對付你們。失禮了！」恭子語畢便迅速起身。
「夫人，請等一下。」
棟居一改剛才說話的語氣，恭子轉向他，一臉「你還有什麼可說」的表情。
「夫人，您聽過〈麥稈帽之詩〉吧？」

「麥稈帽？我記得你上次也提過這件事。我沒聽過這首詩，我不是討厭詩，是不想讓警察嫁禍給我。」

「妳，應該知道這首詩的。」

「你是不是有毛病呀？我已經說我不知道了。」

「記得小時候的夏天，孩子跟著母親到霧積玩耍。母親牽著孩子的手，沿著溪邊小路而行，突然一陣強風吹來，吹走了孩子頭上的麥稈帽，帽子被吹落到溪谷中。孩子把對母親的思念寄託在這首詩裡，這首詩的重點就是親子三人同遊霧積的回憶。

這大概是一生中唯一一次的親子之旅吧。溪谷綠意盎然，年輕的母親溫柔又美麗，當時的回憶就留在孩子的心裡，在孩子往後悲慘的人生中，那就像一顆寶石般璀璨的回憶。父親也同行，一家人就在這次旅行之後分散了。這次旅行說不定就是這家人在別離前的最後回憶。」

「請別說了，這些事與我無關。」

恭子雖然這麼說，但是並無意離去，她好像為了抵抗某種意識被綁在現場。

「一家人就在這次旅行之後分散了，兒子被父親帶回美國，母親則留在日本，我不知道是什麼原因。但是，對於孩子來說，霧積之旅的回憶就像是對母親的思念般深刻，西条八十那首描述霧積回憶的〈麥稈帽之詩〉，令孩子留下了深刻的印象。當時那位母親八成也把這首詩唸給孩子聽。

被父親帶回美國的孩子，難以忍受對母親的思念來到了日本。父親為了孩子，以自己年邁多病的身體撞車，用賠償金籌措旅費。或許父親的死讓孩子對母親的思念更如決堤之水，父親也將希望寄託在孩子身上，要他見見昔日的『日本妻子』吧。以霧積的綠意為背景的母親容顏，在孩子的眼前晃動。生活在備受歧視的底層社會中，唯有母親是孩子的救星。痛苦的時候、悲傷的時候，母親的容顏一直溫柔地拯救著孩子吧？」

八杉恭子不發一語，雖然面無表情，但是肩膀卻微微地顫抖。

「孩子抱著即使看一眼也好的心態去見母親，他再三回味像寶石般的霧積回憶，也許他知道母親已經再婚，成立了另一個家庭，不過他並不打算擾亂母親的生活，只要能夠見她一面就好，親情不就是這麼回事嗎？從這一點來看，至親骨肉的血緣關係與男女的情慾關係基本上就不同。

但是這個孩子卻被母親徹底拒絕了。母親事業成功、享有社會地位與名聲，還有穩定的家庭生活與孩子，這一切將會因早已被遺忘卻突然出現的黑人私生子破壞殆盡，母親為了自保必須犧牲一個孩子。可是，孩子帶著父親以生命換得的旅費來到遙遠的日本，只為了見母親一面，卻遭到母親致命的拒絕，他會是什麼樣的心情？唯一的一顆寶石粉碎，絕望的眼神裡看到的是麥稈帽，浮現在夜空中被華麗照明編織而成的麥稈帽。

他雖然受到了母親致命的拒絕，卻依然相信母親；我的母親在那裡，溫柔地迎接著自己的母親一定還在那裡，他舉步蹣跚地走著，身後留下了血跡。那是被母親刺中的傷口中滴落的血跡。夫人，您記得這首詩吧？」

他留意到恭子突然被嚇得屏息。

「這頂帽子是強尼的母親在他小時候買給他的，大概是霧積的紀念品，在回程的某處買的吧，他把這頂帽子視為日本母親的身影，珍貴地保存了二十幾年。妳看看這陳舊的樣子，這陳舊感正訴說著強尼對母親的強烈思念。妳摸摸看，摸一下就會像灰塵般散落。這麼舊的麥稈帽，對強尼可是無可取代的寶物喔。」

棟居把帽子遞給恭子時，恭子像是逃避般嚇得退縮。

「如果妳還有人性，不，是任何動物都有的母性，聽到這首〈麥稈帽之詩〉不會沒感覺吧？」

棟居捧著帽子，直盯著對方的臉孔。恭子的嘴唇在顫抖，臉色更加蒼白了。

「媽媽，我的那頂帽子怎麼了？」棟居開始背誦那首他已記熟的詩。

「不要說了。」恭子微弱地低語，看得出來她的身體虛弱地搖晃著。棟居還是繼續唸下去。

「啊，在夏天從碓冰前往霧積的路上，掉進溪谷裡的那頂麥稈帽呀！」

「求求你，不要說了！」

坐在椅子上的八杉恭子掩面崩潰了。棟居好像要給予最後一擊般，以虐待的心態拿出了《西条八十詩集》。

「八杉夫人，妳記得這本詩集吧？強尼將它連同麥稈帽一起帶來日本，也可以說是他的遺物，這是妳買給他的吧？接下來的部分妳自己讀讀看，這難道不是一首好詩嗎？只要是有血有肉的人類、有孩子的父母，任誰都會感動。妳不讀嗎？如果讀不下去的話，我替妳讀吧！」

棟居在八杉恭子面前翻開了詩集的某一頁。

「媽媽，那是我好喜歡的帽子唷！

我那時候好懊惱喔，因為，一陣風突然吹過來。

媽媽，那時候有一位年輕的賣藥郎走過來，

穿著深藍色的綁腿，戴著手套。

他想替我撿帽子，卻不小心跌斷了骨頭。」

八杉恭子的肩膀劇烈地顫抖著。棟居繼續唸著：

「但是最後還是沒撿到。

因為掉進好深的溪谷裡，那裡的草長得比人還高。

媽媽，那頂帽子到底怎麼了？

那時候路旁盛開的野百合花，

早就枯萎了吧？

然後，在秋天，灰霧籠罩的山丘，

在那頂帽子下，也許每天晚上都有蟋蟀在鳴叫著。

媽媽，一定在此時此刻，

約莫在今晚，在那個溪谷裡，已經靜靜地降下了白雪。

以前，閃閃發光的、那頂義大利麥稈帽，

和我寫在帽子裡的Y．S，一起埋進了雪裡，靜靜地、寂寞地……」

棟居讀完後，現場一片寂靜。位於市中心搜查總部的某間辦公室，宛如被海底的靜謐包圍著，城市遠處的嘈雜聲彷彿飄盪到另一個世界裡。

「嗚…嗚」八杉恭子發出嗚咽聲。

「強尼．海華德就是妳的兒子吧。」棟居打破一時沉默向恭子確認道。

「我…我…我從來就沒忘過那孩子。」八杉恭子趴在桌上放聲大哭。

「他是妳殺死的吧？」棟居毫不鬆懈地追擊，恭子一邊抽噎一邊點頭。

「殺死中山種女士的也是妳吧？」

「我是不得已的。」

最後的對話停止了，恭子終於崩潰了。搜查總部在缺乏關鍵性證據的情況下，靠著嫌犯的人性贏得這場賭局。

3

新見從紐約帶回郡恭平和朝枝路子，並將他們交給警方，隨後就去找小山田。文枝的屍體已經確認是在奧多摩山區被發現的。

「她還是死了。」出來迎接新見的小山田無力地說道。在極度絕望的情況下，僅存的一絲希望也完全破滅了。

「真遺憾。」

新見也覺悟到自己首次認真的愛情已經告終，從現在起應該不會像愛文枝那樣去愛其他女人了吧。這是他在為別人而活的人生中，唯一一次忠於自己的背叛。

背叛結束了。從現在起又要展開那經過盤算與功利的生活，這樣也好，這也是自己所選擇的人生。

「新見先生，您真的幫了我很多忙。」

小山田打從心底感謝新見，一旦確認了外遇的妻子已然死亡的事實，對於妻子的怒氣也就煙消雲散了。新見已經充分做到了男性的補償，本來在新見的立場，他所做的一切也並非補償，而是為了自己。

「小山田先生，今後你打算怎麼辦？」

「我現在還沒有心情做什麼，不過我打算去找份工作。」

由於妻子的收入沒了，生活變得窘迫，如果再不去工作，就要走投無路了。

「如果你願意的話，我替你介紹一份合適的工作吧。」新見客氣地說道。

「你的好意我心領了，我不想再給你添麻煩了。」

小山田明確地說道。妻子已經不在了，與新見之間再也沒有任何牽連。新見雖然在事後有所贖罪，但是他與妻子不倫的事實卻不會改變，小山田沒有理由把今後的生活方式寄託在妻子的情夫身上。

「那我真是多事了。」新見也領悟到自己太多嘴了。

「那麼，我們就此分別了。」

「祝你健康快樂！」

兩個男人分別了，他們各自認為不會再見面了。共享一個女人的兩個男人，隨著這個女人的死，失去了無可取代的寶物。

（已經不會再遇到那樣的女人了……）這種失落感在他們共同追求的目標上劃下了休止符。

4

八杉恭子招供了自己的罪行：

「當強尼突然出現在我眼前時，我同時感受了見到親生孩子的喜悅與一切將會毀滅的絕望。強尼說他在紐約偶然間看到我的作品才得知我的消息。強尼抵達羽田機場的同時曾與我聯絡，我指示他到東京商務旅館，我先生的事務所在那裡，所以他一定聯絡得上。我與強尼的父親威爾夏是在戰後美軍進駐日本時認識的，當時我寄宿在東京的親戚家，學籍設在某間私立女子學院，因為戰況激烈所以暫時返鄉。曾經待過都會的我，受不了鄉下生活，為了復學，不顧父母的反對再度來到東京，當我被流浪漢騷擾時，是威爾夏救了我，威爾夏的黑人血統雖然對我不利，但是他是個體貼的男性，真的是個很好的人，於是我愛上了他，我們就這樣同居了，我騙家裡說找到工作了，其實在這段時間我生下了強尼。

前往霧積旅行是在強尼兩歲時候的事，因為我聽說有同鄉的遠親住在那裡。當我們回程時，在沿著山谷的路上打開了種女士為我們準備的便當，發現了印在包裝紙上的那首〈麥稈帽之詩〉，因為詩寫得實在太美了，所以我用簡單的英語翻譯給威爾夏和強尼聽，我沒想到那首詩會在不懂事的強尼心中留下這麼深刻的印象。那頂麥稈帽是因為強尼苦苦央求，我在松井田町買給他的。沒多久，我們一家人各奔東西，威爾夏接到回國的命令，我們在當時並沒有正式婚約，美軍除了正式妻子以外的女人是不許隨同回國的；還有我在八尾的娘家絕對不會同意我嫁給外國人，況且還是一名黑人。所以無論威爾夏再怎麼懇求，我們始終無法正式結婚。

威爾夏不得已只能帶著強尼回國了。那本西条八十的詩集，就是我當時送給威爾夏做為霧積之旅的紀念品，我決定要花時間說服父母，得到他們同意之後再去找威爾夏。

他帶走強尼的原因是我在日本沒有謀生能力，很難養育強尼，還有就是保證我一定會去美國找他們。

威爾夏回國後，我就暫時回老家，打算獲得父母的同意立刻追隨他們，可是實在難以啟口，這期間又經人介紹認識了郡陽平，周遭的親友也順水推舟看好這門親事，等到我們進行了形式上的相親時，已經到了無法拒絕的地步。

我心裡一直惦記著美國的那對父子，嫁給了郡陽平一直到今天，我一刻也沒有忘過那孩子，他長大以後來看我，當我從相逢的喜悅中驚醒時，也因為絕望而感到眼前一片漆黑。

郡不知道我婚前曾與黑人同居、生過孩子，當然恭平和陽子也不知道有這麼一個同母異父的哥哥。為了保護自己與家庭，我被『難道沒有讓強尼消失的方法嗎？』這種想法逼得走投無路，於是產生了膚淺的思考，沒有人知道我與強尼的關係，強尼也瞭解他的私生子身分會為我帶來極大的困擾，所以一直都秘密與我聯絡。有關威爾夏為了籌措旅費犧牲生命這件事，我也是從刑警先生那裡聽來的。強尼說他不想回去美國，想要取得日本國籍永遠住在日本，他說他不會給我添麻煩，只想留在我身邊。

可是，如果強尼留在我身邊，不知我的過去何時會洩底，如果變成那樣，我的一生也毀了，我勸強尼回國，他不聽我的話，我覺得被他逼得走投無路。

於是我下定決心要殺死強尼，約他九月十七日晚上八點在清水谷公園見面。我從以前就知道那座公園一到晚上沒有人會經過，也是逃脫的好地點。

可是，見到了強尼，好幾次下定的決心就動搖了，在這樣猶豫不決的情況下，我為了保護自己與家庭所拿出的刀子，只有刀尖稍微刺進他的身體。這時候，強尼突然覺悟了，他說，我是媽媽的累贅……。我忘不了強尼那時候的悲哀眼神。我……我……親手殺了自己的孩子。一切都覺悟的強尼，握著我稍微刺進他身體的刀柄，就這麼往自己身上按下去，他叫我趕快走，說媽媽在逃到安全範圍之前，他絕不會死的，叫我快點逃。他用瀕死的身體保護刺殺他的母親，從那時候起我沒有片刻安穩。可是我想，好不容易犧牲一個孩子才保住的地位與家庭，一定要珍惜到最後。」

——那妳為什麼又殺害中山種女士？

「我本來就不打算殺害種女士。我看過報紙，猜想警察不知何時會注意到霧積。所以我去霧積探探種女士還記得多少，或者根本就忘了。這和刑警們同一天到霧積只是偶然的巧合。」

——既然如此，為什麼在高崎也要隱瞞身分？

「因為我想極力隱瞞去見種女士的事，我也獲得我先生的同意，那次我是以妻子的私人身分隨行，所以後援演講的一切活動我都沒有參加。十月二十一日，我先生的演講與當地支持者的懇談會結束後，我騙他去看一位住在附近的大學同學，為了怕被人看到，我很晚才去湯之澤的種女士家。可是種女士竟然還記得我帶著『黑人家人』的往事，當時我就覺得一定要把種女士殺掉不可。那天晚上我寄住在她家，想偷襲她卻沒有機會。後來，種女士突然告訴我這個村落再過不久就會變成水壩的壩底，所以我提議不如趁現在去看它最後一眼吧。她也說那就趁雙腳還有力氣的時候去看個夠吧。說完還搭著我的肩膀，我們就朝水壩的上方走去，因為是一大早，路上沒有其他人，大概是因為那天她在霧積旅館工作的孫女要回來吧，所以她心情特別好，或許也打算讓她孫女看看她身體最硬朗的狀況吧，她完全不懷疑我，所以要把毫無戒心的她推落水壩是一件輕而易舉的事。種女士像紙片般輕飄飄地飄落，因為太容易了，有一陣子我還不覺得自己推了一個人下去。」

恭子招供之後，隨著新見回國的郡恭平和朝枝路子也坦承自己的罪行。在恭平的座車上也採集到一些人體組織，經過鑑定確實是小山田文枝的。恭平也承認隱形眼鏡盒與玩具熊是他的東西，眼鏡盒是隨手放進褲子口袋裡的，卻偶然間掉落在掩埋小山田文枝屍體的附近，成為關鍵性的證物。

同一時間，新宿警署輔導了十幾名男、女高中生，他們在某公寓的房間裡舉行一種不良學生戲稱的「不特定遊戲」、沉迷於嗑藥與濫交的性派對中，其中一人就是郡氏夫婦的女兒陽子。八杉恭子同時失去了她犧牲一個孩子所要保護的一對兒女，當然她的社會地位也告終結。

不過，她所失去的還不只這些，郡陽平提出了離婚申請，理由是如果知道她隱瞞了這麼重大的過去就不會娶她了。

恭子並沒有抗辯，也接受了這個申請，因為她知道丈夫是為了保護自己的地位才提出離婚的。她已經失去了一切，而且是徹徹底底的失去。

可是當她失去一切之後，一名調查員知道她仍然留有一樣寶貴的東西。八杉恭子證明了自己心中尚有人性，所以失去了一切。棟居在恭子招認之後，也瞭解自己內心的矛盾並感到愕然。他不相信人性，而且一直這麼認為，可是當他還找不到關鍵性證據就與恭子對決時，他為她的人性下賭注，在他內心的某個角落仍然還是相信人性的。

搜查總部並沒有逮到壞人的勝利感。

年關將近了。

5

肯・薛夫坦收到日本警方傳來的消息，證實殺害強尼・海華德的兇手已經遭到逮捕時，不知怎地鬆了一口氣，雖然他不需要特別負什麼責任，不過在一開始進行的調查中，強尼的遇害不知不覺讓他感覺自己的「人性感情」，所以對於破案的進展特別掛心。

根據歐布來恩警部處的消息，聽說是肯送交日本警方的資料發揮了很大的作用。

雖然不知道發揮了什麼具體作用，不過肯還是很高興，他因而覺得對於日本的「虧欠」

至少償還了一些。

第三天肯接獲報案，在西林區有觀光客遭搶奪照相機，於是駕著巡邏車趕往現場。

在哈林區，雖然扒竊、搶劫皆不算是犯罪行為，可是由於被害者是外國人，所以還是得去調查一番。這裡是一般觀光客不會進來的區域，被害者大概是沉醉於攝影因而深入其中吧，歹徒早就跑了。肯針對被害者與目擊者大略詢問案發經過，當他正準備回去時，才發現這裡距離海華德父子住過的公寓很近。

他也打擾過管理員馬莉歐很多次，還說過那裡像垃圾堆之類很過分的話，仔細想想，馬莉歐的協助對於逮捕犯人也有功勞。還有，那對父子的房間可能還被扣押著，犯人已經遭到逮捕，警方再繼續扣押也沒有意義，應該把這個消息通知馬莉歐，並解除扣押吧。

肯先讓隨行的巡邏員警駕車回去，自己走進哈林區後街。哈林區原本就是他的故鄉，到處都是遲早會被拆除的紅磚建築物，隨風颳起陣陣垃圾的腐臭味。雖然骯髒、喧囂，但確實充滿了討生活的嘆息。他每次聽到這種嘆息聲，似乎感覺到一種不可思議的安心，一種負荷著人生重擔與拖著長長黑影的人們的連帶感。

從對面走近一個腳步踉蹌的人影，一定是聚集在附近的酒鬼之一吧。

（那傢伙也是我的同伴吧？）

今天有這種感覺，被人生重擔壓得喘不過氣來的同伴。肯正打算與這個人影擦身而過，肯與人影重疊了，對方是個高大的黑人，時間就在此刻凍結。肯感覺對方好像吐出了一句「狗娘養的」，下一刻，肯覺得腹側好像被灼熱的鐵棒刺入。

「為什麼？」

肯呻吟著，身體搖搖晃晃，雙腳使不上力。當重疊的人影分開後，其中一個人影朝著肯來時的方向逃走了。肯搖搖晃晃地走了幾步，在路邊倒下。

午後的哈林區如無人般寂靜，沒有人過來救他。突如其來的襲擊者在逃走時拔出了凶器，肯只能用手摀住傷口，鮮血噴了出來，沿著路面的坡度往低的方向流去，肯連血的流向也看不到。

這一刺好像傷及體內臟器，他很快就失去了行動能力，意識也逐漸模糊。

「為什麼？為什麼？」

肯雖然喃喃自問，可是他知道原因。刺殺自己的犯人是沒有理由的，就算有也是對人生的怨恨吧。肯無意間經過這裡，所以成為這些怨恨者的祭品，光是警察這個身分就足以挑起犯人的怨恨，警察好像無論何時都站在勝利者這一方，容易受這些被人生排擠者的誤解。此外，被誤解也是無可奈何。

「我跟你們一樣，我絕不是正義的那一方。」

肯在朦朧的意識中喃喃自語。在遙遠的從前，當他在日本服役時，朝著毫無抵抗的日本人撒尿並沒有明確的理由，只不過因為他是混血兒，他把被趕到最前線的怨恨通通遷怒在日本人身上。

在戰場上，他一直被推到最危險的前線。回歸到市民生活，他還是被推進底層社會。昔日的自己也是年輕粗暴的，他敵視所有排擠他的人，他明白如果回國，純種的白種女人不會為他們獻上花圈，所以他想把這種壓力與旺盛的獸慾發洩在被佔領國的女性身上，阻止他的日本人也是敵人。

然而，朝日本人撒的尿水，如同撒在自己心中。

待在那個日本人身邊的小孩像是日本人的兒子，用充滿怒火的眼神瞪著肯。那個眼神從此以後變成肯對日本的虧欠。

（我死了，那筆債就一筆勾消了吧。）當肯這麼想時，最後終於失去了意識。按壓著傷口的手臂頹然下垂，手臂上有一道宛如女性陰道的傷痕，那是在南太平洋的孤島戰役，被一顆近距離爆炸的炸彈碎片所傷，拜這個傷口之賜，身體的重要部位受到了保護。

這時，一道斜射的午後陽光從哈林區的建築物之間投射進來，染紅了肯那個黯沉的舊傷痕，彷彿剛剛受傷出血一般。肯・薛夫坦在哈林區的某個角落氣絕身亡，永遠沉入令人難以置信的寂靜淵底，那裡彷彿是從繁華的紐約城市中分離出來一般。

初版後記／人生就是一場邂逅／森村誠一

距今二十多年以前，在大學三年級結束時，我曾經獨自從霧積溫泉往淺間高原方向健行，在信越線橫川車站下車，走了三個小時的山路，來到深山裡的這處溫泉地。

我在無人山路上感覺好像與逼近的黃昏競走，心裡正開始發慌時，峽谷中的溫泉旅館赫然躍入眼簾。這棟明治時代興建的老式建築物，行經走廊所發出的聲音簡直就像鴨叫般嘈雜，因此我把這段走廊稱為「鴨子勁道」；那天晚上的房客只有我一人，暖烘烘的溫泉想泡多久就泡多久，浴池中還浮著象棋棋盤。我為什麼會想獨自探索這座深山溫泉？理由已經忘了，不過我當時正沉迷於登山活動，一定是無意間被霧積這個溫柔的名字所吸引吧。不過雖然是登山，但是並非攀登如阿爾卑斯山那種陡峭的岩壁，而是屬於分水嶺縱走、翻山越嶺、穿越原生林這一類的隨興派，所以多半都是一個人隨興旅行。

我在霧積住了一晚，第二天早上穿越群馬縣和長野縣境之間的淺間高原，半路上有一座鼻曲山，海拔一六五四公尺，面向淺間的風景極佳，那天是個不合季節的冷天，我一整天獨佔那條山路，還吃了鼻曲山附近旅社為我準備的便當。那是兩個用海苔捲裹的大飯糰，內餡有紅燒昆布、梅乾，當我不經意打開便當時，發現了印在包裝紙上的〈麥稈帽之詩〉。

「媽媽，我的那頂帽子怎麼了？」以這句問話為開端的這首詩讓我深受感動，我沿著無人的山路走著，在林間微弱的陽光下，縮著身子吃著冷飯糰，我感覺溫柔包覆冷便當的〈麥稈帽之詩〉，好像溫暖了我冰冷的身軀。

當時，我正值未來充滿無限希望的青春年華，同時也好像籠罩在被未來拒絕的未知與不安中，大概就是為了排遣這份不安而遊走於山林間吧。在這種時刻，與〈麥稈帽之詩〉邂逅，因為不安而顫抖的稚嫩靈魂，感覺好像被母親溫柔地擁入懷裡，溫暖而厚實，那不是真實的母親，那是我在年幼記憶中被抽象化的母親。來自這首詩的感動，我已無緣從真實的母親那裡感受到，每個人在過去的童年裡，都有來自於母親溫柔的不同記憶。

每個人都有一頂母親買給自己的「麥稈帽」，可能真的是一頂麥稈帽，也可能是一個洋娃娃、一支簪子或一雙鞋，那些都是母親不可能再買第二次的東西，即使得到了相同的東西，對方也不會變成像〈麥稈帽之詩〉裡那位抽象化的母親。麥稈帽變成了母親，而後我們與這位母親邂逅。現在的母親是現實中的母親；而送麥稈帽給我們的母親，是以帽子為媒介與孩子產生一種獨一無二的心靈交流。連母親還健在的人也絕對不會再得到第二頂麥稈帽了；而對於已失去母親的人來說，在內心深處，麥稈帽已然成為對「永遠之母親」的懷念吧。

大部分的人並不會有此感受，好像遺忘了懷念母親的這種感覺，其實它就像包覆著精神層面的透明薄膜，留在精神意識裡無法抖落。〈麥稈帽之詩〉激起了我的回想，在痛苦或悲傷甚至孤獨時，這層透明薄膜溫柔地裹住我在現實生活中冷卻的心。把母親的溫暖留給了我。

我讀到這首詩時雖然深受感動，可是完全沒想到會成為我二十多年以後代表作《人性的證明》的執筆動機。當時我對未來並沒有目標，因為前所未有的就職挫折，使我這個文學系畢業生陷入絕望，當時的情形不允許我奢望什麼適才適性的職業，只要有人肯雇用我無論什麼都好，我就在如此悲觀的心態下邂逅了〈麥稈帽之詩〉，好像在乾涸的泥土裡灑水般滲透我心深處，滯留在那裡二十幾年，一直等待再度湧泉的日子到來。原本我就很喜歡讀書，不過並不是文藝少年。因為奇異的人生轉機而開始寫小說，然後有一天躋身為作家之列，在精益求精的路上巧遇了角川春樹先生，他熱誠地邀請我為剛創刊的雜誌《野性的時代》執筆，當時我只不過是一個剛出道的寫作者，被老字號的出版社老闆親自邀稿，這不是常有的事。角川先生在全然不知我的未來的情況下，就在我身上下注，我十分感激他的誠意，並決心寫出能夠回應他期待的作品。當時，在我心深處突然緩緩湧現的，就是這首二十多年以前的〈麥稈帽之詩〉，我在霧積結識了這首詩，卻從此遺忘在心底，過了二十幾個春秋歲月終於湧現心頭。

「啊，麥稈帽呀，你想在這時候出現嗎?你躲了好長一段時間喔!」

我在內心深處如此說著時，眼前頻頻浮現母親的面容，而我從未與母親一起去過霧積。可是為什麼我總覺得母親在我小時候，曾牽著我的手去過那山峽中的溫泉旅館呢？我母親如今已年邁，住在埼玉縣的熊谷市，我如果想去看她，花兩個小時就可以抵達，但是被現實生活的忙碌所迫，一年想見她一次也難。我打算一邊思念著母親，一邊以〈麥稈帽之詩〉為主題寫小說，而後寫出來的就是《人性的證明》。

作品的好壞只能委由讀者評斷，但是我將沉澱在內心深處二十幾年的感情完全投入。當《人性的證明》一書出版後送到我手上時，我感受到這以厚書皮裝訂出來的重量，感覺就像我內心的重量一般；一名寫作者談論這些顯得有點愚蠢，可是我想這部作品若不是沉澱了二十幾年是不會完成的。常言道：人生就是一場邂逅。這部作品的問世就是經歷了兩次的邂逅。一次是邂逅西条八十的〈麥稈帽之詩〉，另一次是邂逅角川春樹先生。

原著書名／人間の証明・原出版者／角川文庫・作者／森村誠一・翻譯／蔡憶雲・總編輯／陳蕙慧・責任編輯／王曉瑩・發行人／何飛鵬・法律顧問／中天國際法律事務所 周奇杉律師・出版／商周出版 城邦文化事業股份有限公司 台北市中山區民生東路二段 141 號 9 樓 電話／(02) 2500-7008 傳真／(02) 2500-7759 E-mail／bwp.service@cite.com.tw・發行／英屬蓋曼群島商家庭傳媒股份有限公司城邦分公司 台北市中山區民生東路二段 141 號 2 樓・讀者服務專線／0800-020-299・服務時間／週一至週五：09：30-12：00、13：30-17：30・24小時傳真服務／02-2517-0999・讀者服務信箱E-mail／cs@cite.com.tw・劃撥帳號／19833503 英屬蓋曼群島商家庭傳媒股份有限公司城邦分公司・香港發行所／城邦（香港）出版集團有限公司 香港灣仔軒尼詩道 235 號 3 樓 電話／(852) 25086231 傳真／(852) 25789337 馬新發行所／城邦（馬新）出版集團 Cite (M) Sdn. Bhd. (458372 U) 11, Jalan 30D/146, Desa Tasik, Sungai Besi, 57000 Kuala Lumpur, Malaysia 電話／603-9056 3833 傳真／603-9056 2833 E-mail／citecite@streamyx.com・封面設計／永真急制・印刷／中原造像股份有限公司・排版／浩瀚電腦排版股份有限公司・總經銷／農學社・電話／(02) 29178022・傳真／(02) 29156275 2006 年（民 95）1 月初版・定價／390元・特價／299元 Printed in Taiwan

人性的證明

日本推理一大師一經典

MORIMURA SEIICHI

 ISBN 986-124-569-3

國家圖書館出版品預行編目資料

人性的證明／森村誠一著．蔡憶雲譯．初版．-- 臺北市；商周出版：家庭傳媒城邦分公司發行，2006〔民 95〕
面； 公分.（日本推理大師經典：04）
譯自：人間の証明

ISBN 986-124-569-3
861.57 94025375

商周出版

廣　告　回
北區郵政管理登
台北廣字第0007
郵資已付，免貼

104台北市民生東路二段 141 號 2 樓

英屬蓋曼群島商家庭傳媒股份有限公司　城邦分公

請沿虛線對摺，謝謝！

商周出版

書號:	BZ7003	書名:	人性的證明	編碼:

請於此處用膠水黏貼

商周出版

讀者回函卡

謝您購買我們出版的書籍！請費心填寫此回函卡，我們將不定期寄上城邦集最新的出版訊息。

姓名：______

性別：□男　□女

生日：西元______月______日______

地址：______

聯絡電話：______　傳真：______

E-mail：______

職業：□1.學生 □2.軍公教 □3.服務 □4.金融 □5.製造 □6.資訊
□7.傳播 □8.自由業 □9.農漁牧 □10.家管 □11.退休
□12.其他______

您從何種方式得知本書消息？

□1.書店□2.網路□3.報紙□4.雜誌□5.廣播 □6.電視 □7.親友推薦
□8.其他______

您通常以何種方式購書？

□1.書店□2.網路□3.傳真訂購□4.郵局劃撥 □5.其他______

您喜歡閱讀哪些類別的書籍？

□1.財經商業□2.自然科學 □3.歷史□4.法律□5.文學□6.休閒旅遊
□7.小說□8.人物傳記□9.生活、勵志□10.其他______

對我們的建議：

______

______

______

______

請於此處用膠水黏貼